新潮文庫

いっちみち

乃南アサ短編傑作選

乃南アサ著

新潮社版

11431

乃南アサ短編傑作選

いっちみち◎目次

乃南アサ短編傑作選

いっちみち

いっちみち

1

どこか行きたい。

このひと月ほどの間、芳恵《よしえ》の中では日増しにその思いが募っていた。

中国の武漢で原因不明の肺炎が流行《はや》り始めているというニュースを最初に耳にしたのは昨年の暮れ頃だっただろうか。芳恵の勤める老人介護施設では、入居者たちが集うロビーにほぼ一日中、テレビがつけっぱなしになっているから、忙しく動き回っている間にもちょこちょこと情報は入ってくる。耳の遠い入居者が多いこともあって、テレビの音量はいつもかなりの大きさだ。

中国で。

もちろん行ったことはないが、何しろパンダのような不思議な生き物がいる国なのだから、想像もつかないことだって起こるのだろうと、そんな程度に考えていたら、一カ月ほど前、その武漢から帰国した日本人から「新型コロナウイルス」と呼ばれるウイルスの感染者が出始めた。そうこうするうち、武漢からの中国人観光客を乗せたというバスの運転手が感染し、次いでバスガイドも感染した。一方、北海道でも感染者が出た。一月の末には日本国内での感染者が十人を超え、それから間を置かず、今度は世界各国を旅して回る大型クルーズ船の乗客から感染者が出て、三千人以上もの乗客乗員を乗せたままの船が横浜沖に停泊することになったというニュースが流れた。ちょうど節分で、職員が鬼の面をつけて入居者たちを集め、簡単な豆まきイベントをした日だったから、よく覚えている。

何か、大変なことになるかも知れない。

胸の中に、うっすらと濁った靄《もや》のようなものが広がっていくのを感じた。二日後にはクルーズ船の中で集団感染が起きていると報じられ、そこからは立て続けに武漢での感染者と死者の増加、世界各国で感染者発生、国内初の死者が出たと、まるで見えない火花が飛び散るように、コロナウイルスは地球上に広がった。芳恵の暮らす愛媛の松山はのんびりした土地で、普段は時の流れもゆっくり感じられるところなのだが、道後温泉のあたりからも観光客が減り始めたという話まで流れてくるようになった。

　それでもまだ芳恵の中では、コロナウイルス騒動は遠い出来事に過ぎなかった。中国もクルーズ船も、芳恵の人生とは何の関係もないし、いずれにせよ外から入ってくるものなら、テレビに出ている人たちが繰り返し言っている通り「水際《みずぎわ》対策」さえきっちり行ってくれれば、東京や大阪などからも遠く離れて、ことに海にも隔てられた四国に暮らす自分たちはきっと守られるに違いないと、漠然と信じていた。

「本部から連絡があって、こっちでもいつ感染者が出るか分からないから、今後はこれまで以上に手洗い・消毒の回数を増やすことと、各自、マスクと手袋は必ずつけること、これを徹底するようにとのことです」

　ところが先週末になって、交替時に行われるカンファレンスのとき、ホーム長がいつになく深刻そうな顔つきになって手元のクリップボードに目を落とした。

「最初のうちは風邪みたいなもんだって言ってたはずなのに、どうも、そうでもないらしいということです。それに、感染力がものすごく強いらしいって。持病のある人、ことに高齢者は肺炎を起こして重症化する割合がぐんと高くなるとも言われているそうです」

　思わず周囲のスタッフと顔を見合わせてしまった。

「つまりうちみたいな施設は、医療機関を除けば一番弱い立場にあるっていうことです。一人でも感染者が出たらあっという間に広がることになります。これまでも疥癬《かいせん》やインフルエンザの患者さんが出る度に、マニュアルに従って厳重に対策をとってきましたが、今回はそれ以上の注意が必要だと知らせてきました」

その日からは出入りの業者、ボランティア、面会者などにもマスクの着用、うがいと手洗いを徹底してもらうことになった。さらに今以上に国内の感染者が増えていくようであれば、人の出入りを制限することも考えるとホーム長は言った。まだ三十代の独身で、小柄の小太り、エプロンなんか似合わないのにスポーツ刈りの頭を大げさに振りながら、いつも陽気に駆け回っている印象のホーム長が、あの時はずい分と深刻そうな顔つきで「何より」と芳恵たちを見回したものだ。

「入居者さんと直接関わる皆さんには、これまで以上に細心の注意を払ってもらわなけりゃなりません。とにかく絶対、いいですか、絶、対、に、ウイルスを持ち込まないために、日頃の生活から、くれぐれも気をつけてもらわないと」

さらに、これからはマスクと手袋も一度で使い捨てるのではなく、最低三日は使い回すようにと言われた。現在のところはそれなりのストックはあるものの、この先、品薄になる可能性があるからだという。

どうなるんだろう。

芳恵の中の不安はさらに大きく広がり、それと同時に「どこか行きたい」という思いが急速に膨らんだ。

「オリンピックは、どうなるんやろうね」

「やらんわけ、いかんやろ。総理やって大臣やって、やる気満々やけん？」

複数のスタッフで一緒に入居者の世話をするときなども、話題はそんなことばかりになった。

「つまり、夏までに収まるゆうこと？」

「ほうなんやないん？」

「これからウイルスが広がるゆう言いよんのに？」

施設に入っている高齢者たちは要介護認定を受けている人たちばかりで、中には認知症がかなり進んでいたり、病気の後遺症で自分の意思表示をするのも難しい人が少なくない。戦争を体験しているその人たちが、再び今、外の世界で何か恐ろしいことが起こりつつあるのを、理解出来ないならその方が幸せかも知れないと思ったりしながら、芳恵は他のスタッフのやり取りを聞き、やはり「どこか行きたい」と思い続けていた。

でも、行くところなんかあるわけじゃない。

もう何年も、職場とマンションの往復しかしていない。仕事柄、決まった曜日に休めるというものでもないし、日勤ばかりでなく夜勤の日もある上に、急に休むスタッフがいたり、救急搬送される入居者が出たり、入居者が何らかのトラブルを起こすことなども珍しくないから、その都度、対応に追われて生活のリズムそのものが掴《つか》みづらい。今はもう慣れたから取り立てて不自由は感じていないが、勤め始めた頃は肉体的にも厳しくて、意外にアクの強いスタッフと、十人十色の高齢者との間で戸惑うことばかりだった。

　芳恵だって人のことを言えた義理ではないが、施設で働くスタッフは年齢も性別もまちまちな上に、中には事情を抱えていそうな人も珍しくない。そういう人たちの中には些《さ》細《さい》なことで摩擦を起こすタイプもいるし、時にはリーダーの性格に問題がある場合もあって、何度か職場を替えようかと悩んだこともあった。それでもどうにか乗り切って、こつこつと介護福祉士の資格まで取り、気がつけば六年の歳月が流れようとしている。今の芳恵が望んでいるのは、こういう日々が可能な限り長く続いてくれればいいということだけだった。仕事さえ失わなければ、自分一人の生活に困ることはない。わずかずつでも老後の蓄えも出来ている。それだけで十分。もう、人生に波風は起こしたくない。誰かに煩《わずら》わされたり、傷つけられたり、望まないことを押しつけられるのはたくさんだった。たとえ観葉植物しか待っていない小さな部屋であっても、誰に遠慮することも、心を乱されることもなく、一人で落ち着いたときを過ごせるのが、今の芳恵には何よりもありがたい。世の中にウイルスが蔓延《まんえん》しようが、自分と自分の職場さえ無事ならば、あとは時をやり過ごせばいいだけのことだ。

繰り返しそう自分に言い聞かせてきたのに、今朝、妙な時間に目が覚めてしまって、ああ、今日は公休日だったと思い出し、それならもう少し寝直そうかとスマホの時計を確かめたときに、ふと閃《ひらめ》いた。

臼杵《うすき》は今、どんな様子だろう。

見てみたい。

このまま起きてしまって、すぐに出れば。

さっと行っちみち、ぱっと見ち、すぐ帰っちきち――。

出来んこたねえ。

考えながら、もうエアコンのリモコンに手が伸びていた。夜明け前は特に冷え込みが厳しいから、まずは部屋を暖めなければとても起きる気になれない。そして、部屋に暖かい風が循環する頃には、芳恵はめまぐるしく考え始めていた。高速道路を使えば、八幡浜《やわたはま》までは多分、一時間半くらいで行かれる。フェリーに乗ってしまえば、二時間半もかからない。今から一時間、ううん、三十分以内に出るとして。

改めてスマホを手に取った。フェリーの時刻表を確かめるためだ。

五時五十分の次は、八時四十分。

まだ五時半前だった。八時四十分発のフェリーに乗ることが出来れば、十一時五分には九州・大分の臼杵に着く。

お昼前には着けるんだ。

思わず目の前がぱっと開けたような気持ちになった。距離としてはそれほどでもないと知りながら、四国と九州とで、果てしなく遠く隔たっていると思ってきた。一生涯、もう足を向けることはないと諦《あきら》めきっていたのだ。

もちろん、不安がないわけではない。

だが、あれから三十年の月日が流れている。今さら、どこの誰が芳恵を見かけたとしたって、十六歳だった少女の面影を、今の芳恵から探し出せる人などいないはずだ。

それに今、行かんかったら、もう一生、行かれんかも知れんもんなあ。

そこまで考えたときには、もう起き上がっていた。時計代わりにするつもりでテレビをつけると、早朝のニュースが、やはり新型コロナウイルスのことを報じている。

国内での感染者が八十人に迫ろうとしているという。横浜ではタクシー運転手が感染した。クルーズ船の感染者は愛知県の医療センターに運ばれるらしい。一方、首相は「桜を見る会」の前日に行われた夕食会のことで、また何かよく分からない答弁をしたようだ。各地でマスクが不足しているとも言っている。

そうか。

マスクをしていれば、余計に誰か分からなくなる。こんな時だからこそ、マスクをして歩いていても誰一人として怪しむものはいないだろう。

インスタントコーヒーとトースト一枚、それに目玉焼きだけの簡単な朝食を慌《あわ》ただしく済ませる間も、どんどんと気持ちが浮き立ってきた。三十年間、無理だ、無理だと思っていたことが、今、いとも簡単に実行出来てしまう、そんな気持ちになれたことが、自分でも不思議だった。

2

午前八時四十分、臼杵行きのフェリーは定刻通りに八幡浜港の埠頭《ふとう》からゆったりと離れ始めた。低く唸《うな》るようなエンジン音が響いてくる二等船室は、桟敷《さじき》になっている空間には芳恵が徒歩乗船した時点で、既にトラック運転手らしい人たちがかなりの数いて、誰もが慣れた様子でごろ寝をしたりスポーツ新聞を読んだりしていたが、椅子《いす》席の方は客の数もまばらだった。松山から走らせてきた愛車を置いていくことにしたのは、他府県ナンバーの軽自動車が町の中心部をウロウロしていては何かと目立つかも知れないと考えたのと、もともと臼杵の中心部はさほど大きくなく、道幅も広くないことから、徒歩で移動する方がかえって便利だろうと判断してのことだ。港の傍で車を駐《と》めておけるところを探すのに少し時間がかかったために、早めに家を出てきたわりには最後に少し慌てたが、それでも十分に間に合った。

それにしても、椅子席の乗客は芳恵も含めてほとんどの乗客がマスクをしている。自分の職場しか見ていないとなかなか分からないものだが、こうしてたまに他の世界に出てみると、やはり世間の誰もが新型コロナウイルスのことを気にしているのだということが、改めて感じられた。

職場のためにも、芳恵は決して感染するわけにいかない。そのことを気にし過ぎると妙に息苦しいような気持ちになるから、いっそ外の風に当たっていたいとも思うが、デッキに出て過ごすには、二月の豊後水道に吹く風はまだ冷たすぎるに違いない。それでも、こうして窓越しに眺めていると、海面に散る朝陽のきらめきは、季節がもう春に移ろうとしていることを確実に感じさせるものだ。柔らかく滑らかで、実に長閑《のどか》な朝の海だった。人間界が未知のウイルスなどに振り回されていることなど、微塵《みじん》も感じさせない。

——海だけは、いつも変わらんのう。戦争中、爆弾を落とさるることんなっちょっても。

ふと、亡《な》くなった祖母の言葉を思い出した。あれは、芳恵がいくつくらいの時だっただろう。当時、祖母は磨崖仏《まがいぶつ》の近くで小さな煙草《たばこ》店を営んでいた。遊びに行くと、祖母はぽつり、ぽつりと昔話をしてくれるときがあって、そんなときに「海に助けられた」というようなことを何度か口にした。

芳恵の祖母という人は、祖父が召集を受けて戦地に駆り出されている間に、女手一つで魚の行商を始めたという人だった。朝早くに市場まで魚を仕入れに行って、氷を詰めたリアカーに魚を載せ、それを引いて町中を売り歩いたのだそうだ。背中には当時まだ赤ん坊だった芳恵の伯父を負ぶい、雨の日も風の日も、一日も休むことなく働き続けたと言っていた。終戦後は、生きて還《かえ》ってきた祖父も一緒にリアカーを引くようになり、やがて小さな店を構えることが出来るまでになった。その後、町の中心地に店を移し、商売はさらに繁盛《はんじょう》したという。もともと芳恵の父が営んでいた寿司《すし》店は、祖父母が営んでいた鮮魚店を引き継いで、商売替えしたものだったと聞いている。

長年苦労してようやく自分たちで持った店と住居だったのに、父が寿司店を開いた後、祖父母は町から離れて、同じ臼杵でも内陸部にある磨崖仏の方に引っ込んでしまった。その後、祖父が亡くなって祖母が一人になったとき、長男である伯父は祖母を引き取らないと言ったから、芳恵は当然、自分たちの家に祖母が来るものとばかり思っていた。ところが芳恵の両親も、やはり祖母との同居を望まなかったらしい。結局、祖母は一人で細々と煙草店を続け、それからほどなくして亡くなった。芳恵が中学校に入ったばかりの頃だ。

今、お墓はどうなってるんだろう。

考えてみれば臼杵を離れて以来、祖父母の墓参りさえ一度として出来ていない。今となっては墓がどこにあり、菩《ぼ》提寺《だいじ》がどこなのかも、記憶になかった。それを尋ねられる相手といえば伯父しか思い当たらないが、連絡先さえ分からない。父も母も、既にそれぞれ違う永代納骨堂に眠っている。兄に至っては、生きているのか死んでいるのかも分からない状態だ。要するに誰も彼もがばらばら、大分の言葉で言うなら「すっちゃんがっちゃん」になったのだ。それが、壊れてしまった家族の最後の姿だった。

　窓から見える四国の山並みが徐々に遠ざかっていく。

　三十年前、臼杵から八幡浜に向かうときには、芳恵は遠ざかる故郷も近づく八幡浜も、何一つとして記憶にとどめることが出来なかった。深夜の最終便に乗船したせいもあるが、両親はフェリーに乗り込んだ後も、いつも仕出しで使っていたワンボックスカーから下りることはせず、芳恵と兄に対しても外に出ることを禁じたからだ。

「誰に見らるるか分からん。じっとしちょかにゃ、いけん！」

　薄暗いフェリーの船底で、父は押し殺した声で鋭く言ったものだ。そのとき、後部座席で芳恵とは反対側の窓に張りつくようにしていた兄が「俺は」とかすれた声を洩《も》らした。

「今は何も喋《しゃべ》らんでおれっ」

　普段は穏やかな父が、あんなに激しい口ぶりになること自体が尋常ではなかった。それきり、押しつぶされそうな沈黙だけが、後部に可能な限りの荷物を詰め込んでいる車内に広がった。芳恵は恐怖と不安で一杯になりながら、窓ガラスに額を押しつけ、ひたすら自分の呼吸する音を聞いていた。

　ことの始まりはその日の夜、九時頃だったろうか。芳恵が風呂《ふろ》から上がって乾かしたばかりの長い髪をとかしている最中に、いつもならまだ店にいるはずの母が、いきなり芳恵の部屋に駆け込んできた。見たこともない表情で目を三角につり上げ、母は「支度して」と言った。芳恵はパジャマ代わりのジャージー姿のまま、ぼんやりと母の方を振り返ったのを覚えている。

「支度？　何の？」

「こっから出てくけんっ！　いい？　あんたが自分で管理しちょる預金通帳も忘れたらいけんよ。一番大きいカバンに、持てるもんは何でも詰め込むんよっ」

　それでも芳恵がぽかんとしていると、母は苛立《いらだ》ったように「早く！」と芳恵の肩を揺すった。

「時間がないんよ、最後ん船に乗るんやけんっ」

「——そんな急に？　なんで」

「説明しちょる暇なんかないんよっ。とにかく積めるだけのもんを積んで行くけん、自分の荷物をまとめたら、あんたも手伝うて！　通帳も、貯金箱も、忘れたらいけんよ。ああ、そいから大きな音を立てたらいかん、そうっと、分かっちょんね」

　それからは、何が何だか分からなくなった。慌ててシャンプーしたての長い髪を後ろで一つに結わえ、中学の修学旅行のときに使ったボストンバッグとリュックサック、それに通学カバンとに、何でもかんでも詰め込んだ。心臓が高鳴って、手が震えていた。頭の中は真っ白で、そのうちに涙が出てきた。心の中で、大好きだった人の名前を呼んだ。

——ナオくん。

何か、大変なことんなったかも知れん。

何が何だか分からんよ。

それとも、これは夢なんやろうか。なあ、ナオくん。

その日もわずか数時間前に、ナオくんとは「またね」と手を振って別れたばかりだった。臼杵川の中州、フンドーキン醤油《しょうゆ》がある中須《なかす》賀《か》にかかる住吉橋のたもとが、ナオくんと別れるいつもの場所だ。ナオくんはそこから川の西側に広がる新しい住宅地に帰っていき、芳恵は川の東側、飲食店が多く並ぶ古い界隈《かいわい》に帰る。本当はいつだって、もっとずっと一緒に過ごしたかったが、ナオくんは塾に行かなければならなかったから、芳恵はいつでも我慢して、素直に「またね」と手を振った。明日も会えると信じているから、そうできた。こんな形でいきなり会えなくなるなんて、信じられることではなかった。

フェリーの窓から景色を眺めながら、芳恵は三十年前に抱えていた胸の痛みを思い出していた。本当に病気になったのではないかと思うほどの痛みと息苦しさが、どれくらい続いたことか。

「向こうは絶対に、血眼んなって俺たちを探すに決まっちょる。いいか、どっからどう噂《うわさ》ん流るるか分からん。誰にも絶対に連絡なんぞしたらいけん。友だちにも、誰にも。そうせんかったら、俺たち一家は本当に、おしまいや」

日付けをまたいだ真夜中にフェリーが八幡浜に到着した後、父はひたすら車を走らせた。空が白み、朝陽が昇っても走り続け、ようやくたどり着いたのが広島だ。一軒のファミリーレストランを見つけて駐車場にワンボックスカーを入れ、エンジンを切ったところで、父はふう、と息を吐き出し、ミラー越しに芳恵と兄とを交互に睨《にら》みつけるようにしながら言った。

「特に、和之《かずゆき》、分かっちょるな。何《なん》もかんも、お前のことから始まったんやけんの」

明るくなった車内で改めて見ると、芳恵の隣で、兄は左頬を赤く腫《は》らしており、かつて見たことがないほど暗く打ちひしがれた表情になっていた。

「――お兄ちゃん、その顔――」

芳恵の言葉を遮るように、母が「とにかく」と、うんざりしたように呟《つぶや》いた。

「何か、口に入れにゃ。それに、ずっと座りっぱなしで身体《からだ》中が痛え」

芳恵だって一睡もしていないし、何が何だか分からないまま、ただ神経だけがピリピリと張り詰めていた。

あの時は、何を食べたのだったろう。覚えているのは朝陽が射《さ》し込むファミレスの席で、父がガツガツとかき込むようにしてハンバーグとライスのセットを食べていたことと、その横でコーヒーを飲みながら、母が何本も立て続けに煙草を吸っていたことだ。兄は、出されたおしぼりを腫れた頬に押し当てたまま、ひたすらうなだれていた。そんな家族に囲まれて、芳恵は、やはり心の中でナオくんに話しかけていたような気がする。

――ナオくん、信じられる？　私、広島に来ちょるんよ。

たったひと晩のうちに。

ジャージーのままで。

何が何だか、分からんよ。なあ、ナオくん、私たち、もう会えんかも知れん。

それからどこをどう走って一日を過ごし、父と母がどう動いたか、よく覚えていない。とにかくその日のうちに、母の遠い親戚《しんせき》の名前を使って安いアパートを借りたらしく、芳恵たちは当分そこで暮らすことになった。小さな町工場や寂れた雰囲気の食堂などが並ぶ界隈で、アパートはモルタル塗装ではあったけれど見るからに古臭く、入ってみると湿気が強くて畳がぶよぶよしていた。玄関を入ってすぐに台所があり、その奥に四畳半、さらに奥に六畳間という間取りは穴蔵のように薄暗く、風呂場はタイル張りで、水色のポリの浴槽は内側に湯垢《ゆあか》が染《し》みついていた。

「もう話してくれてもいいんやない？　何があったん。なんで私たち、こんなとこまで逃げて来んといけんかったん」

ワンボックスカーに積んできた四人分の寝具とそれぞれの荷物を運び入れた後、窓のない四畳半の部屋で畳の上に新聞紙を広げ、そこに近くのスーパーで買ってきた弁当や惣菜《そうざい》を置いて初めての夕食が始まったとき、芳恵はたまらずに口を開いた。父は缶ビールを一気に呑《の》み、何とも言えない表情で荒々しく息を吐いた。

「――もう、駄目んなった。何もかんも、どんこんならん」

「だけん、なんや」

「母さんに聞いちみりゃいい。そいと、和之に」

母は、相変わらずしきりに煙草を吹かしていたが、そのうちにチッと舌打ちをして「まさか」と、いつものハスキーな声で呟いた。

「こんなことんなるとは、思っちょらんかったんよ」

母の吐き出す煙草の煙が、ところどころ剥《は》げ落ちている砂壁の部屋に、薄く広がっていった。

「それに、まさか、和之が、柏木《かしわぎ》さんのところのお嬢さんとつき合っちょるなんて——ちょっとぉ、和之」

母は兄の方に向き直る。

「あんた、柏木さんがどげん家か、知らんわけないよなあ？」

え、柏木さん、と芳恵も目をむいて兄の方を見た。柏木さんといったら、臼杵では知らないもののいない有名な家だ。いくつもの会社を経営していて、地元の市会議員ばかりでなく、国会議員ともつながりがある一方、暴力団とも関係があると聞いている。そういう暴力団の中には、実は、父の店を贔屓《ひいき》にしてくれている人たちも少なくないことは芳恵も知っていた。幼い頃から、どこで会っても必ず挨拶《あいさつ》をさせられたし、最近でも二階で勉強しているのに階下からわざわざ呼ばれて、店に顔を出さなければならないことが時々あった。手首に太い数珠《じゅず》のようなものを巻いたり、シャツの襟元から金のネックレスをのぞかせているような人から「べっぴんになるな」などと嫌らしい目つきで見つめられ、少なくない額の小遣いをもらうこともあった。

「あんな家ん娘に手を出して、あんた、見逃してもらえるとでも思っちょったん？なあ？」

「――手を出すやなんて」

兄がようやく苦しげな声を出した。

「俺たちは本気で――」

「何が本気や！　高校生ん分際で、相手を妊娠なんかさせおって」

父が声を荒らげた。

「柏木さんに知られたら、うちがどげん目に遭うか、おまえ、ちっとは考えんかったんか！」

「そんでも、彼女は絶対に大丈夫っち言っちょったし――」

「そげん言葉を信じたんかっ！」

父はビールの缶を畳の上に乱暴に置き、今度は苛立ったように自分の膝《ひざ》の辺りを何度も叩《たた》いた。

「和之も和之だが、香津代、お前やっ。なんで、ナカマツなんぞから借金しちょった。ナカマツがどんな阿漕《あこぎ》な商売をしちょるヤツか、知らんわけがなかろうがっ。しかも柏木さんの息のかかったヤツやって。あいつらは全員、堅気と違うんぞ」

芳恵は、何が何だか分からないまま、今度は母に視線を戻した。母は半分ふてくされたような表情で、また新しい煙草に火をつけている。

「俺は何回も聞いたの、のう？　本当にあんな商売して大丈夫かっち。ネズミ講とちごうとらんのかっち」

そういえば母は数年前から、父の店を手伝う傍らで、会員制のセールスのようなことを始めていた。最初の頃は天然素材を使ったスクラブ洗顔料とプロポリスを使用した健康食品を「他では絶対に手に入らない最高級品」だと言って人に勧めていたようだが、だんだん扱う品が増えていって、脚の血流のよくなるストッキングだったり、健康器具だったりになり、そういった品物が、家族が暮らしていた店の二階に増えていった。母は、店に来るお客さんや近所の人たちを勧誘して、まず会員になってもらった上でそうした品物を箱単位で売りさばき、自分の会員がさらに会員を増やしていけば、その手数料も入るとか、そんな話だったと思う。

「あんな商売は遅かれ早かれ破《は》綻《たん》するっち、俺は何回も言うたろうが、ええ？　その上、売り上げ以上の金を自分から投資しちょったやと？」

「だって、配当金が――」

「そんなもん、最初の一、二回しか入ってこんかったろうが。そんだけでも腹が立っちょるんに、事もあろうに、俺に黙ってナカマツなんぞから金を借りおって」

「だって、最初は向こうから貸すっち言うちきたんよ。『ビジネスは山あり谷ありやけん、気にすることない』って言って。私ゃ、少しでも利益ん出たら、お店の改装も予定より早く出来るっち思うて、あんたんために――」

「この、馬鹿《ばか》びぃがっ！　何が俺んためやっ、せめて正直に言っちょりゃあ、こんなことん、なっちょらせんもんをっ」

　そのとき、アパートの壁がどんどんと打ち鳴らされて、隣の部屋から「うるせぇっ！」という声が聞こえてきたから、家族は一気に口を噤《つぐ》んだ。芳恵は混乱しながらも少しずつ事態を呑み込み、同時に、これが夢でも何でもないということを実感し始めていた。畳の上に広げられた新聞紙の片隅に、自分の涙が震えながら落ち、ぽと、ぽと、と染みを広げていったのを、今も覚えている。

　要するに、母は父が反対するのも聞かずに、いわゆるマルチまがい商法と怪しい投資話に手を出して失敗した上に、父に内緒で高利貸しから多額の借金を作っていたのだった。その高利貸しの親分にあたるのが柏木さんだった。兄は、そんなことはつゆ知らず柏木さんの娘とつき合っていたのだが、娘の妊娠が発覚したことで柏木さんの知るところとなった。そして昨日の昼間、柏木さんは子分を連れて父の店に乗り込んできたのだという。父に対して、この責任をどう取るつもりだと迫った上で、子分のナカマツが母に貸している金に関しても即刻、利子も含めて返せと迫ったのだそうだ。

柏木さんは臼杵や大分ばかりでなく、四国のヤクザにも顔がきくし、これまでにも柏木さんの怒りを買って、町にいられなくなった人は何人もいるらしい。

芳恵の両親は「逃げるしかない」と結論を下し、そして、夜逃げを決行したというわけだ。四国を通り越して広島まで来たのは、さすがにそこまで逃げれば、柏木さんも探し出せないだろうと考えたからだということだった。

3

波の穏やかな日だった。心配したような揺れもほとんど感じず、窓からは時折、芳恵が乗っているのと同じような白いフェリーとすれ違うのが見えた。朝陽を受けて、輝くように美しい。臼杵から八幡浜へ向かうものか、または、別府と八幡浜を結んでいるフェリーだろうか。臼杵に住んでいた頃は、四国まで行くのは福岡辺りまで足を伸ばすよりずっと手軽だった。それなのに、ひとたび臼杵を後にしてしまったら、三十年も戻ってこられなかった。芳恵は改めて、年月というものを嚙《か》みしめていた。

十六歳の私はどんな未来を夢見ていたんだったろう。

勉強も運動も、取り立てて得意なものはなかった。趣味という趣味もなかったし、音楽でもアニメでも、人気のあるものには人並みに興味を持ったが、特に夢中になるということもなかったと思う。唯一《ゆいいつ》確かだったことは、とにかくずっとナオくんと一緒にいたい、いられるに違いないと、それだけを信じて、二人で歩む生涯を夢見ていたことだ。

　本当に可《か》愛《わい》かった。

純粋で、何一つ疑うことを知らなくて。

広島に逃げてからの芳恵の人生は、惨憺《さんたん》たるものだった。最初のうちは住民票すら移せずにいたから、すぐに転校することも出来ず、それは高三だった兄も同様だった。父と母は毎日のように言い争い、「夜逃げ」という方法をとったことを互いの責任にして罵《ののし》り合った。やがて母は夜スナックで働き始め、兄も日雇いのアルバイトを始めた。どちらも身元を明かさずに済む仕事だったから早く見つけることが出来たのだ。父は、パチンコにばかり通うようになった。じめじめとした薄暗いアパートに残されて、芳恵はよく砂壁にもたれて一人で泣いた。いっそのことこっそり臼杵に帰って、ナオくんの胸に飛び込んでしまいたいと考えたことも、一度や二度ではない。だが、何といっても柏木さんの関係者に知られるのが恐ろしかったし、それよりもナオくんに迷惑をかけてはならないと思うから、文字通り胸をかきむしる思いで耐えなければならなかった。

夜逃げしたのが、確か九月の末くらいだった。馴染《なじ》みのない土地で秋が深まり、やがて次第に寒さが厳しくなり、必要に応じて安物のセーターなどを買ってくるようになって、これ以上ないと思うほど惨《みじ》めなクリスマスが過ぎた頃、ついに母がもうこんな暮らしは嫌だと言い出した。明るい時刻から呑み始めていた父は「誰んせいやと思っちょる」と、どろりとした目つきで母を見上げたかと思うと、飲みかけの焼酎《しょうちゅう》の入った湯飲み茶碗《ぢゃわん》を投げつけた。茶碗は母の身体に当たり、お湯割りが飛び散った。明るい茶色に染めた髪を大きくカールさせ、濃い化粧をした顔で、母は「何するん！」と叫んだ。

「いつまでも、ぐずぐずぐずぐず。なったもんは、しょうがないっち言うちょるやろうが！」

「しょうがないで済むかっ。どんだけんもんをなくしたと思おちょるっ！　子どもたちん人生だって、めちゃくちゃで。お前がちゃんと、見ちょらんけんっ」

あの時、母は服に広がった酒の染みを拭《ぬぐ》おうともせずに、仁王立ちのままで口もとを歪《ゆが》めたものだ。

「和之は――橋谷ん血が、そうさせたんやないん？」

「――何やと」

父の顔から血の気が退《ひ》いた。芳恵は、狭い台所に逃げ込むようにして、ただ怯《おび》えながら両親のやり取りを見ていた。

「流れちょん血が、そういう血っち言いよんの。うちが橋谷やなかったら、柏木さんも、あそこまで怒らんやったんやねえんかなあ」

間に合わせに買った安手のちゃぶ台の上に置かれていたティッシュを乱暴に何枚か引き抜き、それで服の染みを叩きながら、母は口もとを歪め、そのままの表情で芳恵を振り返った。

「ええ？　あんたも橋谷ん血を引いちょんのやけん、よう聞いちょき。あんたんお父さんちゅう人はなあ、本当は、誰ん子か分からん人やけんな」

父が呻《うめ》くような声で「香津代」と母の名を呼んだ。それでも母は黙らなかった。

「あんたん好いちょったお祖母《ばあ》ちゃんちゅう人はなあ、お祖父《じい》ちゃんが戦争から戻ってくる前に、こん人んこと身ごもっちょったっち」

言われている意味がよく分からなかった。芳恵は、まるで蛇に睨まれた蛙《かえる》のように、ただ息を呑んで厚化粧した母の顔を見つめていたと思う。母は丸めたティッシュをゴミ箱代わりにしていた段ボール箱に放り投げると、今度は腕組みをした。

「町では、こう言われちょったらしいけん。橋谷んヤスエさんち、魚だけやねえで、自分んことも行商して歩いちょったんやねえんかのうっち」

だから伯父は祖母を嫌っていたし、弟である父とも距離をとって生きてきた。祖父が、どんな気持ちで祖母と生きたのかは、今となっては分からないが、若い頃は遊び人だったと、そういえば誰かから聞いたこともある。とにかく、祖父母に対して父たちは冷たかったし、祖父が亡くなって祖母が一人になったとき、伯父も父も引き取ろうとしなかったのには、そういうわけがあるのだと母は言った。

「お母さんやって結婚前は、そんなこと知らんかったよ。臼杵んもんやなけりゃあ、分からんもん。ただただ、あんたんお父さんが『一緒になっちくりい』っち何べんも頭を下げるもんやけん、よう調べもせんで一緒になって、そん後で聞かされたけん」

　そして母は、奥の六畳間で聞き耳を立てているに違いない兄の名を呼んだ上で、さらに言葉を続けた。

「こんだけは言うまいっち思っちょったけど、言うちょくわあ。いいかえ？　あんたたちんお父さんっちゅう人は、お母さんと結婚する前に、もう他の女の人と結婚しちょったんよ。それを、ずうっと隠したまんま私とつき合《お》うっちょったの。一緒になろうっち言うて！　どうやってそん人を捨てたんか、詳しいことは聞いちょらんけど、とにかく相之が生まれた後んなって、私はよそん人からそげんこつ知らされたけんね！」

芳恵は思わず「うそ」と呟いて、立て膝をつきながら顔をそむけている父を凝視した。呑みすぎていたせいか、父は肩で息をするばかりで何も言わなかった。信じたくない話だが、その父の態度こそが、真実だと認めているのだろうと、芳恵はそう思わざるを得なかった。

「よおっく覚えちょき。あんたたちには、橋谷ん淫《みだ》らん血が流れちょんちこと」

それだけ言い捨てると、母は鴨居《かもい》にかけていたハンガーからオーバーコートをひったくるようにして、袖《そで》を通しながら芳恵の脇《わき》をすり抜け、狭い玄関に向かった。臼杵にいた当時とはまったく違う香りをさせ、安っぽいハイヒールを履いて、たわむドアを乱暴に押し開いたとき、最後に芳恵に向かって「後で連絡するけん」と言い残していった。

父が弁護士のところに相談に行って自己破産の手続きをとったのは、それから間もなくのことだ。すべての整理が済んだ段階で、両親は正式に離婚した。何もかも失うことになったが、これで柏木さんから逃げる必要もなくなったと、もう春になろうとしていたある日、父は珍しく少しすっきりした顔つきで言った。

「とにかく、お前らは高校だけは出ちょかんといけん。俺も明日からは、仕事を探すけん」

だが、その翌日には、父のいない間を見計らって兄が出ていった。

「学校は？」

「行かん」

「でも、お父さんは——」

小さなカバンに着替えを詰め込みながら、兄は、父は一生、自分を許さないだろうと言った。

「毎日毎日、あん目で見られち、俺やってもう限界やけん。頭がどげんかなりそうや」

そうして、芳恵は父と二人きりになった。ほんの少し前まで、のんびりした臼杵の町で、両親が営む寿司屋の二階で暮らし、町を往《ゆ》き来《き》する誰とでも挨拶を交わして、誰かを恨むことも、憎むこともなく育ってきた。ことにナオくんと出会ってからは、中学の頃までの淡い恋心とはまったく違う、自分の「運命」まで考えるようになって、その気持ちを一途《いちず》に育てていきたいと思っていた。それがどうだ。何もかもが消え果てた。

とりあえず春からは、一年遅れで高校に通うことになった。それからの三年間、芳恵は学校とアルバイトだけに明け暮れ、家に帰ればすべての家事をこなさなければならなかった。職人としての腕があるのに、どの寿司店に勤めても父は仕事が長続きしなくて、短いときには半月程度で辞めてきてしまい、しばらくは酒を呑み続けるということの繰り返しだった。母が時折、父がいないことを確かめた上でやってきて、多少のお金を置いていってくれたが、一方では、自分のところへ訪ねてきては困るとも言った。

「今、一緒ん住んどる人がおるんよ。そん人には、子どもがおるとか、言うちょらんけん」

何だ、母だって父のことなど言えた義理ではないではないか。芳恵は裏切られた気持ちになり、心の中で母を呪《のろ》った。

――そういう血。

あの言葉が、芳恵の人生を決定的なものにしたと思う。母から家の秘密を聞かされた日から、芳恵は自分が忌《い》まわしい血を受け継いだだけの、空っぽな存在なのだと感じるようになった。ナオくんへの気持ちなど抱き続けるのは間違いだと自分に言い聞かせたし、これから先も、もう誰のことを好きになる資格もないと考えた。

明るい音楽と共に船内放送が流れて、もうすぐ臼杵に到着するというアナウンスが聞こえた。スマホを取り出すと、なるほどもう十時半を回っている。芳恵はバッグを肩にかけて、デッキに出てみることにした。ドアを開けるなり冷たい風が吹きつけてきたが、その風に逆らうように足を踏ん張って、デッキに立った。

ぽっかりと浮かぶ津久見島が左手に、そして正面には臼杵の町が見えた。

左右から山並みが迫り、その間に開けている小さな町。臼杵川と末広川、そして熊崎川が河口近くで合流して、海に注ぐ町。港近くを流れる海添川は万年渓とも呼ばれていて、いつでもたくさんの釣り船がつながれている。お城のあった公園は、町の中でひと際高くそびえ、桜の頃はそれは見事だ。ナオくんといつも立ち寄っていたのは、そのたもと、大手門の公園だった。

帰ってきた。

涙が溢《あふ》れてくるのは冷たい風のせいだ。それもマスクをしているお蔭《かげ》で、こぼれ落ちた涙は簡単に隠せる。何度も涙を飲み下しながら、芳恵は近づいてくる臼杵の町を見つめていた。

4

気温は低いものの、陽射しの溢れる穏やかな日になった。フェリーを下りた芳恵は、まるで当たり前のように歩き始めた。まず海添川沿いの道を、左手の造船所を眺めながら臼杵駅の方に向かう。ジーパンにムートンのショートブーツを履いている自分の足もとが、いつしか膝下丈の紺色のスカートに白ソックス、スニーカーだったときのような感覚に陥った。そういう格好で、芳恵は駅の近くにある高校に通っていたのだ。日豊本線の臼杵駅前には、磨崖仏のオブジェが今も変わらず据えられていた。だが駅前は閑散としていて、数台のタクシーが停まっているだけだ。そこから、真《ま》っ直《す》ぐに伸びる道を歩き始める。

知っているような、知らないような、不思議な風景だった。確かに見覚えのある道で、記憶に残っている建物もあるのだが、その隙間《すきま》を知らない建物が埋めている。昔の写真に今を合成して被《かぶ》せているような感じだ。やがて、左手に鳥居が見えてきた。

ああ、これ。

港町商店街の入口にこの鳥居が建ったのは、確か、芳恵が小学校の五、六年生の頃だ。そのときは朱色も鮮やかで大きくまぶしく感じたものだった。それが今見ると、すっかり落ち着いた色になって、鄙《ひな》びた街並みに溶け込んでいる。これが年月というものかと、芳恵はしみじみとその鳥居を見上げた。

港町商店街は、かつては人の往来も多かったし、車もバイクも自転車も、頻繁に通った道だった。だが今は交通量自体が少なくなったようだ。それでも歩いていくうちに、ああ、この家は覚えている。この辺りには確か、中学のときの同級生がいたのではなかっただろうかなどということが思い出された。

一軒の薬局が開いていた。

こんなところなら、まだマスクが売られているのではないかと思って、寄ってみることにした。臼杵に来て初めて誰かと話すことになる。大丈夫、マスクもしているし、決してバレたりしないと自分に言い聞かせる。

「マスクはねえ、今もう全然、入ってこないんですよね」

ところが、奥から出てきた二十代くらいの店員がいかにも申し訳なさそうな顔で言うから、芳恵は「そうなんですか」と目を瞬《しばたた》いてしまった。

「バイパス沿いの大きいドラッグストアとかにも、もうないそうなんです。もしかすると都会の親戚から頼まれて、まとめて送ったりしてるのかも知れませんけどねえ」

臼杵辺りでも、そんなことになっているのか。小さく頭を下げて店を出る芳恵の背中に「またどうぞ」という声が被さった。

やがて、左手に見えてきたのは昔ながらの高級料亭だ。ここはまったく変わっていない。それから和菓子店があって、床屋がある。そうして商店街を抜けたところで一瞬、面食らった。以前に比べてずっと道幅が広くなっていて、自分がどこに向かおうとしているのか分からなくなりそうだったからだ。だが、右手を振り返ってほっとした。お城の公園が小高くそびえている。この位置さえ分かっていれば、道が変わっていたとしても迷うことはなかった。

自分の記憶と勘に従って信号を渡ると、思った通り八町大路に入ることが出来た。この街並みはほとんど変わっていないようだ。左右に並ぶ建物も大半が昔のままだった。それにしても多くの商店が窓辺にひな人形を飾っている。こんな風習は昔はなかったはずだと思って首を傾《かし》げていると、そこここに「うすき雛《ひな》めぐり」というポスターが貼《は》られているのが目にとまった。和紙で作られた雛人形の写真を見て、芳恵は思わず「ああ」と声を洩らしそうになった。

何回か作ったことがある。幼稚園や、小学校で。

何でも昔の臼杵藩の殿様が、とにかく質素倹約を強く勧める人で、贅沢《ぜいたく》は決して許さなかった。そこで、ひな祭りに飾る人形も和紙になったということを教わった記憶がある。

「観光で来られちょんのですか？」

ついぼんやりしていると、店の奥から四十前後に見える女性がにこにこと笑いながら話しかけてきた。芳恵はマスクの上の目だけ細めて見せた。

「臼杵のおひな様はねえ、紙のおひな様なんですよ。よかったら、あそこの白い大きな建物で色々と展示していますから、見ていって下さいね。他でも色んなところで、展示してますから」

「そういうお祭りなんですか？」

「お祭りっていうのでもないんですけど、まあ、こうやって観光客の方に来ていただければなって、みんなで始めたんです」

芥子《からし》色《いろ》のセーターの上からチェックのエプロンを着けて、女性は柔らかい笑顔を向けてくる。

「臼杵は古い城下町なんですけど、昔から結構、財政が厳しかったらしいんですよね。それで、贅沢なおひな様は飾ったらいけんっていうことになってですね」

「質素倹約なんですね」

つい言葉を引き継ぐと、女性は少し驚いた表情になって「よく知っておられますね」と嬉《うれ》しそうな顔になる。芳恵は、彼女に「ありがとう」と言ってその場を離れた。芳恵の知らない間に、この町は新たな方向を探って歩み始めているらしい。

大きな白壁の建物に飾られているたくさんの雛人形を眺めてから、商店街を外れて、二王座の道に入った。この辺りは城下町の面影を強く残す、昔ながらの武家屋敷が残っている。昔は辛気くさくてそう好きでもなかったが、今、歩いてみると独特の趣があって、落ち着いている道だった。中学生の頃には、友だちとふざけ合って、この静かな道を走り回った。雨の日には石畳が滑って、何度となく転びそうになったものだ。

私はこういう空気を吸って育ったんだ。

――お前みたいな、どこの馬の骨かよう分からん女を拾うてやったんやないか！

いきなり、最初の夫の言葉が蘇《よみがえ》った。結婚したと思ったら、途端に人が変わったように暴力を振るうようになった男だ。結婚する気などさらさらなかったのに、「ずっと傍にいてるから」というひと言に、ついすがった。高校を卒業後、その頃もうアル中に近くなっていた父から離れたくて大阪で就職していた芳恵が、自分でもどうしたらいいか分からないほどの孤独を感じていたときだった。淋《さび》しくて、頼りなくて、どうしようもなかった。恋とか愛とか、そんなものはまったくなかったが、ただ誰かに傍にいてほしかった。だから事務員として勤めていた不動産会社の、営業マンと一緒になることにした。

後から思えば、相手の男も芳恵から愛情の一つも感じなかったことに苛立ったのかも知れない。激しく暴力を受けては、次の瞬間には抱きしめられ、泣いて謝られ、また殴られる。そんな繰り返しの中で、あの頃の芳恵は、ほとんど自分の頭で物事を考えるということが出来なくなっていた。それでつい、当時のパート先の同僚に誘われて入ったのが新興宗教だった。

「あんたの魂は傷つきすぎています。疲れ果ててるな。悲鳴を上げとんのが私にはよう見えてます」

連れていかれた先で、初対面の人から「つらかったんやねぇ」と手を握られ、芳恵は心の糸が切れたかのように号泣したものだ。泣いて泣いて、気がつけばその宗教団体が芳恵をかくまってくれるようになり、芳恵は結婚して二年半で離婚することになった。ところが離婚した先には、宗教活動が待っていた。日夜、経典を読み、教祖様を拝み、よく分からないままに「奉仕活動」やら「布教活動」に連れ回された。そんな日々が、どれほど続いただろうか。気がつけば芳恵はもう三十近くになっていた。

「肝硬変が大分進んでましてね。入院していただかなくてはならないんですが、お身内のサインが必要なんです」

そんな矢先に、父が倒れたという連絡を受けた。芳恵は広島に飛んで帰った。父に会いたかったわけではない。宗教から逃げたかったのだ。そうして、ほどなくして、父は胃の静脈瘤《じょうみゃくりゅう》破裂で亡くなった。瘦《や》せ衰え、昔の面影などまったくなくなってしまった、哀れな最期《さいご》だった。

お父さん、分かる？　私、帰ってきちょるんよ。

スマホを確かめると、もう一時近くなっていた。そういえばずい分と空腹も感じている。どの辺りに行けば飲食店が多いのかは分かっているが、いきなり自分の家があった辺りにいくのには、やはり勇気が要った。とりあえず歩き続けて、幾つかの角を曲がったところに、一軒の定食屋を見つけた。建物は古そうだが、芳恵の記憶にはない店だ。店先に置かれたメニュー看板を見ると値段も手頃で、その中に「黄飯《おうはん》」があった。臼杵独特の、クチナシで色をつけた黄色いご飯だ。やはり質素倹約に努めようとした昔の殿様が、赤飯の代わりに奨励したと教わった記憶がある。黄飯で、ふぐの唐揚げ定食くらいがいいかも知れない。迷うことなく、店の引き戸に手をかけた。

「いらっしゃい」

町を歩いている人はそう多くないのに、店の中は案外、客が多かった。その大半が男性客だ。観光客らしい人は見かけない。もしかしたら、フンドーキン醬油や近くの企業で働いている人たちが多いのかも知れないなどと考えながら空いている席を探して料理を注文し、芳恵はようやくマスクを外した。

テーブルの上に肘《ひじ》をついて、改めて店内を見回してみる。やはり「うすき雛めぐり」のポスターや、他にも観光マップらしいものが何種類も壁に貼られていて、あとは有名人が訪れた記念なのか、何枚かの色紙などが飾られている。夜は居酒屋になるらしく、大分麦焼酎の「吉四六《きっちょむ》」のボトルが何本も並んでいた。

お母さん、私、臼杵におるんよ。これから黄飯食べるんよ。

母にも話しかけた。

芳恵が広島から松山に移ったのは、母に呼ばれたせいだった。父が亡くなったことだけでも知らせた方がいいと思って、久しぶりに母の携帯電話を鳴らしてみたところ、松山に住んでいると知らされた。

「あんたも、こっち来たら」

大阪へはとても戻る気になれず、かといって広島にいても仕方がないと思っていたときだったから、芳恵は、今度は母の言葉にすがるように松山に移り住んだ。かなうなら少しの間でも母と一緒に過ごせないものかと淡い期待を抱いていたのだが、母にはやはり同居人がいた。それでも久しぶりに会って食事をしたとき、母は、今は観光旅館で仲居の仕事をしていると話してくれた。以前は綺麗《きれい》な指輪をはめていた美しい手は、すっかり荒れて節が目立つようになっていた。

松山に着いてすぐに職探しを始めて、見つけたのが少しばかり大きな地元のスーパーマーケットだった。以前、不動産屋に勤めていたときに少しは帳簿もつけていたと面接で話したら、レジ係として雇ってもらえた。そこで仕事を続けて、三十三歳のときに同じ職場の人と二度目の結婚をした。

「ふぐの唐揚げ定食、黄飯でね、お待たせしましたあ！」

目の前に盆が運ばれてきた。鮮やかな色の黄飯と、ふぐの唐揚げ、香の物に味噌汁《みそしる》、そして付け合わせは、「きらすまめし」だった。これもやはり臼杵の「質素倹約」の考えから生み出されたものだと聞いている。漬けにした刺身とおからをあえて、ネギやショウガを加え、最後に名物のかぼすをしぼる。父の店でも、これはいつも作っていた。

すっかり忘れちょった。

味噌汁をひと口すすって、ほうっと息が出た。冷えていた胃袋がじん、と温まる。テーブルの脇に置かれているフンドーキンの醤油を漬物にひと垂らししてみる。懐《なつ》かしい、甘めの醤油だ。芳恵はひと口、ひと口、ゆっくりと料理を口に運んだ。同時に、何度も涙を飲み下す。この味に、また出会えるとは思わなかった。

二度目の夫は、悪い人ではなかった。芳恵と同じスーパーの鮮魚部門で働いていた彼は、口下手で無骨な人だったが、何かの折に垣間見せる気遣いが、静かに芳恵の心に染み入る人だった。仕事帰りに何度か食事を共にするようになって、芳恵が初婚でないことも、子どもを望んでいないことも承知した上で、彼は「一緒になろや」と言ってくれた。

最初の数年かは、臼杵を去って以来初めてと言っていいほど穏やかな日が過ぎていった。ところが時がたつにつれ、夫は芳恵が、どうして子どもを持ちたくないのかが理解出来ないと言うようになった。

「べつに産めん身体いうわけや、ないんやろ？　可愛いと思うんやけどねえ、血分けた我が子って」

その「血」が問題なのだ、だから決して子どもはもうけたくないのだとは、さすがに言えなかった。芳恵が押し黙ると、夫は大きくため息をつき、苛立ったように背を向けて眠った。夫婦の関係が微妙にぎくしゃくしてきたと感じるようになった矢先、母が脳梗塞《のうこうそく》で倒れた。

母と一緒に暮らしていた男は、母が退院したての頃こそ「一緒に頑張ろな」などと言って、麻痺《まひ》した母の手をさすったり、歪んだ口もとに食事を運んでやったりしていたが、そのうちに行方をくらました。母はベッドの上で涙とよだれを垂らしながら懸命に男を探している様子を見せても、何ひとつ言葉は出なかった。

母の後遺症は運動障害の他に感覚障害もあり、さらに構音障害と失語症まで起こしていた。常に誰かが傍についていなければならない状態になってしまったから、芳恵はパートもやめて、母の住まいと自分の家との往復に忙しくなり、時によっては母のところに泊まり込まなければならなくなった。もちろん介護保険の適用も申請したし、受けられる限りの介護サービスは受けたが、それでもすべてをまかなうなど到底無理な話だ。とにかく毎日、無我夢中でヘルパーなどから介護の方法を教わり、本を読み、母が食べられそうな食事を工夫して作ったりしているうち、気がつくと何日も夫と顔を合わせていないということがあった。そんな日々が何年か過ぎたとき、突然、夫から別れたいと告げられた。つき合っている人が妊娠したということだった。

「向こうは、産みたい言うてくれとるけん」

介護疲れのせいもあったと思う。芳恵は、泣くことも怒ることもせず、黙って離婚届に判を押した。さすがに祝福してやることまでは出来なかったが、最後に「よかったじゃねえの」とは言ってやれた。どうしても子どもが欲しいという男を引き止めておくことなど、無理な話だとすぐに諦《あきら》めた。

母が二度目の発作を起こしてそのまま逝《い》ったのは、芳恵が四十になる少し前のことだ。一人で母を送り、最後に母の荷物の整理をしていたとき、兄からの手紙を何通か見つけた。その都度、住所が変わっており、最後の手紙がもう十年近くも前のものだった。一応その住所に宛《あ》てて手紙を出してみたが、数日して戻ってきてしまった。それきり、兄のことはもう分からない。

結局、母の介護がきっかけになって、芳恵は福祉関係の仕事を目指すことになった。これから先は、本当に自分一人だけで生きていかなければならない。そのためには資格があった方がいいと思ってのことだ。母のことで世話になったケアマネジャーやヘルパーからも色々と教わっていたから、まずは介護職員の初任者研修を受けて資格を取り、そうして今の職場を探した。

まるで嵐《あらし》のような人生だった。

色鮮やかだが味にはまったくクセのない黄飯をゆっくりと噛みしめ、揚げたてのふぐの唐揚げを味わっているうち、ふと気がついたら店の客があらかたいなくなっていた。少し離れた席で、スポーツ新聞を読んでいる男性が残っているくらいだ。芳恵は、ようやく我にかえって最後の味噌汁を飲み干した。

「ごちそうさまでした。懐かしい味で、嬉しかったです」

レジで支払いを済ませるとき、店の人は「お客さん、こっちの人なんですか」と感じのいい表情を向けてくれた。五十そこそこといったところだろうか、もしかしたら知っている顔だったのかも知れないが、年月が、お互いをすっかり変えている。

「昔ね」

それだけ言ってマスクをかけ、芳恵は店を出た。

5

臼杵川に行き当たると、目の前にフンドーキン醤油《しょうゆ》の大きな看板が見えてくる。この風景は、昔とまるで変わっていなかった。中須賀一体が工場と本社になっていて、その存在は、ある意味で臼杵のランドマークのようなものだ。芳恵はしばらくの間、川べりに立って、臼杵川に陽射しがきらめくのを眺めた。

毎日のように目にした景色。

首を巡らせば、向こうに住吉橋が見えている。ナオくんと、いつも手を振って別れた橋だ。その先には急な階段を持つ住吉神社と松島神社が並んでいて、また橋を渡ると新しい町へと続く。

時折、車が行き交う以外は、歩いている人の姿もなかった。やはり全体に、人が減っているのだろうか。川沿いの道を少し歩いて、浜町に入る。百五十年以上も続く酒造会社は、確か有名な作家の実家だったはずだ。そして向かいの商店が、フンドーキン醤油の発祥元だったと思う。どちらも重厚な木造の構えを持ち、蔵の方は白い漆喰の壁が続いていて、今もまったく変わっていなかった。通りにはところどころに女性数人のグループがいて、楽しげに辺りを見回したり、スマホのカメラを構えたりしている。

自分も、気ままな小旅行を楽しんでいるように見えるだろうか。

そうだったら有り難いと思う。コートのポケットに手を突っ込んだまま、芳恵はそれから意を決するように、かつて父の店があった通りへと向かった。次第に緊張が高まって、胸が苦しくなってくる。一度、マスクに手を触れて、ちゃんと顔が隠れていることを確かめてから、そっと歩く。やはり道行く人の姿はほとんどなく、猫が一匹だけ、目の前を横切っていった。格子《こうし》のはめられた伝統的な造りの家が並ぶかと思えばパネル張りの家があり、塀を巡らせた懐かしい建物がある一方でプレハブの建物が混ざっているという具合だった。以前に比べるとどことなく雑然とした、ちぐはぐな感じのする界隈《かいわい》を歩くうちに、ようやく行きついた。

ここだ。

万に一つも、昔のままの家が残っていたらと期待したのだが、そこは更地の駐車スペースになっていた。まるで、歯が一本抜け落ちたかのように、そこだけがぽっかりと空いている。それが、まるで父たちに向けられたもっとも残酷な仕打ちのようにも思えて、芳忠は密《ひそ》かに息を呑み、かつて我が家があった場所の前に佇《たたず》んだ。背後を時折、軽自動車が走り抜けていく。その度に緊張しながら、息を殺すようにして界隈を見回す。

この町。

この通り。

誰にも見つかりたくないと思う一方で、誰かに会えないものかという気持ちも働いた。見覚えのある家や店は、ちゃんとあるのだ。

ここが、私の生まれた土地。

十六まで暮らした町。

思いを噛みしめるように、それからも芳恵はしばらくの間、その界隈を歩き、また臼杵の町を縦横に歩きまわった。景色のすべてを、今度こそ忘れないようにしたいと思った。

改めて城址《しろあと》の公園の方まで戻ってみると、大手門公園には吉丸一昌《よしまるかずまさ》の銅像が建てられていた。吉丸一昌は『早春賦《そうしゅんふ》』の作詩をした臼杵出身の人だ。

春は名のみの　風の寒さや
谷の鶯《うぐいす》　歌は思えど

芳恵が暮らしていた頃には、この銅像はなかったとは思うが、見ていたら何十年かぶりに、懐かしい歌が思い出された。鶯にはまだ早いものの、春の気配を感じる今日には、ふさわしい歌にも思える。そういえば小学校のときに合唱コンクールで、この歌を歌ったことがある。そうだ。昔の芳恵は歌が好きで、何かというと色々な歌を口ずさんでいた。

そんなことも忘れてた。

しばらくはその辺りを歩きながら昔の歌を密かに口ずさみ、ふと気がついてスマホの時刻を確かめると、いつの間にか三時半を回っていた。本当は三時四十分のフェリーで帰るつもりだったのに、これでは間に合いそうにない。それなら次の、五時半のフェリーに乗ることにして、あと一時間くらい歩きたい気もするのだが、さすがに足が疲れてしまっていた。

三重塔も見ておきたいし、福良《ふくら》天満宮にも寄っておきたいのに。

距離感は掴《つか》めているが、かかる時間がどれくらいか、今一つ分からない。疲れているせいもあって、こうなったらタクシーを呼ぶしかなさそうだった。それくらいの散財をしても大した贅沢ではないだろうと自分に言い聞かせ、近くを歩きまわってタクシー会社の看板を見つけ出して、スマホでタクシーを呼ぶ。五分もしないうちにタクシーが来てくれた。

「すみません、五時半のフェリーで帰りたいんで、五時にはフェリー乗り場に行って欲しいんですけど、それまでの間、少し観光っていうか、ちょっと行きたいところがあって」

暖房の効いた車内に乗り込んで運転手に告げる。運転手はちらりと振り返りながら「どこに行きます？」と聞いてきた。

「お客さん、臼杵は初めてですか」

「そうでも、ないんです。あのう、赤猫の神社の——」

「福良天満宮？」

「そこ、行っていただけます？」

運転手は小さく「はい」と言って、静かに走り始めた。たった数時間だけの臼杵の滞在が、じきに終わろうとしている。ゆっくり歩いた街並みが、窓の外を滑っていった。そのとき、ポケットの中でスマホが鳴った。見ると、勤め先からだ。

「はい、橋谷です」

運転手以外にいない車内だから、マスクを外して遠慮なく声を出した。電話の向こうから、チームリーダーの声が勤務予定について尋ねてきた。本当なら今日は公休日なのだが、夜から出てくれないかと言っている。

「今日ですか？　私いまちょっと、遠くに来てるんですよね。夜勤の時間まで、戻れそうにないんですが」

リーダーの「そうなの？」とがっかりした声が聞こえてくる。

「どんなに急いでも十時過ぎにならないと、そっちには帰れないと思うんです」

もっと町を眺めていたいのに、気が殺《そ》がれた。「それじゃ、他を当たるわ」という声を聞いて、芳恵はため息をつきながら電話を切った。

「お客さん」

運転手が改めて話しかけてくる。

「今日は、どこまで帰るんです？」

「松山なんです」

「松山？　松山から来たんですか」

「ほら、今、新型コロナウイルスって流行《はや》り始めてるでしょう。本当に広がっちゃったら、簡単に、こっちに来られなくなると思って」

タクシーはさっき芳恵が歩いた臼杵川沿いの道に出て、ゆっくりと福良天満宮のある方向に向かい始めていた。右手に、フンドーキン醬油が見える。そうして住吉橋が見えたところで、タクシーはふいに右に曲がった。おや、と思ったときにはタクシーは橋を渡りきり、その先にある左手の建物の駐車場に入っていく。「臼杵市歴史資料館」という看板を見て、こんなものが出来たのかと思った一方、これでは遠回りになるのではないかと運転手の方に身を乗り出しかけたとき、助手席の前に掲げられた運転手のネームプレートが目にとまった。

　武田《たけだ》直樹《なおき》。

　その瞬間、芳恵は慌《あわ》ててマスクを外していた顔を手で覆《おお》った。心臓が早鐘のように打ち始めた。

「よっちゃんやろう？　橋谷やな？」

　駐車場にタクシーを停めると、車のエンジンをかけたまま、運転手が静かな声で話しかけてきた。

「俺のこと、分からんかえ」

　言いながら、ゆっくりと振り返る。びんのあたりに数本の白髪が混ざっている中年の男の顔だった。だがよく見れば、その目元、鼻筋は、紛れもなく彼のものだ。芳恵は口もとを手で覆ったまま、身動き一つ出来なくなった。

「――どうして」

　それだけ言うのがやっとだった。

「さっき、食堂で飯食っちょったときから、そうやないかと思っちょった。声がいっこん変わっちょらんし、その、ほくろ」

　思わず自分の右頬にあるほくろを指先で確かめるようにしながら、芳恵は中年になったナオくんを見つめることしか出来なかった。

「何年ぶりや？」

「――さん、三十年――」

「あれっきり、帰ってきちょらんやったか」

「だって――聞いちょるでしょう、どんな事情やったか」

ナオくんが車のエンジンを止める。狭い車内に静寂が広がった。ナオくんは大きくため息をついて、「そうやなあ」と深々と息を吐き出した。

「あん頃は、すげえ騒ぎになったけんなあ」

喉《のど》の奥に引っかかっていた熱いものがこみ上げて来て、後から後から涙が出てきた。芳恵は急いでバッグからハンカチを取り出し、目元に押し当てた。耳の奥がきーんと鳴る。その向こうから、ナオくんの「だけど俺」という声が聞こえた。

「あれからしばらく、待っちょったんや。夕方んなると、そこの橋んとこでな。ひょっとしたら、よっちゃんだけでも帰ってくるんやないかと思ったりしてな」

「――ごめんね。ごめんなさい」

最初は何とかこらえていたものの、いつの間にか泣き声は嗚咽《おえつ》となり、身体《からだ》中が震えた。

「色々、あったんやろうな」

何を言われても、うん、うん、と頷《うなず》くことしか出来ない。自分は、何という年月を過ごしてきてしまったのかと、身をよじりたくなるような思いが押し寄せてきて、出来ることならかき消えてしまいたくなった。

「まあ、そげんなもんや。人生っちゃ。俺だって、色々あったけん」

ナオくんの声が聞こえる。昔からこんな声だっただろうか。よく分からない。だがナオくんは、泣いている芳恵の方を振り向くわけでもなく、独り言のように簡単に自分の人生を語った。

芳恵一家が臼杵から消え、町はしばらくの間は様々な噂《うわさ》で持ちきりになったという。ナオくんは相当にショックを受けたし、ずい分長い間、芳恵からの連絡を待っていたそうだ。だが、半年がたち一年が過ぎても、芳恵からの連絡はなかった。そうこうするうち大学受験の季節になり、一年目はすべて不合格になったことで、これは気持ちを切り替えなければならないと思ったのだそうだ。

「そげえいつまでも引きずるのは、男らしくないとか、思うてな」

一浪して東京の大学に入り、そのまま就職して、そこからはある程度、順調に暮らしていたという。ところが、勤め先がリーマンショックの波を受けたことで人生が大きく変わったのだとナオくんは語った。

「呆気《あっけ》ないほど簡単に会社が潰《つぶ》れて、無職になったけん、そうなれば住宅ローンも払えん。嫁さんは子どもを連れて、さっさと出ていきよった。後に残ったのは借金だけじゃ。夢のマイホームとやらを処分して、ローンの残りは払える分だけは払ったけど、そんでもまだ借金は残っちょった。しばらくは契約社員とかんなって、借金を返しながら食いつないできたけど、どうにも疲れてな。そんで三年前かな、こっちに戻ってきたんよ」

　話を聞いているうちに、次第に気持ちが落ち着いてきた。ナオくんもまた、少年時代に思い描いていたのとはまったく違う人生を歩むことになったのかと思うと、苦しかったのは自分だけではないのだということが、しみじみと感じられる。

「それにしてん、また、よっちゃんの声を聞かるるとは思っちょらんかった」

　運転席で背を反らすようにしながら、ナオくんは深いため息と共に呟《つぶや》いた。芳恵はまだまだ溢れてくる涙をハンカチで拭《ぬぐ》い続けながら、ただただ頷いていた。

「よっちゃんにも、さぞ色々、あったんやろうな」

「――あった――もう、何日かかっても、話し切らんくらい、あったよ――」

　何度も鼻をすすっていると、目の前にポケットティッシュを差し出された。芳恵は礼も言わずにティッシュを受け取り、繰り返して鼻をかんだ。泣きすぎて、目の奥が鈍く痛んだ。

「なあ、よっちゃん」

「――うん」

「そんなら今度、その話を聞かしてくりいよ。そうやなあ、コロナが収まったら、今度は俺が、松山まで行くけん」

泣き腫《は》らした目を上げると、中年男がじっとこちらを見ている。その目元が、ふっと柔らかく細められた。

ああ。この目。

芳恵が大好きだった人の目に間違いなかった。芳恵は何度も頷きながら、また新たな涙を拭った。

「はよ、収まるといいなあ、コロナ」

言いながら、ナオくんはタクシーのエンジンをかける。そうして資料館の駐車場をくるりと一周し、そのままタクシーは臼杵のフェリー乗り場に向かった。

ルール

1

　机の上に差し出された封筒から目を離して、前方に視線を動かすと、毒々しいオレンジ色のマニキュアが目に入る。

「それはそれは」

　あまり派手なマニキュアは好ましくないということは、先輩の女子社員が数回にわたって注意してきたと聞いている。制服のベストの下の濃いオレンジのブラウスも、本来ならばあまり望ましくはない。出来れば白か、白に近い色合いのものがいいという社内規定もある。

　溝口洋平《みぞぐちようへい》は、辞表を提出しにきた野口康子《のぐちやすこ》をゆっくりと見上げた。

「急に、相手の田舎で式を挙げることになったんです」

「結婚？」

マニキュアと同じような、これまたオレンジの唇がぱくぱくと動く。その時、洋平は野口が嘘《うそ》を吐《つ》いていると直感した。こうして結婚退社の辞表を受け取るのは、これが初めてではない。

「田舎って、どちらなの」

「東北なんですけどね。とにかく不便なところで。それに何だか、向こうのお父さんがもう長くないっていうんで」

「御病気かい」

洋平は眉《まゆ》をひそめて見せた。それにあわせて野口も心持ち口を尖《とが》らせ、わざとらしく首を傾《かし》げる。

「ずっと入院してたらしいんですけど。そいで、なるべく早いうちに身内だけで式を挙げようっていうことになって」

洋平は微《かす》かにうなずきながら、黙って野口の口元を眺めていた。

どんなに生意気に見える娘でも、結婚すると報告に来る時には、不思議と柔らかく落ち着いて、輝いて見えるものだ。「結婚することになりました」と言う時の女子社員の表情を、洋平はいつも好ましく、眩《まぶ》しく受け止めてきた。あと何年か後には、真《ま》澄《すみ》もこんな表情で誰かの前に立つ時が来るのだろうか。父親として娘のこんな表情に出くわしたら、どういう反応を示せば良いのだろうかなどと、その度に想像してはくすぐったい気分になった。そんな輝きが、今の野口には見受けられないのだ。どことなく開き直った、奇妙にすっきりした表情をしている。洋平の反応如何《いかん》によっては、すぐに気色ばんで感情的な台詞《せりふ》を吐きかねないだろうということが、落ち着きのない瞳《ひとみ》の動きから容易に想像できた。

「違いますね。あれ、結婚なんかじゃないですよ」

昼食の時に、係長の北島が口を開いた。

「平田君や和田君も言ってましたけど。『退職金やらご祝儀やらが欲しいだけなんじゃないですか』とか『結婚なんて当分考えてないって、ついこの間本人が言ってた』って」

洋平は黙って小さなアルミ箔《はく》のカップに入っている桜色の漬物に箸《はし》を伸ばした。本当は好きではないのだが、残すのが嫌いだから必ず食べる。

「野口君は、単にうちの会社に馴染《なじ》めなかっただけですよね、落ちこぼれっていうのかな。何を突っ張ってるんだか知らないけど、化粧にしても服装にしても、何度注意しても直らなかったんだから」

「本人が『結婚する』って言ってるんだから、そうなんだよ」

箸を持ったままの手の甲で眼鏡を押し上げながら、洋平はちらりと北島を見た。北島は、続けて何か言おうとして半開きになっていた口を一瞬閉じ、それからつまらなそうに「そうですけど」と言って定食に目を落とした。

入社してそれほどの年数が経《た》っていない若い女子社員が、結婚以外の理由で突然辞表を提出した場合、会社は上司の管理能力を疑う。たとえ野口康子のように、会社の規定に従わない、再三の注意にも耳を貸さない、しかも大して事務能力のない社員でも同じことだ。それどころか、彼女を教育しなおすことは出来なかったのかと、責められるのが落ちだろう。何とか厄介払いしたいと思っていた女子社員が、本人から「円満退社」を望んでくれたのならば、それが一番望ましい解決の方法になる。そんなことを今更北島に説明する必要はないはずだった。

「送別会は盛大にやってやることだね」

「どうですかね。あの子は女子社員の間でも評判がよくないんだから。それに色々と聞き出したらボロが出るかも知れない」

北島は腰を浮かして大きなテーブルの中央に置かれていた爪楊枝《つまようじ》に手を伸ばすと、薬指に指輪の光る手で歯をせせり始めた。食べ物に好き嫌いの多い彼は、桜色の漬物も、煮豆も、屑《くず》野菜で作ったお粗末なサラダも、それから鰆《さわら》の塩焼きに添えられていたはじかみも残している。

「君は本当に野菜が嫌いなんだなあ」

「だって、不味《まず》いっていうか、味がしないじゃないですか。無駄なもので腹が膨れたような気になって、嫌なんですよ。後で腹が立ってきちゃって」

北島は歯をせせりながら返事をする。洋平は、残った漬物を一口で食べてしまうと、急いで冷えた味噌汁《みそしる》の残りを飲んだ。

「まあ、あの野口がそういう知恵は身につけたっていうだけで、僕には驚きですけどね。多少は世の中のことが分かってきたっていうことですかね」

そういうことだ。あの野口が、入社当時から何かと反抗的な態度をとって、女子社員の間でも孤立していた彼女が、こういう形で退社してくれるのは、すべてにとって最良の方法だ。

「誰の懐《ふところ》が痛むってわけでもないんですからね」

そう、そういうことだ。しかし、入社して何年になるのだと、洋平は北島係長の結婚指輪を眺めながら考えた。洋平はあくまでも野口の結婚を祝福し、彼女の幸福を祈るべき立場にある。

それなのに北島は、言葉にして良い事柄と、してはいけない事柄が、まだ分かっていないらしい。もう三十を一つか二つ過ぎている彼は、洋平よりも十センチは確実に背も高く、着ているものも常に小ざっぱりとしている。吉田《よしだ》何とかいう俳優を意識しているそうだが、茶色っぽい髪をいつもさらりとさせて、便所で見かける時などは、しきりに角度を変えて髪型をいじっていることがある。彼がこんな調子では、信頼できる腹心にはならないかも知れないと、洋平はアルバイト店員が注いでいった、熱いままの麦茶をすすりながら考えていた。

「それにしても、最近の若い子は本当に分からないですよね。しもしない結婚を理由に退職金を多くもらおうなんて、ちゃっかりしてるっていうか、しっかりしてるっていうか」

洋平が自分の勘定に北島の消費税の分も小銭入れをさらってレジに並べている間、北島はそんなことを言った。小銭を持ち歩かない習慣だという彼に消費税だけでもずいぶん立て替えていると思いながら、洋平は初夏を思わせる陽射《ひざ》しの中に出た。

2

その日、真澄は帰って来るなり家の中の雰囲気が違っているのに気付いた。何事かと思って辺りを見回すと、すぐにその理由に気付いた。玄関の前に、カーペットが丸めて立てかけられ、その横に山ほどの雑誌や本が積み上げられている。いつもならば夕食のおかずの匂《にお》いが満ちているはずなのに、今日はなんだか埃《ほこり》っぽいにおいがする。

「何、これ」

三和土《たたき》から、玄関を開けてくれた母の俊子《としこ》を見上げると、俊子はため息をつきながら目だけを動かして背後の部屋を指した。

「純《じゅん》？」

真澄は靴を脱ぎながら、改めて巻いてあるカーペットを見た。なるほど、それは弟の純の部屋に敷き詰められていたモスグリーンのカーペットに違いない。

「何で、こんなことしてるの」

もう一度俊子に聞こうとしていると、どすん、ばたんと音がして、それから純が現れた。真澄と俊子の姿を認めても、知らん顔でせかせかと歩いて来る。

「あんた、何やってんの」

慌《あわ》てているようにさえ見える弟の肩に手を置くと、純はさっと表情をこわばらせた。

「姉ちゃん、帰ってきたばっかりなんだろう」

「見ればわかるでしょう」

「じゃあ、手が汚いじゃないか。そんな手で触るなよ」

真澄は一瞬呆気《あっけ》に取られて純を見た。純は冷ややかな目で真澄の顔を見ると「どこを触ってきたか分からないんだから」と続けた。そして、そのまま手洗いに行ってしまう。

「何なの、あれ」

真澄はぽかんとしたまま俊子を見た。中学の時に身長を追い越してしまったから、靴を脱いで上がれば目線は真澄の方が五センチほど高い。

「学校から帰って来るなり、ああなのよ。『カーペットはダニの巣なんだ』とか言い出して。『何万匹いるか分からないダニの上で生活なんか出来ない』ですって」

俊子はため息をつきながら、手洗いの扉の方を見ている。やがて、純がますます口を尖らせた顔でトイレから戻ってきた。

「お母さん、トイレのカバー、外せよ」

「え？」

「あそこだって、ばい菌の巣なんだよ。姉ちゃんたち、ばい菌の上にお尻《しり》乗っけてるんだぞ」

純は不敵な表情で真澄と母を見ると、再び部屋に戻ってしまう。後からついていって部屋を覗《のぞ》いてみると、寒々とした感じの木の床をむき出しにした部屋で、純は懸命になって移動させた机を元の場所に戻そうとしていた。

「よく一人でやったわね。待ってなさいよ、お姉ちゃんが手伝ってあげるから」

「いいよ。そんな汚い手で」

今度は真澄は多少かちんと来た。部活が終わった時に洗ったのだから、それほど汚いわけではないし、目に見えて汚れているということもない。

「机くらい持つのに困るほど汚れているわけじゃないでしょう」

だが、純は真澄の言葉など無視して、一人で床の上の机を動かしている。まだニキビさえ出来ていない白い顔を微かに紅潮させて、弟は黙々と家具の移動を始めた。

「勝手にすれば。お母さん、ご飯、まだ」

真澄は、奇妙にかたくなな態度を崩さない弟に愛想をつかしたい気持ちで、廊下を隔てて向いの自分の部屋のドアを開けた。

「お腹《なか》ぺこぺこなんだから、早くして」

着替えに入ろうとすると、背後から「ねえ」という母の声が追いかけてきた。

「カーペットって、やっぱりそんなに不潔なものかしらね」

俊子に言われて、真澄は嫌な気分になって自分の部屋を眺めた。ごちゃごちゃしているから、見える床の面積は小さいが、隙間《すきま》を埋めているのは、真澄のお気に入りのサーモンピンクのカーペットだった。

「あんなこと言われると、何だか気持ち悪くなるわよね」

「お母さんまで。勝手にさせておけばいいでしょう？　それより、ご飯早くしてよ」

「今日、お教室の日だったから支度が遅れてるのよ」

「着替えたら手伝うから」

「手、ちゃんと洗ってよ」

俊子にまで言われて、ただでさえ空腹なのに、真澄はますます腹立たしくなった。いかにも自分の手に無数の黴菌《ばいきん》がこびりついているような感じがして、わざと足音を響かせながら洗面所に向かった。

ところが、夕食はなかなか始まらなかった。食事の支度の整ったところで純を呼ぶと、純は「シャワーを浴びて来る」と言い出したのだ。真澄は、空《す》きっ腹を抱えたまま、今や情けない思いでテーブルに向かっていた。

「あの馬鹿《ばか》、あんなこと、日曜日にすればいいじゃないよ」

今日も父は帰りが遅いということで、夕食は三人だった。

「姉ちゃん！」

いい加減待ちくたびれたところで、純が髪まで洗った様子でダイニングに現れた。

「シャワーフックに、姉ちゃんの髪の毛がついてたぞ！」

今年中学に入った純は、まだ子どもっぽい体格で、制服を脱いでしまえば小学生と変わりなく見える。それなのに、いつの間にこんなにうるさいことを言うようになったのかと、真澄はうんざりしながら純を見た。

「いいから、早くご飯にしようってば。あんたのお陰で気持ちが悪くなりそうなんだからね」

「髪の毛がついてたって、言ってるんだよ」

「分かった分かった。気をつければいいんでしょう。お肉が冷たくなっちゃうじゃないよ、もう」

真澄は苛立《いらだ》ちを抑えながら母に向かってご飯茶碗《ぢゃわん》を差し出した。俊子も「さあ、純」と言って弟を促す。部活のある日は、ただでさえ腹ぺこになる。こんなことならば、帰りにファースト・フードの店にでも寄って来れば良かったと思いながら、それでもようやく食事にありつける嬉《うれ》しさで、真澄は「いっただっきまぁす」と言いながら、もう箸を取っていた。

「そういえば、今日ね」

　俊子も箸を動かしながら、思い出したように口を開いた。

「二丁目の児童公園でね、嫌なものを見たのよ」

「嫌なものって？」

　真澄は漬物に箸を伸ばしながら母を見た。俊子は、その場面を思い出すように、少しの間宙を見上げて、それから口を開いた。

「若い女の人が、飼ってた小鳥が死んだとかでね、公園の隅にお墓を作ってたのよ。近所の小さい子どもたちがはしゃいじゃって、その人の周りに集まって、『お墓ごっこ』をやってるわけ」

「幾つくらいの人」

「二十二、三っていうところかしらね。学生っていう感じじゃなかったけど」

「庭のない人なんじゃないの」

「そうかも知れないけど。それでね、子どもたちが小石とか、アイスクリームの軸に使っている木の棒があるでしょう？　あんなものを拾ってきて、お墓を作ってたのよ。嫌よねえ、公共の場所にそんなものの死骸《しがい》を埋めるなんて。野犬か何かが掘り返したりするんじゃないかしら」

「だからって、生ゴミと一緒に出すわけにいかないでしょう。私だって小さい時、金魚のお墓とか、ヒヨコのお墓とか、作ったわよ」

「そうかも知れないけど。あの頃は住宅事情がこれほど悪くなかったじゃない。空き地だってあったんだしね。おまけに、そのアイスクリームの棒の墓標が曲がってるんだもの。見ていて苛々しちゃった。『ちょっと、あんたたち、どうせだったらまっすぐに――』」

「お母さん、それに触ったのっ！」

純が、急に顔を上げて刺々《とげとげ》しい声を出した。

「そのアイスクリームの棒に触ったのっ！」

真澄は呆気に取られて箸を止めた。

「誰が口をつけたか分からないんだぞ。どこの、どんな奴《やつ》がそれを持ってべろべろ嘗《な》め回してたか、わからないんだぞっ！」

純はテーブルの上の料理を眺め回し、いかにも汚らしいものを見るように顔をしかめた。

「――触ってないわよ」

俊子も呆気に取られているらしく、純の顔をまじまじと見ている。

「純、どうしたのよ、いったい」

「まさか、そんな手で夕御飯作ったんじゃないだろうな」

「触ってないったら」

「何かあったの？　学校で何か言われたとか」

真澄は改めて弟を見た。私立の中学に行くつもりで受験勉強もしていたし、塾にも通っていたのに、第一志望の中学に落ちてしまって、結局近くの公立中学に行くことになった純に対して、家族はいつの間にかかなり神経を使うようになっている。

「何もないよ。うちの家族が不潔だって言ってるんだ」

「うちの家族のどこが汚いっていうの」

今度は俊子が多少怒った声を出す。真澄も、我が家の母親は結構几帳面《きちょうめん》な方だと思っているから、純の発言は不思議に聞こえた。

「いいよ、別に」

だが、純はふてくされた声でそう言うと、肉の欠片《かけら》を口に放りこんだ。

「僕、明日から朝、シャワー浴びるから。姉ちゃん、その分早く起きろよ」

真澄はおかわりをしようとして母に茶碗を差し出したまま、純を見た。

「あんた、今シャワー浴びたばっかりじゃない」

「いいの！　決めたんだから」

最近漸《ようや》く詰襟の制服姿が似合うようになってきたばかりの純は、膨れっ面《つら》のままで肉を嚙《か》みしめている。

「あんたが、朝シャンするっていうの？」

真澄が聞くと、純は照れ隠しの怒ったような顔で「悪いかよ」と呟《つぶや》いた。

「あ、分かった。純、あんた、好きな子が出来たんでしょう。それで、近いうちにその子を部屋に呼びたいなんて思って」

「違うってば」

真澄は、にやにやと笑いながら純の膨れっ面を見た。

「ねえ、誰。どんな子よ」

「違うって言ってるだろう！　考え方が汚らしいんだよ、姉ちゃんは」

「なぁにが、汚らしいのよ」

「とにかく、姉ちゃんも、シャワー浴びるんだったら、その分早く起きてくれなきゃ困るんだからなっ！」

純は大声で言うと、ごちそうさまも言わずに席を立ってしまった。皿の上に放り出してある箸を見て、俊子が「嫌ねえ、ちゃんと揃《そろ》えてくれなきゃ」と呟き、手早く箸を揃える。

「お母さん、純のこと甘やかし過ぎたんじゃないの」

真澄は沢庵《たくあん》をぽりぽりと噛みながら、眉をひそめて俊子を見た。

「受験前は多少の我がままもしょうがないかなと思ったけど、もう普通に戻さなきゃ駄目だよ。どんどん生意気になっちゃって。何が朝シャンなのよ、ガキのくせに」

「まあ、清潔を心がけるのは悪いことじゃないけどね。特にこれからだんだん汗臭くなってくる年頃なんだから」

「そしたら私、七時前に起きなきゃならないじゃない」

俊子は台布巾《だいふきん》をきちんと畳みなおしながら「どうせ三日坊主《ぼうず》よ」と穏やかに微笑《ほほえ》んでいた。

3

ところが、純の朝シャンは三日坊主では終わらなかった。真澄は、ショート・カットだった髪がようやく肩よりも五センチほど下まで伸びてきて、髪を乾かす時間まで考えて起きなければならなくなっていた。それなのに、ある朝起きると、純が先にシャワーを使っていた。

「何よ！　あんたが先に使ってたら、遅刻しちゃうじゃないよっ」

「姉ちゃんの後は嫌なんだよ、長ったらしい髪の毛がタイルにへばりついたりしてるから」

「馬鹿、タコ！　遅刻したらどうしてくれるのよ！」

風呂場《ふろば》の前で大声を出し合っていると、便所から父の洋平が出てきた。

「ほら、朝から喧嘩《けんか》はやめなさい」

「だって、お父さん！」

「それより早くシャワー浴びたらどうなんだ。余計に遅くなるよ」

父親にそう言われて、真澄は「ふんっ」と鼻を鳴らしながら急いで風呂場に入った。

パジャマを脱いでいる間、外の会話が聞こえて来る。

「便座のカバーがないと、尻がひんやりするなあ」

「人に気持ちのいい温度は、ばい菌やダニにも気持ちがいいんだよ、お父さん」

純がもっともらしい声で説明している。真澄は朝からぷりぷりしながら、大急ぎでシャワーを浴び、シャンプーをした。どんなことがあっても、絶対に朝食だけは抜かすまいと思いながら、腹立ちまぎれに泡だてた髪をかき混ぜた。

その日の放課後、部活が終わって部室に戻った時、真澄は室内の異様な臭《にお》いに顔をしかめた。

「何、この臭い」

普段から汗の臭いや部員の体臭、それにエアー・サロンパスやボールの匂いが満ちている部室に、もう一つ甘ったるい匂いが混ざって、何ともいえない不快な臭いがするのだ。

「シャワー・コロンだって」

先に着替え始めていた春子がブラウスのボタンをとめながら答えた。

「一年が持ってきてたのよ。『シャワーがないんだから、これくらい認めて欲しい』とか言ってさ」

「だって、臭いだけじゃないよ、これじゃあ」

真澄はつかつかと奥に進むと、思いきりよく窓を開けた。新鮮な空気が、初夏に向う夕暮れの匂いを運んですっと流れ込んで来る。思わず深呼吸をして、まだ退《ひ》いていない額の汗を冷たく感じながら、真澄はしばらくの間窓辺に立っていた。

「シャワー、欲しいよねえ」

春子が後ろから声をかける。部室に最後に残るのは、いつも部長の真澄と副部長の春子だった。

「水泳部の連中が羨《うらや》ましいね」

「だからって、コロンはまずいんじゃないの」

振り返ると、春子はもうジャンパースカートのファスナーを上げている。ちょうど、下校時刻を告げる音楽が流れ始めて、真澄も窓を閉めてロッカーに戻った。

「先に行ってるよ。早くね」

鞄《かばん》を持って、春子はさっさと部室を出て行く。着替えはいつでも春子の方が早かったが、そこから先が長かったから、それほど急がなくても追いつく自信がある。真澄は空気を入れ換えたせいか鼻が慣れたせいか、それほど不快に感じなくなった空気の中で着替えを始めた。本当は真澄だって、汗で湿った身体《からだ》の上からすぐに制服を着たいとは思わない。けれど、真澄の高校ではまだシャワーがなかったから仕方がなかった。出来ることと言えば、冷たい水で顔を洗い、タオルを絞って体を拭《ふ》くのがせいぜいだ。

「お待たせ、帰ろう」

手洗いを覗くと、いつもの通りに春子は熱心に鏡に向かっていた。真澄も隣に並んで、簡単に髪を撫《な》でつける。春子は真澄よりも髪が長かったから、一度ほどいてブラッシングをして結わえ直さなければならない。それから携帯用の水歯磨きを取り出して一定の量を口に含み、左右の頬を交互に膨らませて口の中を洗浄する。一度真澄も使わせてもらったことがあるが、あまりの刺激に涙が出た。

「真澄、髪はそのままでいいの」

「だって、後は帰るだけだもん」

春子に言われて澄まして答えると、春子は少しだけ不満そうな顔をして「ふうん」と答える。

「真澄って、あんまりそういうところに構わないよね」

「だって、別に汚くしてるわけじゃないよ」

「でも、習慣だよ。しないと気持ち悪いんだよね。家《うち》なんか、家族全員これ持って歩いてるもん」

春子は水歯磨きを軽く振って見せた。

「お父さんも？」

真澄は何となく憂鬱《ゆううつ》な気分になり始めていた。真澄だって、特に不潔なつもりはない。それなのに、最近の春子や純を見ていると、自分だけがひどく無神経で薄汚れているような気分になる。

「お父さんなんか、特にだよ。仕事で色んな人に会うんだし、女子社員に汚いおじさんだと思われたら困るからって」

真澄は、ふと自分の父親のことを考えた。

これから夏場になると、父は靴下が臭くなる。整髪料の他にも、何か独特な匂いがする。それは、明らかに中年親父《おやじ》のにおいだ。自分の父親がよそで「汚いおじさん」だと言われるのは困ると思う。

「お兄ちゃんなんか、ラグビーやってるから、余計に気をつけてるよ。汗くさい男なんか、もてないもん。暇さえあればシャワー浴びたり、外でもサウナに行ったりしてるみたい」

「家の弟なんて、まだ中一のくせに、もう朝シャンなんか始めてるんだよね」

「へえ、純ちゃんがねえ。いいことじゃん」

「——生意気ってば、ありゃしない。超生意気なヤツ！」

「でも、いいことだよ。清潔が一番。今から気をつけてたら、爽《さわ》やか青年になるんじゃない？」

いよいよ憂鬱になりながら、真澄は自転車を引いて春子の隣を歩いていた。日が長くなったせいで、部活が終わっても完全に暗くなっているということはなかった。夕暮れの風に吹かれて、春子は短く切り揃えた前髪を涼しげに額に散らしている。何の匂いか分からないが、春子は最近良い匂いがする。同じように部活で汗をかいていながら、真澄に比べて春子はずっとさらりとした感じに見えた。

駅前で春子と別れて、それから真澄は自転車にまたがった。「でも、いいことだよ」と言った春子の声が耳の底に残っている。昨日から出来た顎《あご》のニキビを片手でいじりながら、ひょっとして、自分は単に面倒だから純ほど真剣に清潔を心がけないのだろうかと思う。その内に周りがどんどん清潔好きになって、綺麗《きれい》になって、真澄一人〝汚い〟などと思われるようになってしまうのだろうか。

「姉ちゃん、女だろう？　もう少し身綺麗にしろよ」

その日、夕食の時に、純が嫌悪《けんお》を丸出しにした顔で真澄を見た。まるで関係のない話をしている最中だったから、真澄も両親も一瞬きょとんとして純を見てしまった。

「私のどこが汚いのよ」

今度はさすがに真澄も黙っているわけにはいかなかった。頭の片隅に春子が浮かぶ。

「何となくさ。汗くさいっていうか、薄汚れて見えるっていうか。雰囲気がそういう感じなんだよな」

「何ですって！」

思わず箸を置いて正面を睨《にら》むと、俊子が「やめなさい」と言いながら慌てて真澄の腕を押える。

「僕は、学校から帰ったら真っ先にシャワーを浴びるし、制服のシャツだって毎日取り替えてるし」

「馬鹿！　私だって毎日取り替えてるでしょ！」

そこで純はにやりと笑った。

「顎にニキビなんか作っちゃってさ。それに、姉ちゃんの部屋はダニの巣になってるんだぜ。そんな部屋にしまってあったシャツ着たって、綺麗なんかじゃないよ」

「純、言い過ぎだぞ」

洋平がビールのグラスを傾けながら、穏やかな声でたしなめる。すると、純は今度は父親を睨みつけた。

「お父さんなんか、家中で一番汚いんだよ。酔っぱらってたら、お風呂だって入らないで寝るし、臭い靴下をその辺に置いておくし、一番外の埃やばい菌をつけて来るのは、お父さんなのに」

「何よ、何がダニの巣なのよ！」

「疲れてたら風呂に入る元気もないときもあるさ」

「そうしたら朝入ればいいじゃないか」

「自分だけ勝手にカーペット捨てたりして、好きなこと言うの、やめなさいよね」

「勘弁してくれよ。夜中に帰ってきてごそごそ動き回ったら、また『うるさい』とか言われるじゃないか。第一、朝はおまえたちが」

「だけど、汚いよりましじゃないか」

「じゃあ、純ちゃん――」

俊子が妙に落ち着いた声で、純の言葉を遮ろうとしたが、弟は黙らなかった。

「お母さんだって、そうなんだ。そのエプロンだって、昨日と同じじゃないか。それに、まな板だって、布巾だって、毎日同じものを使ってるじゃないか。肉とか魚についてたばい菌が残ってるかも知れないんだぞ。そこからばい菌が発生してるかも知れないんだぞ。僕は毎日まな板のばい菌入りのご飯を食べさせられてるんだ」

「純ちゃん、お母さんの話を聞きなさい」

「僕は、皆の無神経にずっと我慢してきたんだ！」

「ちょっと、あんたねえ――」

真澄が続けて声を上げようとすると、洋平の手が伸びてきて、それを制した。

今や純は涙さえ浮かべて大声を出している。真澄は目の前に伸びている父の手のひらを見、もはや何を言うつもりもなくなって、純の赤くなった頬と潤《うる》んでいる瞳を見ていた。

「皆、汚い、汚い！」

「純ちゃん！」

再び俊子の声がして、ようやく純は口をつぐんだ。少しの間、奇妙な沈黙が流れた。

真澄は、純が何を興奮しているのか分からなかったし、父もどうしたら良いのか分からない様子だった。母もずっと純を見つめ続けている。純は、ごくりと一つ喉《のど》を動かし、それから「だって」とぼそりと呟いた。変声期を迎えている純の声は、以前のように甲高く癇《かん》に障《さわ》るものではなかったけれど、その代わりがさがさとして聞き取りにくかった。

「純ちゃん、聞きなさい」

俊子がゆっくりと口を開いた。同時に洋平が鼻から大きく息を吐いた。真澄は、手にしたままだった箸を皿の上に置いた。俊子が手を伸ばしてきて、その箸を箸置きの上に揃えて置く。それから、純の方へ向き直る。

「純ちゃんみたいに喧嘩腰の言い方をするのはよくないわ。言いたいことがあったら、落ち着いてちゃんと話せばいいんだから。それに、純ちゃんがそう言うんだったらっていうわけじゃないけど、お母さんにだって、言い分はあるのよ」

俊子はそこで真澄と洋平の方を見た。

「家族がお互いに気持ちよく暮らすことは大切だと思うのよね。お母さんも、今まで我慢してきたことがあるの。この際だから、我が家でも少し、小さな決まりを作らない？　純も真澄もだんだん大きくなって、家族の一員としてのルールを守れるようになったと思うんだけど」

真澄は、俊子が言おうとしていることが分からなくて、ただ口を尖らせていた。

「お母さん、だらしないのが嫌いなのよね。玄関の靴を脱ぎ散らかしたり、お風呂場のタオルをくしゃくしゃにして掛けてあったり、あんたたちは何度注意しても直してくれないけど、お母さんはああいうのが本当に大嫌いなの。あんたたちにいくら言っても直らないから、お母さんは自分でせっせと直してきたけど、本当は自分たちできちんとして欲しいのよ。きちん、きちんと」

その類《たぐい》の小言はこれまでにも数え切れないくらいに言われてきた。純も、さすがにそれを言われると黙ってしまう。

「家族それぞれが気持ちよく生活するために、純ちゃんの言い分もお母さんは聞くべきだと思う。でも、お母さんの言い分も聞いて欲しいわ」

「それはそうだね。お母さんの言うことは筋が通ってる」

久しぶりに家族との夕食の席に揃ってついていた洋平がようやく口を開いた。元々、家のことについてはすべて母に任せている父は、母の言うことに反対したことはほとんどない。何だか面倒なことになってきたと思いながら、真澄は何も言わずに俊子と純を見ていた。

「目に見えなくても、ばい菌は沢山あるんだ。僕、不潔なのが嫌なんだ」

純がぼそっと言う。

「お母さんも、きちん、きちんとしてないのは嫌いなのよ」

真澄は馬鹿馬鹿しい気分になって、母が揃えた箸を手に取った。ずいぶん前、まだ真澄が小学校の低学年の頃には、夏休みのお約束だとか日曜日のお約束などを決めさせられたことがある。ラジオ体操、毎日の天気の記録、鉢植えの水やり、父親の靴を磨く、朝刊を取りに行く。けれど、そんなものは続いた例《ため》しがなかった。今まで真澄が自分で決めたことで続けられていることと言えば、最近の朝シャンくらいのものだ。

「とにかく、家にばい菌を持ち込んだら駄目なんだからね」

「見た目にも、きちん、きちんとしてなきゃ駄目よ」

俊子と純が夢中になって喋《しゃべ》っている間中、真澄は黙々と食事を続けた。何を決めてもらっても構わない。どうせ長続きしやしないのだ。こんな芝居じみた、わざとらしいやり取りにつき合ってはいられない。

「ね、お姉ちゃんも賛成ね？」

明日の部活のことを考えながら箸を動かしていると、急に呼ばれて、真澄は何を決めたのか聞いてもいないのに「うん、うん」と答えた。それからはっとなって顔を上げると、何故《なぜ》だか洋平がつまらなそうな顔でビールをすすっていた。

4

純が提示した意見によって、真澄の家にはにわかに新しい物が増え、これまでに使っていたものが消えた。

まず手洗いに関しては、便座カバーが外されて、除菌クリーナーが置かれ、手拭きのタオルが外されて、紙タオルになった。風呂場には、家族全員で使っていた垢《あか》すりのためのナイロンタオルがかかっていたのだが、家族全員の数だけ、色分けして揃えられることになった。バスタオルも四本に増えた。ポンプタイプのシャンプー類はタイルの上に直《じか》に置かれていたのだが、ワイヤー・ラックがしつらえられて、タイルに直に置かないことになった。以前は一日目の風呂にぽちゃんと落として翌日も水を替えずに沸かし直しが出来るという品を使っていたのに、風呂の湯は必ず一日で落とされることになった。洗面台には、歯磨きの他に歯磨き前に使うという歯垢《しこう》除去剤と、歯磨き後に使う水歯磨き、それに家族四人分のコップが並び、ブラシや櫛《くし》の類も個別になった。

それらの変化に加えて、もう一つ大きな変化が起きた。家中のあらゆるものが格子《こうし》縞《じま》のものになったのだ。

それは、俊子の意見だった。

俊子は、どんなものでも「曲がって置かれているのが我慢出来ない」と言い始め、家中のあらゆるところに格子縞を取り入れて、その線を整理《せいり》整頓《せいとん》の目安にしようと考えたのだった。元々整理好きで、新聞や広告を畳むのでも、四隅を「きちんと」揃えて、積み重ねた後で紐《ひも》をかけられるアイデア商品を愛用し、スーパーの袋でも「きちんと」皺《しわ》を伸ばして一定の箇所に積み重ねる性格だった俊子は、純がにわかに清潔に目覚めたのをチャンスとばかり、家中の大改革を始めた。

「四隅がきちっとしてるほど、気持ちのいいものはないのよ」

「タオルは、線が曲がらないように掛けて」

「お茶碗を並べる時には、テーブルの縁から二本目の線に沿って置いて」

「ペン立ては埃がたまるし、ペンがあちこちにばらけて汚く見えるから、ペン皿を使ってね」

「もうっ。そこまでやらなくたっていいんじゃないの？」

真澄はうんざりしながら夢中になって喋り続けている俊子を見た。

「だって、この間皆で決めたでしょう？　家族の中に一人でも不愉快に感じる人がいたら、皆でそれを直そうって」

「そうだよ。姉ちゃんだって『うん、うん』って言ってたじゃないか」

夕食の席で、真澄は思わず頬杖《ほおづえ》をついて口を尖らせた。俊子と純は、異様なほどに表情を輝かせて、うきうきとして見える。

「そうそう、純ちゃん、せっかくカーペットを外して床の板の目が見えるようになったんだから、あの板の線に合わせて、きちん、きちんと家具を置くようにしてちょうだい。家具の線と板の線が平行になっていないと、見ていてとても気持ちが悪いわ」

いつの間にか、テーブル・クロスまでがビニールの格子縞のものに換えられている。それも、食器を並べる前に、ずれていないか「きちん、きちんと」確かめてからでなければ、茶碗も箸も置くことが出来ない。

学校から帰宅してすぐに入浴し、朝もシャワーを浴びている純は、一日中風呂上がりみたいな顔をして、妙につるりとした笑顔を見せる。俊子は、格子縞の台布巾を広げたり畳んだりしながら「ダニ退治掃除機」を買おうなどと言っている。目には見えないけれど、我が家からは確実にばい菌の類が減っているのだろう。

「ねえ、真澄。あんたの部屋のカーペットもはがそうか」

「だって、ダニ退治の掃除機を買うんだったら、別にいいじゃない」

「でも、根絶やしには出来ないと思うのよね。少ししたら、また湧《わ》いて来るのよ。億っていう数がいるんだって」

俊子の言葉に真澄は思わず顔をしかめた。「湧く」という言葉から、目に見えないほどの小さなダニがウヨウヨと自分の部屋に広がっていく様が思い浮かんだ。カーペットは埃が目立たないから、掃除機だって滅多にかけはしないけれど、落ちているのはゴミや髪の毛ばかりではない。ああ、見えないけれど、無数の生物、生命体が、ざわざわと自分の部屋を這《は》い回っているのだろうか。あのサーモンピンクの床は、真澄の目には見えないくらいに微かに蠢《うごめ》いているのだろうか。

「それに、下の床が見えれば、余計にきちん、きちんと出来るわ」

その言葉を聞きながら、真澄は両腕から悪《お》寒《かん》が駆け上がって来るのを感じていた。純や俊子ばかりが清潔になってしまったら、行き場を失った雑菌どもが、一斉に真澄めがけてやって来そうな気がする。自分の身を守ろうと思ったら、この二人以上に清潔にしていなければならないのだ。ダニもばい菌も、何も近付いて来られないくらいに、殺菌と消毒でバリアーを張らなければ駄目だ。

「――そうする。捨てるわ」

言うが早いか、真澄はもう立ち上がっていた。見えない何ものかが蠢く床の上で暮らすなんて、我慢出来ない。

「ちょっと、ご飯の途中でしょう」

「ご飯よりもこっちの方が大切だもの！」

本当は今日だって部活があったのだから、腹ぺこでたまらなかったのだが、もう、それどころではなかった。

「ああ、もう。お箸はきちんと揃えてって」

二人がのんびりと夕食を取っている間に、真澄は自分の周囲から、取り払えるだけの雑菌を取り払わなければならない。

雑誌やカセットテープなどの散らばっている部屋に戻ると、真澄はため息をつきながら、ひとまず自分の六畳の部屋を見回した。下に置いてあるものには、ダニが移り棲《す》んでいるような気がする。それをすぐに机やベッドの上に移してしまったら、布団《ふとん》にまでつぎつぎにダニが移り棲むに違いない。脱いだまま、ベッドの足元に置いておいたつもりなのに、いつの間にかずり落ちてしまっていた普段着やトレーナーなどにもダニがくっついているに違いないのだ。真澄はこれまでそんなことを感じたことは無かったが、ひょっとしたら純にはそれらがある時突然見えたのかも知れない。

――何しろ、昔っからＵＦＯを見たとかお化けを見たとか言ってる子だったんだから、ダニくらい簡単に見えるのかも知れないわ。

そのカーペットは、真澄が中学一年で、このマンションに越してきた時に自分で選んで敷いてもらったものだった。ところどころついているシミは、友達が遊びに来た時にこぼしたコーラのシミだったり、アイスクリームをこぼしたシミだったりする。ああ、子猫を拾ってきて、誰にも内緒で一晩だけ飼った時に、子猫が粗相したシミも残っているはずだ。

「猫のおしっこがまだ残ってるっていうことじゃない！」

そんなことまで思い出してしまって、突然真澄はその場に立っていることさえ耐えられない気分になった。思わず地団駄を踏みながら、焦《あせ》りと苛立ちがこみ上げてきて、何をどうしたらいいのか分からなくなった。

「純！　お母さん！　手伝ってよ！」

部屋から悲痛なほどの大きな声を上げると、やがて俊子と純が顔を出す。

「どこから外せばいい？」

下唇を噛みながら振り返ると、純は自分の部屋よりもよほど散らかっている姉の部屋を冷ややかに見回し、「手袋しなきゃ嫌だな」と呟いた。

「もうっ。手袋しても何してもいいから、手伝ってよ！」

「先にご飯食べちゃいましょうよ。手伝ってあげるから」

俊子は、まだ口をもぐもぐと動かしながら部屋の入口に置いてある、今は物置になってしまっているエレクトーンの上の本を揃えている。二人揃って、どことなく勝ち誇ったように見える顔で、真澄を見ている。

さっさとダイニングに戻って行く二人を見送りながら、真澄はさらに地団駄を踏んでいた。出来ることならば、この部屋のすべてのものを焼き払ってしまいたい気分だった。

――冗談じゃないわよ。一匹のダニも、一粒の埃もないようにしてみせるんだから。

「負けるもんですか」

バスケットボール部の部長に選ばれた一番の理由は、真澄のリーダーシップと根性だと、先輩から言われたことがある。負けず嫌いの性格が、これまでにも何度も試合を勝利に導いた要因だと、コーチにも言われている。やっと中学に入ったばかりの弟などに、いつまでも大きな顔をされていたのでは、溝口真澄の立場が丸つぶれになってしまうというものだ。

「びしっと行くわ」

腕組をして、荒々しく肩で息をしながら、真澄は自分の部屋を睨み回していた。大好きだったサーモンピンクのカーペットには、もう何の未練もありはしなかった。

5

鏡に向かって座り、ビニール製のケープを前からかけられながら、なるべく袖《そで》に肌が触れないように気をつける。半袖のシャツを着てきたのは間違いだった。誰が袖を通したか分からないものに、自分の肌が触れていると思うだけで、真澄は落ち着かない気分になる。

「せっかくここまで伸ばしたのに、いいの？」

妙に女っぽい口調のいつもの美容師が、シャンプーしたての真澄の髪に櫛を入れる。

「心境の変化かなあ？　あんなに伸ばしたいって言ってたのに」

鏡の向こうで、美容師の兄ちゃんは営業用のスマイルで真澄の顔を見る。

「長いと、その分汚れがつきやすいから」

真澄が答えると、兄ちゃんは「え？」という顔をして、それから小首を傾《かし》げて子どもをたしなめるような口調になった。

「そりゃあ、長くても短くても、毎日シャンプーしなきゃ駄目だよ」

「違うの。長い分、外の埃がつきやすいっていうこと。シャンプーなんか毎日してるに決まってるでしょう」

兄ちゃんはもともとあまり頭は良くなさそうな人で、真澄の言う意味が分からないらしかった。

最近真澄は女子大生風の人が長い髪を風になびかせて歩いているのを見ると、相手構わず後ろから忍び寄ってはさみで切り落としたくなる。あの髪は風に吹かれて、ありとあらゆる雑菌を集める箒《ほうき》みたいになっている。おまけにその髪を手でかき上げたりすれば、手の指の間には、髪が集めた雑菌が全部移るに違いないのだ。自分を清潔に保ちたい、よそから雑菌をもらいたくないと思ったら、外気に触れる部分をできるだけ少なくするに限ると、真澄は結論を出した。仕方がない場合は、とにかく洗浄を怠らず、消毒をして、殺菌をするしかない。

「じゃあ、思いきりショートにしちゃうよ。泣いたりしないね？」

「勿論《もちろん》」

兄ちゃんの馬鹿げた質問に答えながら、真澄は鏡に映る美容師の手に持たれているはさみと櫛をにらんでいた。一体何人の人の髪に触れたのか分からない品物が、真澄の髪にも触れるのだ。いくら全員シャンプーするとは言っても、気持ちの良いものではない。

「どうしたの、失恋でもしちゃったの？」

いつも真澄の担当をしてくれる兄ちゃんは、普段賑《にぎ》やかな真澄が黙って鏡を睨みつけているから、余計に不思議そうな顔をしている。それでも真澄が何の返事もしないと、やがて彼は黙ってはさみを動かし始めた。これまでに、何人の髪を切ってきたか分からないはさみが、真澄の髪をパチパチと切っていく。あまり鏡を見ていると、余計に気持ちが悪くなりそうだったから、真澄は慌《あわ》てて目を落とした。けれど、そこに置かれている雑誌を読むつもりにはなれなかった。ただでさえ、美容室の雑誌にはページの途中に短い髪の毛が挟まっていたりするのだ。

「溝口さんはショートが似合うから、これから夏になるんだし、それもいいよね」

うつむきがちに黙りこくっている真澄に、美容師は懸命に話しかけて来る。あまり頭の上で喋られると、髪に彼の唾液《だえき》が飛ぶのではないかと思って、真澄はそっちの方が気がかりだった。

「あら、さっぱりしたじゃない」

「姉ちゃん、遅いよ」

玄関に入る前に出来るだけ体中の埃《ほこり》を払う。それからやっと玄関を開けると、もう支度をしていた俊子と純が顔を出した。

「お父さん、姉ちゃんが帰ってきたから、行こうよ！」

純が振り返って声を上げると、やがて洋平があくびをしながら、リビングから出てきた。日曜日だったから、家族で少し離れたところにあるホーム・センターに買物に行き、帰りはどこかで外食をしようということになっていた。何しろ、この一、二週間で粗大ゴミが山ほど出たから、家の中はがらんとし過ぎていた。カーペットの類は、台所マットから玄関マットに至るまで捨てられていたし、何もかもチェックかストライプで統一したいと言い出した俊子は、衛生面も考えて、家中のカーテンをブラインドに替えたいと言い出した。

「だって、ゆらゆらと中途半端《はんぱ》な線が出るカーテンよりも、ブラインドの方が線がきちん、きちんとしていて、見ていて気持ちがいいじゃない？」

門扉《もんぴ》、人工芝から紙おむつまで売っているホーム・センターは、器用な人ならば自分で家の一軒も建てられそうなほどの豊富な品揃えと同時に値段の安さも売り物にしていた。

「日曜日くらい、ゆっくりしたかったなあ」

ハンドルを握りながら、洋平はもう一度あくびをする。その車は、真澄が髪を切りに行っている間に純と洋平がすみずみまで掃除しておいたはずだった。

「家族で出かけるのが嫌なの？」

真澄が背後から聞くと、ルーム・ミラーに映る父の顔が微《かす》かな笑顔になる。

「そんなことないさ。前はしたくても出来なかったんだから」

それは、真澄が幼い頃には見せなかったと思う笑顔だった。嬉しいとか楽しいとかではなく、穏やかではあるが、どことなく弱々しい、諦《あきら》めにも似た笑顔。

「でも、やっと馴染《なじ》み始めたと思った我が家が、また大改革されると、お父さんとしては戸惑うがね」

父の転勤が決まったのは、今のマンションを買ってすぐのことだった。真澄は高校までつながっている中学に受かったばかりだったし、ようやく長年の社宅暮しから解放されると喜んでいた母は、父と共に引っ越すことをためらった。そこで父は素直に単身赴任の道を選んだ。一緒に暮らさなかった三年の間に、俊子と真澄たちには、それなりの新居での生活とペースが出来上がってしまった。去年の秋に父が東京に戻ってきた当初は、家族の誰もが家に父親がいるということに戸惑いを感じたものだった。

「でも、いい風に変わるんだから、お父さんだって反対じゃないんでしょう？」

助手席の純が父の横顔を見て言う。

「そりゃあ、そうさ。お父さんはそれほど長く家にいないんだから、長くいる人が暮らしやすくするのがいいと思う」

真澄の隣の母が満足気にうなずく気配がする。真澄は、大分白髪の目立ってきた父の後頭部を見ながら、何だかべったりとして見えるなと思っていた。

6

その朝、真澄はブラインドから射《さ》し込むストライプの朝陽に助けられて、六時に起きた。カーペットが消えた代わりに、窓のブラインドをピンクにした。早起きするために、わざと羽を閉じないから、東向きの真澄の部屋には朝陽が満ちる。最近は日増しに起きる時間が早くなっている。何しろ、学校にいる時よりも何よりも、家にいる時が一番緊張するのだ。睡眠不足は、授業中に解消できる。それよりも大切なことは、朝起きて家を出るまでと、帰宅してから眠りにつくまで。それは、これまで経験したこともない、スリリングな毎日とも言えた。

眠気も覚めないままに風呂場によろよろと行って、真澄はぎょっとなった。

浴槽の蓋《ふた》が外されていない！

「お父さん、お父さん！」

大声を出しながら台所へ行くと、朝食の支度をしていた母がチェックのエプロンで振り返る。テーブルの上には、まだ食器の載っていないプレートが、純と真澄の分だけ載っている。よく、パン屋で自分で選んだパンをトングで挟んで載せるような長方形のプラスチックのプレートは、やはりチェックの柄だった。

「まだ寝てるわよ」

「お父さん、昨日お風呂に入らなかったの？」

母は多少決まりの悪そうな、困った顔でうなずいた。

「お酒を飲んで帰ってきて、そのまま寝ちゃったから」

「やだっ！　じゃあ、昨日のお湯が入ったままになってるんじゃない」

真澄の頭の中では、冷めかけた風呂の湯の中で蠢く無数の雑菌が膨らんで行く。自分で自分の顔色が変わるのを感じながら、真澄は母を睨みつけた。

「どうしてお湯を抜かなかったのよっ！」

「だって『少ししたら入るから』って、お父さんが言ったから」

「ルール違反よ！」

ああ、増殖を続ける雑菌が、普段真澄が身体を沈める浴槽の中で蠢いているに違いない。そのうち悪臭を放ち、湯を濁らせるに違いない。

　真澄はぷいと横を向くと、そのまま両親の寝室に入って行った。ここだけは畳敷きの部屋だったけれど、防虫防ダニシートを敷いて、その上に藺《い》草《ぐさ》のカーペットを敷き詰めたから新しい畳の匂《にお》いがする。

「お父さん、起きてよ、お父さん！」

　けれど、その部屋で、父は昨日の埃をすべて身にまとったままで横になっているのだ。布団を触る気にもなれなくて、真澄は声だけで父親を起こした。何度か呼び続けると、漸く充血した目をどろりと開けて、洋平は「何時」と聞く。声がかすれてざらざらとしている。

「六時過ぎよ。それより、お父さん、昨日お風呂に入らなかったのっ」

「ああ、もう少し寝かせてくれよ」

「駄目よっ。ルール違反だわ。朝一番でシャワーを使うのは私なのよ。昨日のままのお湯が入ってるなんて、冗談じゃないわよ」

「だって、風呂に入るわけじゃないんだろう？」

「何言ってるのよぉ。湯気が広がって、それが黴《かび》になるんじゃないの。黴の胞子が舞い飛んでるお風呂場になんか、入れるはずがないでしょう」

「もう、うるさいなあ」

父は目を擦《こす》りながら、漸くのことでむっくりと上体を起こした。洗っていない頭は整髪料のせいでべったりとして、鳥の羽のように後頭部の髪が跳ね上がっている。頬や顎の髭《ひげ》がつぶつぶと伸びかかっているし、片方の目に目脂《めやに》がついているのを見ると、真澄は背筋が冷たくなった。

「家にいる時くらい、気楽にさせてくれよ。お父さんはルールに縛られて普段生活してるんだから」

「なあに、その声。がらがらじゃない」

「ああ、カラオケ」

両手で顔を擦り、頭をくしゃくしゃと掻《か》くと、洋平の布団の上にぱらぱらと落ちるものがある。

「フケ！　フケだわっ！　それにお父さん、カラオケなんかしてきて、それなのにお風呂にも入らなかったのっ。カラオケなんて、雑菌の巣なのに、マイクにどんなばい菌がついてるか分からないのに、人の唾《つば》が飛んでるマイク握って、それで」

「ああっ！　うるさいぞっ！」

そこで洋平は急に布団を撥《は》ね除《の》けて起き上がった。真澄はとっさに身構える姿勢になって父親を見上げた。何も父親を敵対視しているつもりはない。洋平が昨日あちこちでつけてきて、そのまま今も身にまとっているあらゆる雑菌に嫌悪を抱いたのだ。

「朝っぱらから、きゃあきゃあと騒いで。お父さんだって、疲れてるんだから」

「遊んで来ただけでしょう？　それに、埃やダニは病気の元になるんだからね。疲れて体力が落ちてたら、気管支炎にだってなるかも知れないのよ。ばい菌にまみれて歌なんか歌うから、そんな声になっちゃうし、それに花粉症だって、埃が原因かも知れないんだから、それに――」

あまり近付くと汚れが移りそうな気がするから、ある程度の距離を置いて父を見ると、父は何か言おうとして、それから深々と息を吐いた。

「分かった。分かったよ。とにかく、湯を抜けばシャワーを浴びられるんだろう」

何度も大きく呼吸をしながら、洋平は台所の俊子の背後を抜けて浴室へ向かった。その後ろをついて歩きながら、真澄はほっと息を吐いた。

自分の後で純がシャワーを浴びた後も、真澄は浴室を覗《のぞ》いた。

「純、タオルが曲がってるよ。それに、下の線が他のタオルと揃《そろ》ってない」

「分かったよ、もう」

純はばたばたと脱衣室に戻り、横目で不満そうに真澄を見てから、格子縞を揃えてタオルをかけ直す。真澄は勝ち誇った気分で弟を見ていた。そう、こうでなければいけない。自分こそがリーダーシップを取るのにふさわしいのだ。

掃除の途中で、リビングから窓の方を見ると、父はベランダに出てパジャマのままで煙草《たばこ》を吸っていた。家で煙草を吸うのは父だけだったから、真澄の発案で煙草はベランダで吸ってもらうことになった。

今になって考えてみると、以前は何故あんなにも身の回りについて無頓着《むとんちゃく》でいられたのか、真澄は不思議になる。学校から帰って、そのままの手で夕食のおかずをつまみ食いすることもあったし、学校では友達とお弁当のおかずを交換するのも自然なことだと思っていた。たまには友達同士で下着を買いに行って、買うつもりもない下着を広げてみたり、化粧品屋で口紅のテスターを使ってみたこともある。どれもこれも、どこの誰が触ったか分からないものを、よくもあんなに平気で無頓着に触っていたものだと思うと、今からでも消毒したい気分になる。

「ねえ、お母さん、いいでしょう？」

四週間に一度交換に来るダスト・モップで床を掃き、ハンディー・モップで部屋中を撫で回してから丁寧に手を洗い、漸《ようや》く朝食のテーブルに向かうと、純が何か真剣な顔で母にねだりごとをしていた。テーブルの上には、格子縞に沿って純と真澄の分のプレートが置かれ、漬物もサラダも昆布の佃煮《つくだに》も、すべて小さな器に盛られて一人前ずつ行儀良く並んでいる。

「この間買ったばっかりじゃないの」

「だって、レンタルで借りてきたらまずいんだろう？　それにあれは、３まで揃わないと意味がないんだよ。１と２はもう買ったんだから」

純は膨れっ面《つら》になって母を見ている。困ったような顔で「しょうがないわねえ」とつぶやきながら、母はちらりと真澄を見た。

「当たり前よ。どこの誰が借りたか分からないものを家に持ち込むなんて、とんでもないわ」

　我が家では、モップ以外のレンタル用品は一切使用しないというルールになった。ビデオ、ＣＤは勿論のこと、図書館の本もまずい。試験前でも友人のノートなどは借りず、どうしても必要な場合はコピーをとる。回覧板が届いたら、玄関より奥には持ち込まないこと、外出から戻ったら、まず玄関で靴下を脱いで、すぐに脱衣室の洗濯機に入れること。常に除菌クリーナーを持ち歩き、どこに行っても手を洗うこと。それらは、一つ一つ増えていった溝口家のルールだった。

「ちょっと、神経質になりすぎなんじゃないかなあ」

俊子が純の欲しいというビデオを買うことを渋々承知した頃、早起きを強いられた洋平が漸く、シャワーを浴びて戻って来た。

「そんなにルール、ルールでがんじがらめにすることもないと思うんだけど」

整髪料が取れて、すっかりぱさぱさの髪に戻った洋平は、いつもよりも一層白髪が目立った。

「家はくつろぐ場所なんだから、帰ってきてまで神経を使いたくはないよな」

「だめ」

「だめ」

「だめ」

三人が同時に口を開いた。洋平は首から下げていた格子縞のタオルで髪を拭いていた手を一瞬止めて、呆気《あっけ》に取られたような、間が抜けた表情で真澄たちを見回した。

「お父さん、家庭っていうのは、最小単位の社会なんだよ」

純が、いかにも習ったばかりらしいことを言い出す。

「人間は二人以上になったら、社会を形成するのよ。そうしたら、必ずルールは必要になるわ。社会に出ているお父さんが一番よく分かっているはずでしょう？　たった一人でもルールを守らない人間がいれば、他の全員が迷惑するっていうことも」

続きは真澄が引き受けた。洋平は、ゴルフで日焼けしているが、眼鏡の跡だけ日焼けしていなくて、眼鏡を外しているから余計に間が抜けた顔に見えた。本当に、こんなぼんやりした顔の父親が、会社できちんと仕事が出来ているのだろうかと、不安にさえなる。

「家庭内の小さなルールも守れなかったら、外の社会のルールなんて、もっと守れなくなるんじゃない？」

洋平は大きくため息をつきながら、タオルをテーブルの上に置いた。すかさず俊子が手を伸ばし、タオルの四隅を揃えて畳んでいる。洋平は、もう一度ため息をつくと、つまらなそうな顔で立ち上がった。

「真澄は、いつの間にそんなにぴりぴりするようになったのかな。もう少しのんびりした性格だと思ってたけど」

その言葉に、真澄は一瞬むかっとしながら、手にしていたご飯茶碗《ちゃわん》をプレートの格子縞のマス目の中に置いた。

「お父さんは我が家のルールに反対なの？」

「いやさ、そんなに殺菌ばかりして歩いてたら、抵抗力が弱くなるんじゃないかと思ってさ」

昨日の垢と埃を吸い込んだはずのパジャマを再び着ている洋平は、そう言いながらリビングを抜けて、ベランダの窓を大きく開けた。乾いた風が一瞬にして吹き込んで来て、真澄は大慌てで皿の上に手をかざした。

「埃が入って来るじゃないっ。お父さん、窓閉めて！」

洋平は振り向きもせずに、そのままベランダの外に出て窓を閉めた。そこで手すりにもたれて外を眺めている。

「お母さん、よくあんなお父さんと同じ部屋で寝られるわね」

真澄は味噌汁《みそしる》に手を伸ばしながら、冷ややかに俊子を見た。

「自分のすぐ隣に垢と埃にまみれている人が寝てるなんて、考えただけでぞっとするわ」

「だって、他にあいてる部屋なんかないじゃないの。しょうがないわよ。お父さんだって疲れて帰って来るんだし」

真澄の弁当を作り終え、ウェット・ティッシュと箸《はし》を揃えながら、俊子はつまらなそうな顔で答える。その隣にある箸箱は純のものだった。給食は仕方がないにしても、口に入れるスプーンだけは自分専用のものでなければ嫌だと言い出して、それ以来弟は箸とスプーン、フォークがセットになっているものを毎日学校へ持って行くようになった。

「お母さんは『しょうがない』で済むかも知れないけど、今朝みたいにお風呂《ふろ》のお湯が落としてないのなんて、もう嫌だからね」

「ねえ、今度の日曜日、父の日だよ」

黙々と箸を動かしていた純が思い出したように顔を上げた。

「どうする？」

「どうしようか」

「お父さんを丸ごと殺菌出来るようなものがあればいいのに」

真澄が小さなボウルに入っているサラダに箸を伸ばしながら言うと、純と俊子は「本当」と言って声を上げて笑った。

「そうじゃなかったら、お父さんを隔離出来る場所とかさ。閉じ込められるカプセルとかさ」

再び風が通り抜けて、父がベランダから戻ってきた。

「お父さんも、ご飯にする？」

俊子が笑いの余韻を残したままの顔で洋平を見る。洋平は、相変わらずつまらなそうな顔でテーブルを見おろした。

「定食屋の食事みたいだな。全部小分けして」

「だって、その方が安心して食べられるじゃない？　家族といえども別の人間なんだし、皆どこからどんなばい菌持って来てるか分からないんだから。気兼ねしないで済むんだから、この方がいいのよ」

真澄は澄ました顔で答えると、プチ・トマトを口に放り込んだ。俊子や純はまだしも、この父親と同じ皿の料理は食べたくないと思った。

「こんな感じのは、昼飯だけで勘弁してもらいたいんだけどな。何も漬物まで小分けしなくたって」

「いいのよ。慣れれば、こうやった方がバランスよく食べられるっていう利点もあるんだから」

「ごちそうさま」

「ごちそうさま」

洋平がテーブルにつくのと同時に、真澄と純は食事を終えて立ち上がった。背後で「あなた、今夜は」「今夜は、課の女の子の送別会があるんだ」という会話が聞こえる。

「お父さん、絶対にお風呂に入ってよね。汚いままで歩き回ったら、家中にばい菌を振り撒《ま》いているようなものなんだからね」

真澄はくるりと振り返って、父親に念を押すように言った。ホーム・センターで壁紙のクロスも買ったから、今やダイニング全体がチェック柄になっている。様々なチェックの中で、洋平の姿だけが妙にそぐわない。

「あんまり遅いようだったら、私、先に寝てるわよ」

「ああ」

「その時は、お風呂を一度沸かしなおしておくから」

「ああ」

父用のプレートに食器を並べながら、俊子は「これ、滑るわわね。お箸が線と揃わないわ」と呟《つぶや》いていた。

7

「そりゃあ、もう大変なものさ」

何杯目かの水割りを傾けながら、溝口洋平は北島係長の肩を叩《たた》いた。

「もしも今、僕がこうするね。君、どうする？」

洋平よりもずっと酒の強い北島は、まるっきりの素面《しらふ》といった表情で「はあ？」と言う。

「『お父さん、その手は洗ったの？　まさか、汚い手で触ったんじゃないでしょうねっ』とさ、こうだ」

「へえ、そりゃあ凄《すご》いや」

北島は目を丸くしたまま、洋平の顔を見ている。

「情けないじゃないか、他人の君に触っても嫌がられないのに、家族に触ってそんなこと言われるんだから」

「父親って、そんな風に見られるものなんですかね」

北島はなおもぽかんとした表情で言うから、洋平は思わず舌打ちをしてしまった。

少しずつ酔いが回ってきている。野口康子の送別会は、あまり盛り上がらなかったが、まずまずというところだった。とりあえずはお座なりでも別れの言葉を言い、適当なところで、洋平たちは席を立った。

「違うんだ、俺に対してだけじゃないの。あのねえ、家族全員の、ルール、なの」

「ルール？」

酔った頭でも、この男にそんな話を始めてしまったのは間違いだったかも知れないという思いがよぎる。社会のルール、不文律というものを、もう一つ理解していない彼に、こんなことを話しても無駄かも知れない。けれど、そう思いながらも洋平は、自分で話を止めることが出来なかった。

「我が家にはね、色々なルールがあるんですよ。『ただいま』って玄関開けた時から、『行ってきます』って靴を履いて出ていくまでね、色々なルールがね、あるの——まあさ、それを一番守れないのが、僕だっていうことなんだけどね」

「きちんとしたお宅なんですねえ」

北島のすっとんきょうな受け応《こた》えに、洋平は思わず声を出して笑ってしまった。それは、そうかも知れない。誰が聞いたって、我が家ほどきちんとした家庭はないだろう。何しろ、風呂場のタオルの掛け方から、便所の使い方まで、事細かに決まり事があるのだ。ようやく単身赴任から解放されて、やっと自分で働いて手に入れた我が家で暮らせるようになったのに、息子の受験中はぴりぴりと神経を張り巡らし、次にはルール、ルールだ。

「いいことなんじゃないですかね。課長だって、最近なんだかすっきりしてるって女の子たちが言ってますよ」

「ほう、そう」

　そんな話は聞いたことがなかったから、洋平は思わず背筋を伸ばして北島を見た。さっきまでは、課長補佐も加わって三人だったのが、栃木に家を建てた課長補佐は、最終電車に間に合わないと困るからと言って、さっき帰って行った。

「僕なんかは分からないけど、女の子の目は鋭いですからね、なんとなく感じるんじゃないですかね」

「ふうん」

　そういえば、洋平は最近「抗菌防臭ソックス」というのを穿《は》いている。それから、ネクタイもベルトも毎日取り替えることになった。俊子の考えで、曜日別にシールを貼《は》られたバーに、ベルトもネクタイも、干物みたいに掛けられているのだ。ハンカチは必ず格子縞に合わせてぴっちりとプレスされたものを持たされるし、荷物が増えるから嫌だと言ったのに、ポケットタイプの除菌クリーナーも持たされている。結婚十九年目を迎えようとしている俊子が、初めて毎日靴を磨くのは洋平のためでなく、家に埃を持ち込まれたくないためだった。

「本当に男性ホルモンっていうのは、臭いんだそうですよ。だから、肉食中心にしてると、中年以降、毛穴が塞《ふさ》がってきて、確かに臭くなるんだそうです。『おじん臭い』っていうのも、あながち間違いじゃないらしくて」

「へえ、そう」

「課長にはそういう『おじん臭い』ところが全然ないからって、女の子たち言ってましたよ。僕も気をつけなきゃな」

「ふうん、そうかね」

　誰も彼も匂いを消して、人間だって元々動物なんだから、匂いがなくなったら存在証明が出来なくなるんじゃないだろうか。そんな奴《やつ》がジャングルに入ったら、すぐにパクリとやられるぞ。洋平は、半ばぐらつき始めた頭で、相槌《あいづち》を打つのさえ面倒になってきた。出来ることならば、このまま家に帰って、そのままひっくり返って眠りたい。けれど、家に帰ったら真っ先に玄関で靴下を脱ぎ、風呂場に直行しなければいけないのだ。ああ、いや待て。確か、もう一つルールが増えたのだった。

けれど、少しの間考えても、そのルールが何だったか思い出すことが出来ない。

「駄目だ。そろそろ帰るよ」

　自分でも視界が揺れているのを感じながら、洋平はゆっくりと立ち上がった。「大丈夫ですか」という北島の声に支えられて、最後の最後に妙な空元気を出して見せて、洋平は深夜のタクシーに乗り込んだ。

暗証番号を押してマンションに入り、かすむ目をこらしながらようやくエレベーターの8のボタンを押して、洋平は小さな箱に引き上げられた。体が引き上げられるごとに、それに抵抗しようとする重いものが、下半身に溜《たま》って行くような気がする。それほど沢山飲んだつもりではなかったが、今夜は妙に酔いの回るのが早くて、おまけに早くも二日酔いのような頭痛がし始めている。

「家に入る前に、埃は払うこと」

はいはい、こうね。

玄関の前で、ぐらぐらと上体を揺らしながら、ぱんぱんと肩の辺りを叩き、それからおもむろに鍵《かぎ》を取り出す。

「マットで靴の裏の汚れを取ること」

はいはい、ここでね。

飲食店などで、入口にマットが敷いてあるのは珍しくないが、普通の家庭でマットが敷かれているのは珍しいよな。聞いたことないよな。

「靴を脱ぎ、すぐに靴下も脱ぐ」

はい、抗菌防臭ソックスにはお世話になってますよ。

「特にお父さんの場合は、一番ばい菌を付けて帰って来る可能性が高いんだからね。夜中で皆が寝てる時だったら、その場で全部脱いだ方がいいくらいよね」

じゃあ、そうするか。玄関で裸になるってえのも、乙なものだ。

それにしても、今夜は大分酔った。ズボンを脱ごうとしている間も、体が前後に大きく揺れているのが分かる。

ああ、このまま眠りたいなあ。ばたん、きゅうといきたいものだ。

「湯ぶねに浸《つ》かって、埃を落とすだけでもいいんだから。綺麗《きれい》にしなきゃ眠れないくらいにならなきゃ」

そうです。垢《あか》じみた中年臭い親父《おやじ》にはなれませんからね、はいはい、だ。

やっとのことで裸になると、洋平はそのままよたよたと浴室に向かった。昔は、風呂が沸いたら父親が一番先に入ったものなのに、いつの間にか我が家では父親が三助になっちまった。

蓋を外すと、待ってましたとばかりに、ぼおん、と湯気が立ち昇る。洋平はぐらついて頭から湯ぶねに落ちないように注意しながら、やっとの思いで浴槽をまたいだ。

「あちっ！　おお、おっ、おっ」

夏に近くなって、風呂は沸かし直しの必要もないくらいだと思ったが、どうせ真澄あたりが「高温殺菌」なんてことを言ったに違いないのだ。それでなくても、ほとんど汚れていない、さらさらの新しい湯が、今夜は妙にちくちくと肌に刺さる。

「おお、あっついなあ」

洋平はうなりながらそろそろと湯ぶねに身を沈めた。

「特に頭よ、頭」

はいはい、頭ね。酔っているせいか、熱くても温《ぬる》くても、どっちでもいいやという気分になってくる。耳の中でどくどくと脈打つ音が聞こえる。

ルール。

いったい誰がこんなことを言い出したのだろう。こんなに融通の利《き》かないルールなど、普通の社会ではそれほどないはずだ。あうんの呼吸で、なんとなく、なんとなく辻褄《つじつま》を合わせるのが、社会のルールだと思うのに、我が家のルールの融通の利かないことといったら。

「出る前には、髪の毛が残ってないか、気を付けてよ」

三年間、仙台で一人暮しをしていた時には、淋《さび》しかったが自由だった。時には近所の銭湯に行き、帰りに飲み屋で一杯引っかけたりもしていた。学生時代にでも戻ったような、侘《わび》しいながらも、惨《みじ》めではない簡素な暮しが、洋平は案外気に入っていた。

あの頃が妙に懐《なつ》かしい。

「銭湯なんて、とんでもないわよ。それこそ、ばい菌の巣じゃないの」

気のせいさ。銭湯で病気になった人間が、どれくらいいると思うんだ？　第一、熱くて豊富な湯が、多少の黴菌《ばいきん》くらい殺してしまっているに違いないんだ。人間だって、腹の中にはどれだけの種類の雑菌を棲まわせてるか分かったものじゃないんだぞ。ビフィズス菌みたいなのもいるけど、悪い菌だっているんだ。そうだ、今度そういう話をしてやろうかな。

急に息苦しくなって、はっと気付くと風呂の中で眠ってしまったらしかった。一瞬溺《おぼ》れかけて、洋平は慌てて目を覚ました。しんと静まりかえっているから、時間の経過が分からない。けれど、湯はそれほど熱くないから、ずいぶん長い間眠っていたのかも知れない。いや、感じないだけだろうか。湯気を通してぼんやりとみえる照明が、この世のものとも思えないくらいに神秘的に見える。

「タオル、間違えないでよ。お父さんのは紺色なんだから」

ああ、はいはい。そして、柄に注意してきちんとかけるんだ。

洋平はそこまで考えて、やっと湯ぶねから立ち上がろうとした。縁に手をかけ、力を入れた瞬間、目の前にぱあっと黒いしみが広がった。

まずいな。

そう思った時には、自分がどこにいるのか分からなくなっていた。遠くで海の音のように聞こえたものが、再び湯に沈んだ音だと分かるまでに、とてつもない時間がかかったような気がした。

「あらっ」

遠くで声がする。

「嫌だなあ、お父さんってばぁ」

あれは真澄の声だ。野口康子は笑顔で退職していった。彼女は本当に結婚するのかも知れない。いや、そう信じてやる。信じてやるのも社会のルール。分かっていながら結婚退職として認めるなんて、そんなことは表向き許されないんだから。

「あら。真澄もトイレ？」

ああ、今度は俊子の声がする。そういえば、俊子も昔勤めていた会社を辞める時には、あんな表情で上司の前に立ったのだろうか。あの、結婚式に来ていた上司の何とかいう男は、スピーチの途中で大きなくしゃみをしたんだった。

「いくらなんでも、こんなところでパンツまで脱ぐことはないと思わない？」

はははは、真澄がまた怒ってる。ちょっと前までは子どもじみていて、しゃれっ気なんかどこにもなかったのに、急に綺麗好きになって。

急にこみ上げて来るものがあって、洋平は浴槽の縁から上体を外に出したまま、綺麗に掃除されているタイルの上に吐いた。

「お父さん、お父さん？」

呼んでる。誰が。

「ルール違反でしょう？　お風呂から出たら、自分で片付けてよ。自分のルール違反は自分で直すっていうことにしたでしょう」

ああ、そうか、新しいルールは、それだったか。すると、あのパンツは永遠にあのままになるんだろうか。

「早く寝ましょう。明日も朝は早いんだから」

「今夜はお父さんがお湯を落としてくれるはずだから、安心だわ」

このまま眠るのもいいよな。あとで、ペナルティーがあったって。第一、もうすっかり闇《やみ》に包まれてる。

洋平は体を二つに折り曲げたまま、ずっと風呂に浸かっていた。そして、最後に自分の体を片付けるのは誰だろうか、と思った。

青い手

1

門をくぐると夏の名残の風が柔らかく吹き抜けた。その途端、母に手を引かれていた拓也《たくや》は、かつて嗅《か》いだことのない匂《にお》いを感じた。

「何か、変な匂いがするよ」

見上げると、このところずっと顔色の優れない母は、弱々しい笑みを浮かべて「この匂い、初めて？」と言った。拓也は改めて鼻をくんくんさせ、そう言われてみれば、どこかで嗅いだことがあるかも知れないと思った。だが、どこで、どういう場面で嗅いだ匂いだったか、はっきりと分からない。

「これがね、お母さんのお家《うち》の匂いなのよ」

母は、小さく溜息《ためいき》をつきながら言った。拓也は、「家の匂い」という言葉に半分だけ納得出来た気分になって、小さく頷《うなず》いた。どんな家にもそれぞれの匂いがある。たとえば亨《とおる》くんの家には、いつも木の匂いがたちこめていたし、岩下くんの家にも、よそでは嗅いだことのない独特の匂いがあった。友だちの家に遊びに行く度に、拓也は自分の家とは異なる匂いに接していた。

「いい？　今日から、拓也はこの匂いに包まれて暮らすことになるの」

母は、わずかに膝《ひざ》を折り、腰を屈《かが》めて正面から拓也の顔を覗《のぞ》き込みながら、一言一句をゆっくりと発音した。拓也は、そんな母を見つめ返しながら、果たして自分はこんな匂いを好きになれるものだろうかと考えた。別段、不快な匂いだとは思わない。だが、何となく古くさくて、そう、どこかのお寺みたいな匂いだと思ったのだ。

「僕たち、ここに住むんだよね？」

念を押すように言うと、母は拓也の心を推し量ろうとでもするように、半ば怯《おび》えた眼差《まなざ》しで微《かす》かに頷く。その目は、確かに拓也に哀願していた。この匂いを嫌わないで、好きになって。他に行くところなんかないのよ。

「――僕、嫌いじゃ、ないよ。この匂い」

拓也は母が好きだった。いつも何かの不安を抱え、小さなことにも心を揺らす母を、自分だけは心配させたくないと、いつの頃からか強く感じるようにもなっていた。その母は、これまで一度だって拓也に親戚《しんせき》がいることを話してくれたことはなかった。

それなのに、急に拓也をここに連れてきたということは、何かの意味があるということだ。そのくらいのことは、拓也にだって感じられた。

「ほら、お母さん、言ってたことがあるでしょう？　匂いは慣れるって」

拓也は努めて明るく、さっぱりと聞こえるように、そう言った。母は、そんなことは思い当たらないという表情で軽く小首を傾《かし》げる。だが、拓也には、はっきりと記憶があった。それは、野沢のおじさんが母に香水をプレゼントしたときのことだ。母が嬉《うれ》しそうにつけた香水を、拓也は「くさい」と言った。そのときに、母は少しばかり不満そうな顔で、「慣れるわよ」と言ったのだ。匂いとは、そういうものだと。だが今、拓也は、そこまでの説明は出来なかった。何よりも野沢のおじさんの名前を出すまいと思っていた。出してはならない。おじさんは結局、母からも拓也からも離れていったのだ。

「それに、慣れなくても、最初から嫌いじゃないよ、僕」

もう一度、改めて言うと、母はようやく安心した表情になり、「いい子ね」と拓也の頭を軽く撫《な》でた。

「本当は、お母さんにはとても懐《なつ》かしい匂いなのよ」

野沢のおじさんが来なくなって少しした頃から、母は「引っ越そうか」と言うようになった。母はおじさんが来なくなった理由を何も言わなかったけれど、拓也には分かっていた。なぜなら、おじさんは一度、拓也のことを他の名前で呼んでしまったことがあるからだ。見知らぬ子の名前を呼んで、おじさんははっとした顔になった。そのとき、拓也は直感した。野沢のおじさんは、拓也のものではない。誰か他の子のものなのだと。やがて、おじさんは来なくなった。あの後、母は一度だけ「約束したのに」と呟《つぶや》いて、拓也に背中を向けて泣いていたことがある。

ぽつぽつと飛んでいる敷石を踏み、門からずいぶん離れた大きな玄関の前に立つと、母は一つ深呼吸をした。それから、そっと木の引き戸に手をかける。ちりちり、と軽やかな鈴の音が響いた。足を踏み入れると、匂いはいっそう強くなった。

「ただいま」と、母は小さな声で言った。やがて、見えない霧のように立ちこめる匂いの中から、ぱたぱたと二人の人が現れた。拓也が生まれて初めて会う母以外の肉親、祖父母だった。拓也は、長身で痩《や》せている、妙に腕の長い祖父と、小柄でころころと太っている祖母とを黙って見上げていた。母から説明はされていたけれど、どうも実感として湧《わ》いてくるものがないのだ。

「大きくなったのねえ、ずっとずっと、会いたかったのよ」

よく見れば、やはりどことなく母と似ている祖母は、わずかに目を潤《うる》ませ、そっと拓也の頬に手を伸ばしてきた。その手を見た途端、拓也は全身が強《こわ》ばるのを感じた。手の先が、真っ青に染まっているのだ。反射的に身を引きそうになると、祖母は驚いた顔になり、それから自分の手を見て「ああ」と笑った。

「ごめんね、こんな手だったら、びっくりするわね」

祖母は、青く染まった自分の両手をこすりあわせ、くすくすと照れ臭そうに笑う。その笑顔は、手の色とは裏腹に、まるで屈託のない明るいものだった。拓也は、この人は嫌いではないなと思った。

「さあさあ、いつまでそこに立ってるんだ。早く上がりなさい」

今度は祖父が言った。長い腕を伸ばして、母が提げていたボストンバッグを受け取りながら、やはり嬉しそうに笑っている。

「拓也も、ほら。靴を脱いで、上がりなさい」

祖父は、つい昨日も会ったばかりのような気楽な口調で言い、深い皺《しわ》に囲まれた目で拓也を見た。

――この人が、おじいちゃん。

ほんの数日前まで、自分には母以外の身寄りはいないと思い込んでいた拓也は、そのとき初めて、胸の奥が熱くなるのを覚えた。この人は野沢のおじさんとは違う、初めて会った拓也を既に全面的に受け入れている。なぜなら、拓也だけのおじいちゃんだからだ。

「どうしたい、ほら」

「――うん」

その人は、初めて会うとも思えないくらい奇妙な懐かしさを感じさせた。さっきまで気になっていた匂いすら、祖父には似合っているように感じられた。

「ああ、久しぶり。何も変わってないのね」

「そりゃあ、あんた。そうそう、変われるものでもないわ。この家はね、ずっとこのままよ」

「そうねえ――結局、私はこの家の人間なのね」

「そりゃあ、そうさ」

「私にもやっと、そのことが分かったわ」

初めて通される家の茶の間に落ち着くと、かしこまっている拓也の隣で、母は案外晴れやかな表情でそう言った。そして、随所に拓也の知らない人の名前を出して、雑談を始めた。母はときどき「そう」「へえっ」などと驚きの声を上げ、たまに声を出して笑った。母がこんなによく喋《しゃべ》るところを、拓也は初めて見たと思った。ガラス戸を開け放った縁側の向こうからは、時折気持ちの良い風が入ってきた。この家を取り巻いているのとは違う、甘い花の香りが漂った。

最初の頃こそ、おとなしく母の隣に座っていた拓也は、やがて退屈してそわそわとし始めた。縁側の前には広々とした庭がある。その庭の向こうに、物置とも思えない大きな建物が建っていた。生まれたときからアパート暮らしだった拓也にとって、それはあまりにも大きな空間に見えた。

「どれ、庭に出てみるか」

ふいに祖父が立ち上がった。拓也は、ちらりと母の顔を盗み見た。よその家に行ったときには、勝手に動き回ってはいけない、行儀良くしていなければいけないと、いつでも口を酸《す》っぱくして言われていたのだ。

「いいのよ。ここは、拓也のお家になるんだから。おじいちゃんに、いろいろと見せていただきなさい」

ところが、母は穏やかな口調でそう言っただけだった。だから、拓也は嬉しくなって、先に縁側に出ていた祖父の後を追った。

「拓也のサンダルも、用意してやらなきゃな」

縁側に腰を下ろすと、足元に大きな石があることに気づいた。そこに、大人用のサンダルが並んでいる。茶色いサンダルと青いサンダルは、一目見て祖父母のものであることが分かった。

「僕ね、スニーカー持ってるよ」

慌《あわ》てて立ち上がると茶の間の母の荷物に飛びつき、いつも履いていたスニーカーを出してもらって、拓也はまた祖父の元に走った。その間、祖父は縁側で腰を捻《ひね》って拓也を見ていてくれた。祖母も絶えずにこにこと拓也を見守ってくれている。母でさえ、かつて見たこともないくらいに穏やかな、のんびりとした表情になっていた。たくさんの大人が、皆で笑いながら自分を見ていてくれる。拓也だけの母、拓也だけの祖父母に間違いなかった。拓也はすっかりはしゃぎたい気分になって、初めて祖父に笑いかけた。

「空気が、美味《おい》しいねえ。東京とは大違いだ」

大人たちは声を揃《そろ》えて笑った。拓也は、それだけで幸せになった。

「拓也は、この家のことを何か聞いているかい」

庭に出ると、祖父はゆっくりと歩きながら口を開いた。拓也は、アパートの傍の児童公園くらいに広く感じられる庭を見回しながら「ううん」と首を振った。

「でも、お母さんが生まれた家なんでしょう?」

祖父はにこにこと笑って何度も頷く。大人の世界には秘密の匂いが満ちている。不安に陥りそうになっていた拓也は、その笑顔を見てようやく安心することが出来た。

「じゃあ、おじいちゃんたちが、どんな仕事をしているのかも、拓也は何も知らないのかな」

「あの——働いてるの?」

拓也は不思議になって祖父を見上げた。大体、この祖父が一体何歳くらいなのか、拓也にはそんなことも想像がつかなかったのだ。祖父は乾いた声で愉快そうに笑うと、

「まだまだ働くさ」と答えた。

「ええと——サラリーマン?」

「いいや。おじいちゃんは、家で仕事をしている」

「この家で? ええと——」

「それを、見せてやろう」

本当は「おじいちゃん」と呼んでみたかった。だが、何だか恥ずかしくて、どうも上手に発音出来ない気がする。だから、祖父が自分で「おじいちゃん」と言うのを、拓也はくすぐったい気分で聞いていた。自分も早く「おじいちゃん」と呼べるようになりたい。そう遠い将来のことではないことは確かだった。

――大丈夫だ。淋《さび》しくないや。

つい昨日、転校の挨拶《あいさつ》をした学校のことを思い出す。クラスの皆の前で、「吉屋《よしや》くんは引っ越しをします」と先生に言われたときには、悲しさと心細さに涙が出そうだったけれど、こっちの方が断然楽しそうな予感がする。第一、これからは母と二人きりではないのだ。ずっとこの家で、祖父母と暮らせることの方が、亨くんや岩下くんたちと別れた淋しさよりも、ずっと大きなことだった。だから、拓也はうきうきとしながら祖父の後に従った。

――皆で暮らせる。

この環境を二度と手放したくない。拓也は心の底から思った。

「そうだ。拓也は耳掃除はよくするかい」

ふいに祖父がこちらを見て言った。拓也は、急に何を言い出すのだろうと思いながらも「うん」と頷いた。

「お母さんが、よくしてくれる」

祖父は一瞬大きく目を見開いて「そうかい」と言った。

「僕の耳はね、ポロポロの粉みたいな垢《あか》がたまるって」

拓也の言葉に、祖父はゆっくり頷いた。

東京の小学校で運動会を終えたばかりの、拓也が七歳の秋のことだった。

2

角を曲がりかけたところで、盛人《もりひと》と出くわした。拓也は咄嗟《とっさ》に視線を外し、急いで身体《たい》をかわそうとした。

「やっぱな」

だがそのとき、盛人が立ちはだかる格好で言ったから、タイミングを逃してしまった。仕方なく視線を戻して彼を見上げると、もう中学生みたいに大きい盛人は、口の端でにやりと笑いながら拓也を見下ろしている。

「おまえが来ると、思ってたんだ」

「――――」

「角の手前でさ。あ、拓也が来るって、分かったんだよ」

また始まった。拓也は内心でうんざりしながら、さて、どうやって無事にこの場を切り抜けようかと考え始めていた。何せ、頭の回転は鈍いくせに、図体ばかりでかくて、それを武器に案外ねちねちとしつこい奴《やつ》なのだ。それに、下手に怒らせると、すぐに人を蹴《け》る癖がある。

「匂うんだよな」

「——急ぐんだ」

「ぷんぷんするぜ。陰気くせえ、死人の匂いがさ」

「これは、そういう匂いじゃないよ」

つい言い返してしまうと、盛人は大人みたいにわずかに目を細めて「へえ」と口元を歪《ゆが》める。

「だってよ、葬式の匂いじゃねえかよ」

「だからって、死人の匂いなんかじゃないよ。確かに、お寺で使うことは多いけど、うちは別に、葬式用の線香ばっかり作ってるわけじゃないんだから」

拓也は、腹の底からイライラとした塊が迫《せ》り上がってきそうなのを懸命にこらえながら、出来るだけ落ち着いた口調で言った。腕力ではかなうはずがない。

「急ぐから」

そのまま盛人の横をすり抜けようとすると、「へへっ」という嫌らしい笑い声が追いかけてくる。

「明日また、青い手で来るんだろう」

振り返るな、相手の誘いに乗るな。

「おまえの家は、みぃんな手が青いんだもんなあ。ひょっとするとよ、おまえの親父《おやじ》なんか、全身真っ青だったんじゃねえのか？」

頭がかっと熱くなった。父親のことなど、言われたくない。

「俺ん家《ち》の母さんが言ってたぞ。この町で、おまえの親父の顔を知ってる奴はだぁれもいないんだって。どこから来て、どこに行ったのかも、だぁれも、だってよ」

「――他人《ひと》の家のことなんか、放っといてくれよ」

盛人はなおもにやにやと笑っている。拓也は、出来る限り鋭い一瞥《いちべつ》をくれると、さっさと角を曲がった。盛人のことだから、まだしつこく追いかけてきて何か言うかと思ったのだが、今日はそんなことはなかった。まったく、この町に暮らしていて、唯《ゆい》一《いっ》の不満があるとすれば、それは、あの盛人だった。小学二年のときに引っ越してきて以来、後は何の不都合もなく暮らしてきたが、そのときから同級生になった盛人だけは、何かにつけ拓也につっかかり、言いがかりをつけてくる。

――何が、全身真っ青だ。

考えているうちに、涙がこみ上げてきそうになる。だが、考えようによっては、それは少しばかり笑える話かも知れなかった。そう思うことにした。

「遅かったね」

帰宅すると、家族は皆仕事場にいた。拓也が顔を出したときには、祖母が板上げをしている最中だった。

「また、からまれたよ。盛人に」

よく乾燥させた線香を、決まった本数ごとに束にして、軽く糊《のり》をつけた紙で巻く作業は、祖母の受け持ちだった。ちょっとした力にもすぐに折れてしまう線香を、寸分のゆるみもなく、きちっとまとめる作業は、男の力では強すぎるのか、どうもうまくいかなくて、女の人の手の方がうまくいく。祖母は、いかにも慣れた、筮竹《ぜいちく》を揃えるような手つきで線香をまとめながら「またかね」と笑った。

「しつこい子だねえ、その盛人っていう子も、ねえ」

拓也は祖母の傍にしゃがみ込み、とんとんと、リズミカルに線香をまとめていく祖母の青い手を眺めながら「バカのくせに」と呟いた。

「あいつにはね、うちの香の匂いなんか、分からないんだよな。脳味《のうみ》噌《そ》まで筋肉で出来てるみたいなヤツなんだから」

祖母は、ははは、と笑いながら、「そりゃあ、いいや」と頷いている。祖母の言いたいことは分かっている。もう少しの辛抱だ。あと五年もすれば、状況は必ず変わるに違いない。母も祖父母も、ことあるごとに拓也にそう言っている。だから、拓也はその日を楽しみにしていた。

「今日は、これから新しい玉を練るから、拓也もおじいちゃんを手伝ってくれないかしらね」

　祖母に言われて、拓也は身軽に「いいよ」と立ち上がった。頭の片隅にちらりと、「明日また、青い手で来るんだろう」という、さっきの盛人の言葉が蘇《よみがえ》る。だが、そんなことは別段構わなかった。クラスの中には、盛人の他にも拓也の手が青く染まっているのを嫌がったり、からかう子も確かにいないわけではない。だが、去年の校外学習でこの家を見学させて以来、拓也の手が青くなっているときは、家の手伝いをしている証拠だと、先生も言ってくれたし、大半の子たちは半ば尊敬のこもった眼差しを向けてくるようになった。だから、拓也はたまに自分の手も染まってしまっているとき、恥ずかしいどころか誇らしい気持ちにさえなった。

　祖父の仕事場には、一面に粉が舞い飛んでいた。その中で、祖父は大きな攪拌機《かくはんき》に原料を量って入れているところだった。

「おじいちゃん」

拓也が声をかけると、眉間《みけん》に皺を寄せて難しい顔で椨《たぶ》の粉を量っていた祖父は、急に笑顔になる。そして、ごく当たり前のように「そこの、それ、とってくれ」と言った。拓也は身軽に動いて祖父の手伝いを始めた。二、三年前までは触れてはならないと言われていたもの、持ち上げようとしても持ち上がらなかったものが、少しずつ自由に触れるようになってきた。それが、拓也にとって自分が成長していると感じられる一つのバロメーターになっている。

「今度は、どこのを作るの」

「ああ、京都のね、お寺さんの」

「あ、前に作ったやつ？　去年も作ったよね。京都の何とかいう、大きいお寺でしょう？」

祖父は目尻《めじり》にいっぱい皺を寄せて嬉しそうに頷いた。祖父はいつでも拓也の記憶力を褒めてくれる。

「あそこのお寺さんとうちとはな、おじいちゃんの、そのまたおじいちゃんの代からのつき合いだ」

祖父は満足そうに話し始めた。だが、手は休めない。椨の粉に続いて、丁字《ちょうじ》、白檀《びゃくだん》、沈香《じんこう》、甘松《かんしょう》などの香料の粉を量り、さらに他の香料やカビ止めの防腐剤を加えて、十分に攪拌する。その上で着色料を加え、水を加えて練り玉を作るのだ。それが、線香のもとだった。

「今度のは、ちいとばかし水を増やさないとダメだな」

攪拌機の中の原料を、時折手に取りながら、祖父は淡々とした口調で呟く。そのときの、少しばかり秘密めいた仕草や表情が、拓也は大好きだった。だから、拓也も祖父の真似《まね》をして、時折練っている最中の原料を触ってみた。手は染まってしまうが、次第に粘土のような粘りが生まれてくる練り玉をいじるのが、拓也は好きだった。

初めてこの家を訪れたときから、拓也はもう母の実家の職業が好きになっていた。最初こそ慣れない香りに戸惑いはしたけれど、線香が出来上がっていく工程というのは、実に単純なようで何となく不思議な、面白いものがあった。

出来上がった練り玉は、機械で棒状に押し出され、まるで色つきの素麺《そうめん》みたいににょろにょろと盆板の上に並べられる。その「にょろにょろ」を、さらに竹製のへらを使って干し板に移し替え、長さを切り揃える。この段階で、隙間《すきま》なく真《ま》っ直《す》ぐに並べられないと、線香は台無しになる。今は母が受け持っているその作業も、見た目は簡単そうなのだが、拓也にはまだとても出来ないくらいに微妙なコツが必要だった。並べられた線香は長さを切り揃えてから、今度は乾燥させる。

「どうして、うちのお線香はそんなに人気があるの」

「分からないか？」

祖父は、目元だけで微笑《ほほえ》み、じっと拓也の目を覗き込んでくる。だから、拓也はにやりと笑って首を振った。本当は知っている。祖父の作る線香には、何か特別な秘密がある。祖父が、その祖父の、もっと前の代から受け継いできた秘伝というものがあるのだ。だからこそ、祖父の線香は貴重品と言われ、高く取引される。祖父の線香を買い求める客は、全国の有名な寺院や偉いお茶の師匠、香道の専門家に限られていた。作った傍から待ちかねていた問屋が引き取っていく祖父の線香は、一部では大変な貴重品とまで言われているらしい。それ程までに、気高く、気品に溢《あふ》れ、そして人々の脳裏に深く残る、それが祖父の作る香なのだった。

「僕、また盛人に喧嘩《けんか》を売られたんだ」

拓也は、目をきょろりとさせながら祖父の顔を見上げた。祖父は攪拌機を覗き込みながら「ふうん」と答える。

「本当に、嫌なヤツだよ。うちの香のことだって、まるで分かってないくせに、僕の手が青いって笑うんだから」

「喧嘩するほど仲がいいっていう言葉もあるぞ」

祖父は、ちらりとこちらを見た。拓也は、盛人に限って絶対にそんなことはないと断言した。祖父は再び「ふうん」と言い、手の甲で顎《あご》をこすった。髭《ひげ》が伸びかかっているらしくて、微かにしゃりしゃりという音が聞こえた。拓也は、少しの間、祖父と並んで攪拌機を覗き込んでいたが、思い切って口を開いた。

「お母さんは——僕の父親だった人と喧嘩したのかな」

祖父は、今度は拓也の方を見ずに、真っ直ぐ前を向いたままで、深々と大きく溜息をついた。

「そんな暇はなかったろうよ」

祖父の横顔が、一瞬だけ歪んで見えた。もしかすると、あまり思い出したくないことなのかも知れなかった。だが拓也は、本当のことを知りたかった。

「お母さんは、お腹《なか》に僕がいるって分かったとき、僕を恨んだかな」

「まさか。お母さんは、この家よりも、おまえを選んだんじゃないか。そうして、普通の母親になろうとしたんだ」

祖父の言葉に、拓也は満足して頷いた。それに、拓也の父親だった人は、決して無駄な人生を歩んだわけではない。そのことだけは、拓也にもよく分かっている。この家に越してきて四年の間に、拓也は実に様々なことを学んできた。七歳の頃には知らなかった自分の父親についても、今はよく承知していた。そして、あの頃、野沢のおじさんと別れることになってしまった母が、ついにこの家に戻る決心をした理由についても、拓也なりに理解することが出来ていた。結局、母はこの家からは離れられないと悟ったのだ。

　それから拓也は、祖父と色々な話をしながら練り玉を作った。粉っぽくて、綺麗《きれい》な仕事場とはいえなかったけれど、祖父の説明によれば、香に使う材料は漢方薬に使うものと同じだから、いくら吸い込んでも毒にはならないという話だった。

「お父さん、問屋さんが見えたわ」

　ようやく一つの玉が練り上がった頃、戸口から母が顔を出した。祖父は「はいよ」と言って円筒形にまとめた練り玉をビニールの袋に入れ、ゆっくりと母屋《おもや》に戻っていった。

「問屋さん、何しにきたのかな」

　拓也は、今度は母について歩き始めた。

「また、あの練り香の催促よ。どうしても、あのお香をっていうお客様が後を絶たないんですって」

「でも、うちにだってもうほとんど残ってないんだよね？」

　十代で拓也を産んだ母は、他の子の母親よりも年齢的にはずいぶん若かった。その母が、多少疲れた表情で柔らかく微笑む姿は、いつでもどこか哀《かな》しそうに見える。

「少しずつ作らないと、材料がなくなるから。だから、まだ当分は、ね」

　普段、母がいる仕事場は、からりとした広い空間だった。胴切りを終えた線香は、風通しの良い場所で自然乾燥させる。大きな工場ならば、乾燥室があるのだろうと祖父は言っていたが、家族だけで営んでいる、工場ともいえないほどの拓也の家では、昔ながらの作り方を守っている。

「盛人くんに、また嫌がらせされたって？」

　祖母から聞いたのだろう、母は静かな表情のままで、既に乾燥の済んでいる線香を、干し板ごとにまとめて積み上げているところだった。

「あいつ、毎年いやなヤツになるよ」

　拓也は、今度は母の仕事を手伝いながら、口を尖《とが》らせて文句を言った。母は困った顔で「そう」と小さく溜息をついた。

「でも、あまり考えすぎないことよ。こういうことは、なるようにしか、ならないんだから」

「だけど、僕は決めたんだもん。あいつ、大嫌いだし」

「それは分かるけどね、思い詰めないこと。今は、もっと気楽にしていて、いいんだからね」

母は眉間に微かな皺を寄せ、いかにも心配そうな顔になった。拓也はそんな母を見つめ、自分も溜息をついた。

「僕、男は好きにならないからね。大丈夫だよ」

拓也が真顔で答えると、母は一瞬驚いた顔になり、それから諦《あきら》めたような笑みを浮かべて「そうしてね」と言った。

――そうだよ。皆で幸せになるんだから。

いつの間にか目《め》尻《じり》にほんの少し小皺も寄るようになってきた母は、本当ならば、もっと外へ出かけたいのかも知れない。それなのに、ひっそりと家にいる母が、拓也には時折不《ふ》憫《びん》に思えた。だが、母はまだ当分、少なくとも今、祖父が年に一度だけ作っている練り香の材料が尽きるまでは、この生活を崩さないだろう。

「お母さん、色んなところに出かけられるようになるよ。きっと、そのうち」

拓也の言葉に、母はまた淋しげに笑った。もっと、心から晴れ晴れと笑えるようにしてあげたいと、拓也は心から思った。

3

「――不思議な匂い」

ほのかに立ち昇ってきた香りを目をつぶって吸い込み、加藤和美《かずみ》は囁《ささや》くような声で言った。拓也は、自分もゆっくりと肺を膨らませ、その香りを味わった。

「何ていうのかしら、気持ちの隅々まで静かになるのに、心のどこかがときめくような、そんな匂いね」

彼女は目を閉じたまま、白い喉《のど》を見せて心持ち顎を上げている。セーラー服に包まれた胸が微かに上下に動き、和美が香りに身を任せているのが分かる。拓也は、思わず胸が高鳴るのを感じながら、そんな和美を黙って見守っていた。

「これが、拓也くんのお家で作ってる、最高級のお香なのね」

やがて、和美はうっとりと目を開いた。拓也は小さく頷きながら、何とかして胸の高鳴りを抑えようとしていた。

「何だか、不思議な気分になるわ」

彼女はさらに夢見心地のような表情で呟く。本当は、興奮を鎮《しず》めて集中力が高まる、そんな作用のあるお香を焚《た》いてやると約束したのだった。だが、その前に一度だけ試してみたくて、拓也は家でいちばん大切にしている『薫霊香《くんれいこう》』と名づけられた練り香を、一粒だけ持ち出してきた。高校入試が近づいて、一緒に勉強をすることになった冬のことだった。

「でも、この雰囲気って、何となく拓也くんのイメージと合ってる」

和美は黒目がちの瞳《ひとみ》を、どこか悪戯《いたずら》っぽく輝かせている。

「――そうかな」

「いつも、拓也くんから匂う香りとは違うけど、でも、合ってるなと思うわ」

拓也は、少しばかりくすぐったい気持ちになって曖昧《あいまい》に笑いながら、内心では、さすがに女だと感心していた。この香りに、これほどまでに敏感に反応することにも驚かされたし、いつも学校で男子に負けずに騒いでいる彼女とは別人のような潤《うるお》いを感じさせることにも驚いた。

「どうやって作るの、これ」

香炉代わりに持ってきた湯飲み茶碗《ぢゃわん》を覗き込みながら、和美はまだうっとりとした顔をしている。

「練り香って、普通のお線香とは違うんでしょう?」

「柔らかいからね」

「どうして固まらないの」

今日は、拓也の方が勉強を教わることになっていた。何しろ、和美は学年一の秀才だ。そんな彼女が瞳を輝かせて拓也に何かを質問してくるのが嬉しくて、拓也は急に自分が一人前の男になったような気分になった。

「普通の線香は水で練るけど、これは蜂蜜《はちみつ》と梅肉で練ってるんだ」

「蜂蜜と梅肉？　じゃあ、食べられる？」

たまたま家が近いのと、母親同士が幼なじみだということで、拓也は小学校以来、何かと彼女に助けられることが多かった。そういえば中学に入った頃に、盛人の陰謀で、もう少しで虐《いじ》められっ子のレッテルを貼《は》られそうになったときも、助けてくれたのは和美だった。

「食べるのは――やめておいた方がいいと思うよ」

拓也が真面目《まじめ》な顔で答えると、彼女は「やっぱりね」ところころと楽しそうに笑う。そんな笑い方さえ、いつもの和美よりも潤いを含んでいるようで、拓也はまた胸が高鳴りそうになった。

「じゃあ、この不思議な匂いは、蜂蜜や梅肉の匂いなのかしら」

「それだけじゃ、ないよ。他にも色々と入ってるから」

和美は、いかにも感心したように深々と頷き、大人みたいな口調で「なるほどねえ」と唸《うな》った。

「だから、最高級なのね。どんな人が買っていくのかしら」

「どこかの、お茶の先生だって」

それから和美は、香についてあれこれと拓也に質問をした。拓也は、知っている限りのことは答えたいと思っていた。和美が香に興味を持ってくれることが嬉しかったし、何よりも『薫霊香』を気に入ってくれたのが嬉しかった。

「あらあら、何だかいい匂いがすると思ったら」

勉強をそっちのけにして夢中になって話し込んでいると、和美の母さんが飲み物を運んできてくれた。部屋に入るなり、目を瞬《しばたた》いて言った。火遊びということで叱《しか》られるかと思ったのに、和美の母さんは少しの間、部屋に漂う残り香を楽しみ、「さすがに吉屋さんのところのお香ね」と言っただけだった。

「何だか、懐かしい気がするわねえ。何か、遠い昔の何かを、思い出させられるような気がするわ」

最後にそう言われて、拓也は慌ててノートを開いた。何だか急に恥ずかしくなったのだ。和美は不思議そうな顔で、それでもくすくすと笑いながら、そんな拓也を見ている。この家は、拓也の家とはまるで異なる匂いに満ちていた。漬物屋という商売柄かも知れないが、温かみのある、清潔そうな匂いだと拓也は思う。

「拓也くん、理数系に行きたいんでしょう？」

母さんがいなくなって、やっと勉強を始めると、また和美が口を開いた。

「香のことも、もっと科学的に分かったらいいなと思って」

「拓也くん、理科は出来るもんね。じゃあ、お家を継ぐの？」

拓也は、当たり前だと言わんばかりに頷いた。和美は意外そうな表情になり、「ふうん」と口を尖らせた。

「でも、うちのお父さんたちが言ってたけど、お線香の原料になるものって、これからだんだん少なくなるんじゃないの？」

「まあね。大体は輸入品だし。でも、うちの倉庫には、大体のものは、あと十年分はあるんだ」

和美は「そう」と頷いた後、ふいに少しばかり憂鬱《ゆううつ》そうな顔になって、溜息をついた。拓也は、その溜息の意味を知らないわけではなかった。和美も、この漬物屋の一人娘だった。彼女は前にも何度か「漬物屋なんて」と言っていたことがある。

「加藤は、家は継ぎたくないんだろう？」

「だって、今どき漬物屋なんて」

「そうかなあ、俺はいいと思うけど」

こうして勉強はすぐに脇道《わきみち》にそれる。それでも拓也は、和美とこうして話せることが嬉しくてならなかった。それに、さっきの香を焚《た》いたときの、和美の横顔が強く印象に残っている。

「でも、拓也くんはいいかもね。匂いだけで人を幸せに出来る仕事なんて、すごく素敵だもの」

やがて、和美はにこりと笑ってそう言った。匂いだけで人を幸せに出来る——その言葉は、拓也の胸に深く刻まれた。そんな香を作ることによって、拓也の家族も幸せになるのだ。拓也は、母のことも祖父母のことも幸せにしてあげたかった。そうすることによって、拓也も幸福になるのだと信じていた。

「高校に受かったら、何したい？」

「じいちゃんから、本格的に香の調合を習いたい」

ノートに向かいながら答えると、視界にころころと鉛筆が転がってきた。まったく、女の子というのは、どうしてこんなにくるくると表情を変えるのだろう。顔を上げると、さっきまでうっとりとしたり、にこにこと笑みをふりまいていた和美が、今は膨れっ面《つら》になって、つんと澄ましている。

「——何だよ」

「拓也くんの頭の中って、お香のことばっかり」

和美は、急に挑戦的な目つきになって、わざとらしい程に大きな溜息をつく。

「私ね、盛人くんに言われてるんだ」

「何を」

「今度のバレンタインにね、チョコレートくれないかって」

心臓がどん、と跳ね上がった。どうしてこんなところで盛人の名前を聞かなければならないのだ。それに、言うに事欠いて自分からチョコレートを催促するなんて、何という奴なのだろうと思った。

「——どうしようかなあ」

さっきから何度も努力して鎮めてきた心臓は、もう言うことを聞かなくなりそうだった。耳の中でまで、どくどくという音が響いている。

「加藤は——」

言いかけて、すっかり声がかすれているのに気づいた。拓也は慌てて咳払《せきばら》いをして、和美の母さんが置いていってくれたジュースを飲み干した。甘いジュースは渇きを癒《いや》すのには役に立たない気がする。だが、それを飲む間、拓也は何とかして冷静にならなければと自分に言い聞かせていた。

「——したいように、すればいいだろう」

もはや、頭の中は目の前の和美のことよりも盛人のことでいっぱいだった。とにかく、盛人の奴が自分の周囲をうろついている限り、拓也の人生は絶対にどこかで躓《つまず》きそうな気がしてならない。ただでさえ、もう何年も毎日のように不愉快な思いをさせられているのだ。奴が自分の近くにいるだけで、拓也は気持ちを乱される。ちきしょう、あんな奴、絶対に嫌いだと、改めて同じ言葉ばかりが頭の中を駆け巡った。

「俺——」

拓也は、つい口ごもり、俯《うつむ》いてしまった。盛人に対する悪口雑言ばかりが浮かんでいる頭は、目の前の和美に対しては、何を言えば良いのか、まるで考えることが出来なかった。

「何よ、何なの？」

「——も、チョコレート——」

そこまで言ったとき、急に頰に柔らかいものが触れた。全身に電気が走ったような感覚を受けて、拓也は飛び上がる程驚き、息を呑《の》んでしまった。すぐ横に、和美の輝く瞳があった。あまりに近くて焦点が合わないくらいの距離だった。

「真面目すぎるんだよ、拓也くんは。私、漬物屋は嫌だけど、お香屋なら、いいと思ってるのに」

一瞬、頭の中が空白になった。拓也は、いつの間にか手の間からシャープペンを取り落としていることも忘れて、頬に和美の生暖かい呼吸を感じていた。ああ、早く大人になりたい。盛人なんかに邪魔されてたまるかと、そればかりを思っていた。

4

高校では、拓也は化学クラブに入った。中学のときと違って、実験材料や用具も豊富に揃っている実験室で、拓也は夢中になって色々な実験に取り組んだ。目の前で、様々な薬品が化学反応を起こし、変化するのを見るのは、何よりも面白かった。

その頃、和美は同じ高校のテニス部に入っていた。拓也は時折、実験室の窓からテニスウェア姿の和美を見かけることがあった。黄色いボールを追って走り回っている彼女は、あの冬の日に「お香屋なら」などと言った少女と同一人物とは思えないくらいに大人っぽく、美しくなっていた。こうして眺めていると、かつて彼女の唇が自分の頬に触れたことがあるなんて、まるで夢か幻としか思えないくらいだ。

――あの家にも、行かなくなったな。

遠い昔のことのような気がする。だが、考えてみれば、あれからまだ一年近くしか過ぎてはいなかった。入試の頃、拓也は和美からバレンタインのチョコレートをもらった。拓也は、これで盛人に勝ったと確信し、内心で飛び跳ねたいほどに感激したものだ。

それなのに高校に入ってからというもの、拓也は和美とほとんど口も利《き》かなくなっていた。何となく、以前のように気軽に話しかけられない雰囲気が出来上がってしまっていたし、あのときの恥ずかしさからか、妙に意識してしまって、何を話せば良いのかも分からなくなっていたからだ。

――眺めるだけ、か。

ときどき、ひどく切なくなって、そんなことを考えることもあった。それでも、拓也の高校生活はしごく順調なものだった。暇さえあればあらゆる本を読みあさり、化学の教師に食い下がっては分からないことを質問して、次々に興味の対象を変えていった。

「青！」

ある秋の日の帰り道、本を読みながら歩いていると、聞き覚えのある声が背後から被《かぶ》さってきた。あきあかねの群が頭の上を行き過ぎ、河原の道にはすすきの穂に混ざって、ぽつり、ぽつりと彼岸花の朱が見えた。その頃には拓也は眼鏡をかけるようになっていて、学校でも秀才と呼ばれるまでになっていた。

「ようっ、青！」

間違いなく、盛人の声だった。拓也は、うんざりしながら立ち止まった。拓也を「青」などと呼ぶのは彼しかいない。意外なことに、盛人も拓也と同じ高校に入ってきたのだ。勉強に関しては、彼は問題外だと思っていた拓也は、盛人が案外馬鹿《ばか》ではなかったことと、自分と彼とのただならぬ腐れ縁に心底驚き、呪《のろ》いたい気分にさえなった。だが、実際に高校生活が始まってみれば、盛人は野球部に入って合宿所暮らしになり、拓也とはほとんど無縁の存在になっていた。だから、いつしか拓也も彼の存在そのものを忘れかけていた。

「久しぶりじゃねえかよ、よう、秀才」

大きな鞄《かばん》を肩からかけて、大股《おおまた》で追いついてきた盛人は、中学のとき以上に大きくなって、しかも、一面のニキビ面《づら》になっていた。近づいてくると、つんと汗臭い匂《にお》いが拓也の鼻《び》腔《こう》を刺激する。

「その、青って呼ぶの、やめてくれないかな」

拓也は眼鏡の奥からちらりとニキビ面を見上げ、そのまま澄ました顔で歩き始めた。だいたい、久しぶりなどと声をかけられるようなつき合いではないではないか。幼い日から、ことあるごとに人をからかって、喧嘩を売ってきた奴に、馴《な》れ馴《な》れしく話しかけられたくはなかった。

「何だ、何だ？　歩いてるときも、勉強かよ。やってらんねえなあ」

「人の勝手だろう？　それより、君こそどうしてこんなところを歩いてるんだよ。君は、合宿所暮らしなんじゃないの」

「ちょっとな」と言って、盛人は突然道ばたに唾《つば》を吐いた。そんな仕草さえ、拓也の癇《かん》に障《さわ》る。

「先輩がよ、やれ洗濯しろだの、何か買ってこいだの、好き勝手なことばっかりぬかしやがるから、ちょっと小突いてやったらよ、そいつ、本気になって怒ってきやがってよ、そのまま、喧嘩になっちまったんだ。そうしたら、一週間の謹慎処分だよ。練習にも出られねえ。相手は万年補欠の、ひ弱な野郎なんだぜ。それなのに、先輩風吹かしやがってよ」

それにしても汗臭い。拓也は顔をしかめたくなりながら、黙って歩き続けた。

「だったら、あんな汚ねえところにいてもしょうがねえからさ、少し家に帰ってようかと思ってな。そんで、今日はこっちに帰ってきたってわけさ。分かった？」

昔のように怯《おび》え、身構える気持ちは、今の拓也にはない。盛人の方も、以前よりは多少なりとも大人になったと見えて、くだらない嫌がらせなどをするつもりはなさそうだった。

「それにしても、なあ、青。おまえ、本の虫になっちまったなあ。たまに俺が声かけたって、いっつも気がつかねえんだもんな。大したもんだ、青は」

本当は気がついていた。ただ、面倒だから無視していただけのことだ。拓也は、せっかくの読書の時間を奪われた上に、「青、青」と呼ばれて、久しぶりに昔の苛立《いらだ》ちを蘇らせていた。第一、今は香を作るときにはビニールの手袋をするようになったから、拓也の家族は誰も青い手などしていないのだ。

「何、読んでんだ？　あん？」

せめて、黙って歩いてくれれば良いのに、盛人はやたらと馴れ馴れしく、拓也の肩に腕をかけたりする。拓也よりもずっと大きな盛人の腕はずしりと重かった。第一、その汗臭さがたまらない。やめろよ、と言いかけたそのとき、拓也の中で何かが閃《ひらめ》いた。どうして、こんなに大切なことを忘れていたのだろうか。

「ねえ、最近、耳の掃除をしたかい」

拓也に唐突に言われて、盛人はきょとんとした顔になった。それから、拓也の肩に置いていた手を自分の耳に当て、「掃除か？」と言う。日に焼けた、芋虫みたいな小指を耳に入れながら、ニキビ面の盛人は「そういえば、してねえかな」と平気な顔で言った。

「変なこと聞くけど、君の耳垢って、湿ってる？　それとも、乾いてる？」

拓也がなおも聞くと、盛人は、小指をぐりぐりと動かしながら、目玉だけで空を見上げる。

「俺の、耳クソ？　どうかなあ、他の奴のを、知らねえからな」

「でも、感触としてはさ、分かるだろう？　しっとりしてるか、ポロポロか」

「どっちかってえと、湿ってるかな」

盛人は間抜け面で耳に入れていた小指の先を眺め、ホレ、などといってそれを拓也に差し出してくる。拓也は、そんなものは死んでも見たくないと思ったけれど、冷静に、それを眺めることにした。一体、どれくらい掃除をしていなかったのか、ただ指先でついただけのはずなのに、盛人の指先には、ごっそりと耳垢がついていた。それは、少なくとも拓也の耳垢に比べて、ねっとりとして見えた。

「何だよ。秀才の考えてることは、分からねえな。人の耳クソなんか見て、どうしようってんだ」

盛人がふうっと吹いても、その耳垢は飛ばなかった。母も、祖父母も、最近は盛人のことなどまったく聞かなくなっていた。だが、それは拓也がすっかり忘れていたからだ。「時代は変わる」と祖父は言うことがある。拓也を気遣ってのことに違いない。

頭の中で何かが猛スピードで回転し始めていた。

——皆で、幸せになるんだ。

かつて、毎日念仏のように唱えていた文句を思い出しながら、拓也はなおも不思議そうな顔をしている盛人に向かって、生まれて初めて笑顔を見せた。

「いや、気を悪くしないでもらいたいんだけどね。久しぶりに会ったら、盛人、少し臭《にお》うみたいだからさ」

拓也の言葉に、盛人はぎょっとした顔になった。だが、すぐに動揺を隠すかのように怒った顔をして見せる。

「当たりめえだろ。毎日汗流して、駆けずり回ってんだ。汗臭いのの、どこが悪いんだよ。おまえ、うちの合宿所の匂いなんか、嗅《か》いだことねえだろう。あそこなんてなあ、住んでて言うのも何だけど――」

「いや、汗の匂いばかりじゃなくてさ。盛人自身の体臭っていうのかな」

拓也は努めて愛想良く、冷静な口調で言った。盛人は愕然《がくぜん》とした表情になって、慌《あわ》てて自分の服の匂いを嗅ぎ始めている。

「僕が、耳垢のことを聞いたのはね。耳垢が湿っている人は、腋臭《わきが》にもなりやすいっていう話を読んだことがあるからなんだ」

普段は威勢の良い盛人は、ますます自信のなさそうな情けない顔になる。

「マジかよ。やべえな、女の子に嫌われるよなあ、臭い奴って。そのう、風呂《ふろ》に入っても、取れない匂いか？」

「匂いっていうのはさ、確かアポクリン腺《せん》とかいう汗腺から、出るんだよね。それが、腋の下とか、外耳道とか、身体《からだ》のあちこちにあるんだって。その、アポクリン腺の分《ぶん》泌《ぴっ》が、人よりも多いのかも知れないねえ」

どこかで一度読んだ話を、適当につなぎ合わせているだけのことだったから、本当は拓也にもあまり自信がない。だが、何も知らない盛人は、ひどく熱心に拓也の顔を覗《のぞ》き込み、いちいち感心した様子で、ふんふんと細かく頷《うなず》いてくる。

「じゃあ、そのアポクリンっていうのを何とかすれば、匂いは止まるか？」

「どうかなあ。何だったら、調べてみてあげようか」

拓也の言葉に、盛人は途端にニキビ面を輝かせて「おう」と大きく頷いた。そして、そのまま素直に、誘いに乗って拓也の家に来ることになった。

「考えてみると、これだけ長いつき合いで初めてだったよなあ？　おまえん家《ち》に行くのって」

「小学校のときに校外学習で来たじゃないか」

「ああ、そんなことも、あったかな。俺、何だか辛気臭くて嫌だと思ってたからなあ。去年、じいちゃんが死んでから、俺も線香の匂いには慣れたけどさ」

拓也は、盛人と並んで歩きながら、ふんふんと適当な返事をし、その一方で、これは結構良いものがとれるに違いない、と確信していた。拓也も盛人も、十七歳になろうとしている。まさしく男子の汗の分泌の、もっとも盛んなときだ。

——どうせなら、先にたっぷりと汗をかかせておくのも、いいよな。

それが、未来を拓《ひら》く材料になる可能性は大きい。きっと祖父も喜んでくれるだろう。母だって、これでようやく過去から解放されるに違いない。そう考えると、拓也はひとりでに笑顔になってしまった。

「おまえ、結構いいとこ、あるんだな」

「いいんだよ。幼なじみじゃないか」

再び肩に手を置かれても、拓也は今度はにっこりと笑うことが出来た。

「だよなあ、俺とおまえとは腐れ縁だもんな。まあ、いつかな、この借りはそのうち、きっと返すからよ」

「気にしなくて、いいよ」

借りなど作られる心配はない。既に、これまでに積み重なってきた貸しが、こういう結果を生んだのだ。それを返してもらうときが来ただけのことだった。

5

拓也が和美と結婚したのは、二十七歳になった初夏のことだった。高校を卒業して東京の大学に入った拓也は、そのまま大学院まで進んで、その上で企業からのあらゆる就職の誘いを断って帰郷した。東京での暮らしは確かに楽しかったけれど、拓也には、故郷を捨てて住み続けるほどに魅力的には感じられなかった。第一、自分の家で、家族に囲まれて暮らすことこそが、拓也の望みだったのだ。

久しぶりに高校の同窓会で和美と再会したとき、拓也は彼女がまだ独身で、家業の手伝いをしていたことを初めて知った。そして、二人は急速に近づき、翌年、結婚することになった。母は、祖父母と相談した結果、母屋とは別に拓也の実験室を兼ねた夫婦のための離れを建ててくれた。拓也は、そんな必要はないと思ったのだが、和美はとても嬉《うれ》しそうだった。

「拓也、問屋さんが見えてるわよ」

その日も実験室にこもっていると、外から和美でなく母の声がした。

「あれ、母さん、帰ってたの」

実験室から出ると、そこには晴れやかな笑顔の母が立っていた。結婚した息子がいるとは思えないと、近頃ではどこへ行っても褒められるらしい母は、拓也の目から見ても、まだまだ若々しく、美しかった。

「さっきね、戻ったの。実験中だと思ってたものだから、声をかけるのを遠慮してたのよ」

母はにっこりと笑うと、「さあさあ」と拓也の背を押す。母屋の茶の間から顔を出して、こちらの様子を窺《うかが》っていた和美が、少し目立ち始めてきたお腹で苦笑しているのが見えた。来年には、母は祖母になる。

最近では町内の旅行会に属し、その他にも芝居を観《み》に行ったり、陶芸を習いに行ったりと、ほとんど家にいることのない母は、和美にとっては理想的な姑《しゅうとめ》のはずだった。家にいるときには、二人はよく台所で声を揃《そろ》えて笑っていたし、和美はこの家の仕事も、香も好きな様子だった。

「あなた、お義母《かあ》さんのお土産、すごい量よ」

茶の間の前を通り過ぎるとき、和美はくすくすと笑いながら言った。「うん」と言って茶の間を見れば、確かに驚くほどの紙包みや袋の山が築かれている。

「母さんの買い物癖は、すごいもんがあるな。どうするんだい、旅行する度に、こんなに買いあさってきて」

呆《あき》れて振り返ると、母は肩をすくめてくすくすと笑っている。「だって」と言い訳をするときの母は、まるで若い娘のようだった。拓也は、そんな母を見るのが嬉しかった。

「やあやあ、若旦那《わかだんな》」

応接間に待たせていた問屋の主人は、拓也を見るなり腰を上げ、極めつきに愛想の良い笑顔を見せた。そんなふうに呼ばれたくはないのだが、面倒だから適当に返事をしていると、問屋は「若旦那」を連発しながらプロ野球の話から始まって政治経済まで、一通りの雑談をした後、ようやく「ところで」と切り出した。

「例の、あのお香をね、お願いしたいんですわ。『薫霊香《くんれいこう》』」

煙草《たばこ》をくわえると、さっとライターが差し出される。普通、問屋というのは納入業者には高飛車に出るものらしいと聞いているが、拓也の家に関してだけは、特別なようだった。

「あれは、祖父に聞いてみないことには、何とも――」

拓也は腕組みをして、深々と吸い込んだ煙草の煙を吐き出した。最近では、表向きの交渉ごとなどにはいっさい顔を出さなくなったが、祖父は祖母と共にまだまだ健在で、頑《かたく》なに昔の製法で香を作り続けている。勿論《もちろん》、拓也の意見もあって、少しずつ機械も導入してはいるのだが、それで楽になったのは練り上がった玉を干す段階までがほとんどで、こと香料の調合に関してだけは、未《いま》だに祖父の独壇場と言っても良いくらいだった。勿論、拓也は拓也なりに、祖父が先代から受け継ぎ、勘を頼りに育ててきたものを、科学的に分析してはいるのだが、最後に勝つのは、やはり祖父の経験と勘だった。

「いやあ、貴重なものだということくらいは、こちらだって重々承知しているんですわ。うちだって、昨日今日のおつき合いじゃないわけですからねえ。ただね、今度ですねえ、お得意さまの――」

　問屋は、とにかくとうとうと喋《しゃべ》り続けた。『薫霊香』は、一年に一度しか作らないことになっている。

「お願いしますよ、若旦那。あそこのお師匠は、どうしてもっておっしゃってねえ、わざわざご自分でうちまで見えたんです」

「まあ、あちらがそこまでおっしゃるのなら、作らないこともないんですが」

「いやあ、正直言ってね、私なんぞは無粋な男ですから、吉屋さんのあのお香が、どうしてあんなにご婦人方に好まれるのか、よく分からないんですがねえ。こう、媚薬《びやく》っていうんですか、そういう作用があるんでしょうかなあ」

　拓也は曖昧に笑いながら問屋の話を聞いていた。そして、結局最後には、押し切られるかたちで、年に一度しか作らないはずの香を作る約束をさせられた。

「一体どんなお香を作れっていうの？　あなたがあんなに渋るところなんて、初めて見たわ」

　玄関から戻ってきた和美は、不思議そうな顔で拓也を見た。拓也は、溜息《ためいき》をついただけで、特に何も答えなかった。

「おじいちゃん。『薫霊香』をね、作ることになったよ」

昨年で喜寿を迎えた祖父は、今でも攪拌場《かくはんば》か倉庫のどちらかにいるのがほとんどだった。昔に比べると、ずいぶん年老いてはきたけれど、それでも病気一つしたことがない。それもこれも、すべては香の原料のおかげだというのが祖父の口癖だった。母屋から倉庫に来た拓也は、先月届いたばかりの白檀《びゃくだん》を愛《いとお》しげに眺めている祖父に並んで立った。

「あと、何年分くらい、もつかねえ」

拓也が顔を覗き込むと、祖父は太い眉《まゆ》をひそめて「ううん」と唸る。

「まあ、あと十年や二十年は大丈夫だがな」

「今度は、補充がきくだろうか」

「期待はせん方が、いいかな。だが、どういうわけか、そのときになると、救い主が現れる。それが、この家が続いてきた秘訣《ひけつ》だ。今度は、お前の子どもの代が、その役割を果たすだろうよ」

祖父の言葉に、拓也はゆっくりとうなずいた。

「お母さんや僕が、そうしたようにね」

祖父に言わせると、今の香料は、以前のものに比べて、ずっと上質だということで、千倍どころか二千倍以上に薄めて使うくらいが、ちょうど良いという話だった。動物性の香料は、希釈していくことによって芳香を放つ。それは、五感で感じられない程に淡くしてこそ、香という、いわば香りの芸術品の中で貴重な役割を果たす。どんなに高級な匂いでも、人間は純粋な植物だけの匂いには心を揺さぶられないものだということを、拓也は幼い日に、この祖父から学んだ。しかも、女性に好まれる香を作るためには、男の性的な匂いこそが大切だということも、教わった。そして、ある日、拓也は「父の匂い」を知った。ふらりと現れて、この家を救った男は、匂いとなって永遠に残った。そして、その一方で母の胎内にも生命を残していったのだった。

数日後、拓也たちは新しい練り香を作った。

「――ねえ」

完成した香を、漆器の箱に詰めているときだった。和美がふと顔を上げた。

「盛人くん、結局どうなっちゃったのかしら」

彼女は、自分の言葉に自分で驚いているような表情になって、こちらを見た。「何だい、急に」と言いながら、拓也も和美を見つめた。チェックのマタニティ・ドレスを着ている彼女は、この家に嫁いできてから初めて見せる、何となく悲しげな顔で、ふうっと溜息をついた。

「どうしてだろう。何だか、急に思い出したの。そういえば、盛人くんはついに現れなかったなあって」

ある秋の日に、盛人は忽然《こつぜん》と消えてしまった。先輩と喧嘩して、野球部の合宿所から飛び出した盛人は、そのまま自宅にも帰らず、行方不明になったということだった。当初は家出か事故ではないかと、ずいぶん大騒ぎになったものだが、結局は見つかっていない。

「私ねえ――今だから、言うけど」

和美は、ちらりと拓也を見て、少しの間迷っている様子だったが、やがて決心したように、また溜息をついた。

「バレンタインに、チョコレート上げたのよ」

「――――」

「あの年。中三の。くれって言われなくてもね、上げるつもりだったの」

和美の笑顔は、すべてを諦めた人が浮かべる、静かで淋《さび》しげなもののように見えた。

拓也は、幼い頃の母の笑顔を思い出した。

「盛人くん、口は悪いけど、いい人だった。あなたのことだって、しょっちゅうからかってたけど、本当は好きだったのよね。私には、よく話してたわ。『拓也は頑張り屋だ』とか、『あいつは片親なのにひねくれてなくて、偉い奴《やつ》だ』とかね、よく言ってた——もう、みんな、過ぎ去ったことね。おかしいな、どうしてこんなこと、急に思い出したのかしら」

微笑《ほほえ》む和美の目は微《かす》かに潤《うる》んでいた。わずかに染まった指先で、小さな丸い練り香を弄《もてあそ》びながら、彼女は遠くを見つめていた。

4℃の恋

1

ストレッチャーも乗るようになっているエレベーターは奥行きが深くて、一階ずつ上階に昇る度に、大げさなくらいにごとん、ごとんと音を立てて揺れた。煌々《こうこう》と輝く蛍光灯に照らされた肌色の箱に一人で乗りながら、晶世《あきよ》は心持ち贅沢《ぜいたく》な気分を味わっていた。毎日乗り慣れている、ただの無機的な箱ではあったけれど、それでもこの箱が、見知らぬ病人や陰鬱《いんうつ》な表情の家族などで一杯になってしまっている時の気詰まりな雰囲気を思えば、一人で悠々としていられるという、それだけで、たとえささやかであっても贅沢なことだった。第一、誰の目からも遮断されている空間、一人を味わえる場所というもの自体が、この職場には、そう多くはないのだ。

　エレベーターが移動していることを示す、扉の上のランプを見上げながら、いつの間にか、無意識のうちに鼻歌が出てしまっている。

気をつけてはいるのだが、ついつい何かの歌を口ずさみそうになって、実はこの二、三日、晶世は仕事中にもずい分苦労をしていた。特に口うるさい職場というわけではなかったが、それでも普段おとなしい晶世が、突然鼻歌など歌いながら仕事をしていたら、誰の目に留まるか分かったものではない。けれど今、この誰もいない箱の中でならば、たとえ大声で歌ったとしたって、誰に聞かれる心配もなかった。

――あと三日。あと三日。

デパートやマンションなどのエレベーターと比べると、格段に動きの鈍いエレベーターは、それでも途中の階で誰かに止められることもなく、着実にのろのろと昇っていく。最後にごとん、と衝撃があって、ようやく目指す六階に着いた。一呼吸置いて扉が開くまでの少しの間に、晶世は、にやけてしまっているはずの顔を意識的に引き締め、二、三回、瞬《まばた》きをした後で普段の表情に戻った。

エレベーター前の、少し広くなっている空間の片隅に並んだ緑色の公衆電話は、すべて塞《ふさ》がっていた。点滴の管を腕に刺したままで、あるいはガウンをはだけて、ぼさぼさの髪を逆立てた姿で、またはパジャマの上からでも、痩《や》せて背骨が浮いてしまっていることが分かる背中を丸めた格好で、それぞれが、唯一《ゆいいつ》自分と外界とをつなげている一本の線にしがみつくようにしている。

彼らが男であろうと女であろうと、または老人だろうと若者だろうと、晶世には何の興味もなかった。いま目に映っているのは、とにかく電話にしがみついている病人たちというだけのことだ。

「お疲れさまです」

長い廊下の中央付近にあるナース・センターに顔を出し、誰にともなく声をかけると、ひょいと顔を上げたのは看護師の西山さんだった。

「ああ、後藤さん。もう、仕事は終わったの？」

西山さんは、晶世よりもかなり歳上《としうえ》の、ベテラン看護師だ。

「あの、どんな具合ですか」

晶世は、ナース・センターに顔を突き出しながら、視線だけを、長く続いている廊下の方へと泳がせた。晶世の言葉に、口元をほころばせかけていた西山さんの表情がすっと曇る。

「ああ、そうねえ——あのね」

彼女は、ゆっくりと立ち上がると晶世に歩み寄ってきて、晶世の背を軽く押しながら廊下に出てきた。

「あんまり、よくないわねえ」

「——もう、駄目っていう感じ？」

西山さんが声をひそめたので、晶世もそれにあわせて小さな声になる。

「内田先生はね、あと五日も保《も》てば、いいくらいじゃないかって」

西山さんはいかにも気の毒そうに晶世の顔を見る。

「——でもね、師長さんは『三日っていうところじゃないかと思う』って言ってたわ。何とか持ちこたえてくれたとしてね」

「——西山さんは、どれくらいだと思ってるんですか？」

このベテラン看護師は、勘が非常に冴《さ》えていて、担当の医師よりも正確に患者の寿命をみる。例えば時間単位でも『あと二時間』などと言って、その通りに当たっていたことがあったから、以来、晶世は医師の診立てよりも西山さんの勘の方を信じるようになっていた。

「ちょっと、言いにくいわねえ」

晶世の言葉に、西山さんは気の毒そうな表情になってため息をついた。その途端、晶世の中で急に焦燥感に似た感覚が広がり始めた。

「いいんです、言って下さい。もう——覚悟は出来てますから。私も、両親も」

「そう？」

晶世は、自分よりも幾分背の低い西山さんの顔を正面から覗《のぞ》き込みながら、しっかりと頷《うなず》いて見せた。じりじりと、腹の底から湧《わ》き起こってくるものがある。

「そうね――嫌な言い方だけど、あそこまで長生きなさったんだしね。覚悟も、それから、用意も、しておいた方がいいのかもね」

西山さんは大きく一つ深呼吸すると、いつも患者やその家族に向けている、職業用の慈愛に満ちた表情になる。晶世は、何だか泣きたくなりそうな気分で、その顔を見ていた。

「私のみた感じではねえ、あと二日っていうところだと思うわ」

「二日――」

「人って、死ぬのにもある程度のエネルギーが必要なのよね。この前は持ち直したように見えたじゃない？　言い方は悪いかも知れないけど、あの時に、死ぬために必要な新しいエネルギーを摂《と》り込んだんだと思うのよ。それで、ここまで持ちこたえてくれたけど、もうそろそろ、エネルギーが切れるなっていう感じ」

晶世は、思わずため息を洩《も》らしながら、廊下に目を落とした。

「明後日《あさって》って、いうことですか」

「――多分」

――明後日、明後日ですって？

ついさっきまで、蝶《ちょう》のようにひらひらと舞い飛んでいた気持ちが、ぴしゃりと地面に叩《たた》きつけられたように感じた。これは、鼻歌など歌っている場合ではない。

「元気出してよ、ねえ」

急に頭の中がくるくると渦を巻き始めるのが感じられた。腹の底の方からは、怒りの叫びが噴き出そうとしている。思わず片手でこめかみの辺りを押さえると、その腕を西山さんが力強く握ってきた。

「後藤さんがしっかりしなきゃ、ね？　後藤さんがいるから、御両親だって安心して全部任せていらっしゃるんでしょう？」

「――はい」

「さあ、今のうちよ。お見舞いしてあげなさいね」

「――はい」

西山さんに力強く腕を握られたまま、晶世は廊下を歩き始めた。頭の中では「明後日、明後日」という言葉が何度でも繰り返されている。長く、陰気臭い廊下を進む間中、隣からは西山さんの自信に満ちたナース・シューズの音が響いてきた。

「でも、幸せな患者さんだと思うわよ。孫が勤めてる病院に入って、何かあったら、すぐに駆けつけてくれる場所に、あなたがいてくれるんだもの。こんなに心強いことはなかっただろうと思うわ」

「――お祖父《じい》ちゃんには、そんなこと分からないから」

「そんなことないったら。意識はなくても、きっと感じてることって、あるんだと思うわよ」

「そうでしょうか」

晶世は多分いま、自分があまりにも途方に暮れた、情けない顔をしているのだろうと思った。西山さんの、気の毒そうな、それでいて人の死に接することの多い職業から来る、落ち着いて手慣れた雰囲気が、それを物語っている。

「お爺《じい》ちゃん、よかったわねえ、晶世さんよ」

やがて、廊下の突き当たりに近い四人部屋の病室に入ると、西山さんは、真《ま》っ直《す》ぐに窓際《まどぎわ》のベッドに近付いた。晶世もおずおずと、それに従った。西山さんの手の温《ぬく》もりが、背中に伝わってくる。晶世は、彼女の深みのある瞳《ひとみ》に見守られながら、自分も「お祖父ちゃん」と細い声を出した。

「見てごらんなさい、安らかな表情じゃないの。お祖父さんはね、きっと、何もかも分かってらっしゃるのよ」

西山さんに囁《ささや》かれ、晶世はため息をつきながら祖父を見た。

ベッドに横たわっている晶世の祖父は、既に二カ月以上も前から意識を失っていて、現在は色々な管や電極の線を身体《からだ》のあちこちにつなげられ、ただ呼吸しているだけの存在になってしまっている。西山さんは「分かっている」などと言ってくれるが、晶世から見ると、何の反応も示さない、既に魂の抜けてしまった抜け殻のようにしか思えなかった。

「少しでも話しかけてあげなさいね」

だが西山さんは、再び晶世の耳元で囁くと、肩をぽんぽんと叩いてから、きゅっきゅっと、シューズの音を響かせて行ってしまった。晶世は、背中でドアの閉まる音を聞き、何だか動物の顔みたいに見えるようになってきた祖父の顔を覗き込んだ。

――最期《さいご》の最期まで、人の邪魔をするように出来てるわけ？

顔といわず首といわず、電極を通すために寝巻をはだけて、むき出しになっている醜く薄い胸にまでシミを浮かべて、何故《なぜ》だか目尻《めじり》から一筋だけ涙を流して眠り続けている祖父の顔を、晶世はぎゅっと睨《にら》みつけた。

――あと二日ですって。ここまで長生きしておきながら、何も、ここに来て急に、そんなに慌《あわ》てなくたっていいじゃないの。せめて、あと三日、保ってくれたって。

「お祖父ちゃんってば――」

　悔しくて、涙が出てくる。思わず鼻をすすり上げていると、ふいに背後から声がかかった。

「優しいねえ、お祖父ちゃん子だったんだねえ」

　隣のベッドに横たわっている老人に、しわがれた声で話しかけられて、晶世は、一瞬ぎくりとなり、それからわずかに身体を捻《ひね》って、老人に向かうでもなく、軽く会釈《えしゃく》をした。

「羨《うらや》ましいねえ、うちの孫なんか、もう一月以上も顔を見せやしない」

――どうしてくれるのよ、もうっ。

　その場で地《じ》団駄《だんだ》を踏みたい気分で、晶世は何だか鹿《しか》みたいな顔になってしまった祖父を睨み続けていた。

2

　明後日には、祖父は死ぬらしい。

晶世の思考は、その時点で一時ストップしてしまった。考えなければならないことは山ほどあると思うのだが、どこから手をつけたら良いのかが分からない。

——一番簡単なのは、せめてあと三日でいいから、保《も》ってくれることなんだけど。

意識をなくしてから久しい祖父を心の中でどれほど罵倒《ばとう》しても、今さら何にもならなかった。取りあえず、これ以上、人の足を引っ張るような真似《まね》だけはして欲しくない。あれこれと思いを巡らしながら、晶世は帰りの電車の中で、幾度も深呼吸を繰り返した。とにかく落ち着いて、順序立てて物事を考えなければいけないと、そればかりを自分に言い聞かせる。何しろ、もう時間が残されていない。

本当は、そんなことをしている場合ではないのかも知れないが、それでも晶世は、途中でデパートに寄って、水着を買った。さすがに、あまり華やいだ気分で買い物を楽しむことは出来なかったが、とにかく今日水着を買うというのは、前々から予定していたことなのだ。さんざん迷って、試着を繰り返し、やっと気に入った水着を見つけると、晶世は再び現実に戻り、家路を急いだ。

西山さんの勘の良さは、病院中の誰もが認めているところだ。彼女が明後日と言うからには、まず間違いないと考えなければならない。つまり、祖父の寿命が一日でも延びることに一縷《いちる》の望みを託すよりも、「明後日、祖父は死ぬのだ」ということから考えを進めなければならないということだ。でも、どうする？　どうすれば、良いのだろうか。

暗い気分で家に戻ると、ちょうど母が食卓に茶碗《ちゃわん》を並べているところだった。

「あれ――」

六人がけの大きなテーブルに、四人分の茶碗が並べてあるのを見て、晶世は母の顔を見た。

「帰ってくるの？」

晶世が聞くと、母はつまらなそうな顔で頷く。

「嫌だなあ、帰ってくるの？」

「ママだって、予定してなかったから、困っちゃうわ。でも一時間くらい前に、急に電話があったのよ。本社で会議があって、それが長引いたから、今夜はこっちに泊まるからって」

「――あっちに帰ればいいのに」

晶世は、ますます気分が暗く沈むのを、もはやどうすることも出来なかった。考えなければならないことが山ほどあるというのに。こういう時に限って、なぜ、こうも邪魔が入るのだろうか。単身赴任で福岡に行っている父が、今夜に限って戻ってくるとは。

「仕方がないわよ、ここが家なんだから」

母も面倒臭そうな顔でため息をつく。

「ママ、いい？　あのこと、絶対に黙っててよ」

晶世が恐《こわ》い顔をして見せると、母もしかめ面《つら》のままで、分かってると言うように何度も頷いた。

「当たり前よ。もしもバレたりしたら、怒られるのはママなんだから」

その言葉を聞いて、晶世はようやく少しだけ安心して、意味あり気な、何か言いたそうな表情でこちらを見ている母と笑みを交わし、部屋に着替えに戻った。

――そうよ、ママを巻き込んじゃえばいいんだわ。

元々、晶世と母は昔から「姉妹みたい」と言われるほど仲が良い。一方、今夜、久しぶりに帰ってくるという父は、晶世の弟には甘いくせに、晶世には「女の子なんだから」ばかりを連発して、以前からやたらと口うるさいだけの存在だった。

その父の目をごまかして、晶世が高校生の頃から友人の家に泊まったり、短大の頃にはボーイフレンドたちと旅行をしたり出来たのは、すべて母のお陰だった。

「いつだって、ママに尻拭《しりぬぐ》いさせるんだから」

晶世が父に内緒で何かを頼むと、母は決まってそう言いながらも、「しょうがないわねえ」とため息を一つつくだけで、いつでも晶世の味方になってくれる。父との絆《きずな》が弱い分、晶世は母とは、この上もなく強い絆で結ばれていると確信している。

いつの頃からか、晶世はなぜ母が父と結婚したのか分からないと思うようになった。娘の目から見ても、夫婦の間は冷えきってしまっているのは明らかだったし、母は晶世が幼い頃から、自分の実家と父の家柄とを比較して、父を小馬鹿《こばか》にしているようなところがあった。「何も、好きこのんでパパと結婚したわけじゃないもの」という言葉を、晶世は幾度となく聞かされた記憶がある。

——でも、今度ばかりは、問題が問題だもの。そう簡単に味方になってくれるかどうか。それに、ママに出来ることなんか、あるとも思えない。

憂鬱《ゆううつ》な気分のままで、それでも晶世は、一応買ってきたばかりの水着を改めて着てみて、その満更《まんざら》でもない姿を鏡に映して眺めていた。それほど大胆ではないけれどシンプルな柄で、清潔な印象を与えると思う。御丁寧にサングラスまでかけてみて、色々なポーズもとってみた。そんなことをするうち、ふと、さっき西山看護師に聞いたことなど、全部忘れてしまった方が良いのではないか、という気になってきた。あれは、あくまでも西山さんの勘に過ぎない。今さら、意識を失って久しい祖父に邪魔などされてなるものかと思う。第一こうしていれば、晶世の生活に何の変わったところもないのだ。

何も知らなかったことに、出来ないものだろうか。ひょっとしたら、今度こそ西山さんの勘が外れるということだって考えられるのではないだろうか。

――そうよ、神様が味方してくれるかも。

そんな、おめでたいことを考え始めた時、階下でチャイムの音が響いた。父が帰ってきたのに違いなかった。鏡の中でポーズをとっていた水着姿の女が、その途端に顔をしかめ、大きな舌打ちに続けて一つため息をついた。

どう考えても、この現実からは逃げられそうにもない。何とかしなければならない。

白けた気分になって水着を脱ぎながら、晶世は、元気だった頃とは似ても似つかない顔になってしまっていた祖父を思い浮かべた。意識もないままに、目尻から一筋の涙を流していた、あの意味は何なのだろう。

――あそこまで長生きして、まだ生きたかったのかしら。それとも、まだ食べたいものでもあったのかしら。

「晶ちゃん、パパよ」

階下から母の声がする。母も、一人で父の相手をしたくないものだから、すぐに晶世を呼ぶのだ。手早くジーパンとトレーナーを着込みながら、晶世は、さっき病院のエレベーターから降りた時と同じ気分になっていた。久しぶりに父に会うと思うだけで、何となく仕事用の顔を作る時とまるで同じ感覚になった。

3

父が晩酌を始めた頃、ようやく大学生の弟が帰ってきて、家族は揃《そろ》って夕食をとり始めた。幼い頃からやたらと甘やかされてきたくせに、弟も最近は父が帰ってきていることをあまり喜ばなくなっていたから、食卓は、いつになく静かで、どことなくわざとらしい雰囲気に包まれた。

「お祖父ちゃんの具合は、どうだろう。変わったことはないのかな」

ふいに、ビールで顔を赤くした父が、黙々と箸《はし》を動かしていた晶世の名を呼んで話しかけてきた。

「お祖父ちゃん？　そうね——相変わらずよ。眠りっぱなし」

「先生は、何て言ってるのかな」

「年齢《とし》が年齢だから、難しいかも知れませんねって。寿命かも知れませんって」

淡々と応《こた》える晶世の言葉に、父の表情が曇った。

「まあねえ。いくら寿命が延びてるっていっても、お祖父ちゃんは長生きだったわよね。九十二歳なんて、そうはいないもの」

「だったとは何だ。縁起でもない言い方をしないでくれないか」

少しでも母が口を開けば、父はすぐに反発する。だが母は、ちらりと晶世と視線を交わしただけで、そのまま知らん顔で箸を動かし続けた。

明後日《あさって》死ぬと言われている祖父は、父の実父だった。父は長男ではないのだが、長男夫婦が五年ほど前から海外に転勤になったのを機に、父が祖父を引き取ることになった。降ってわいたような舅《しゅうと》との同居話に、当時母は猛然と反対した。だが、あの時ばかりは、父も譲らなかった。

「もう先行きも長くないんだから、最後に少しでも親孝行させてくれないか」

父は、そう言って母に頭まで下げたという。

母は結婚の条件として、絶対に親とは同居しないということを約束させていたそうで、当然のことながら、父を嘘つき呼ばわりした。だが結局、祖父の部屋を作る必要もあることだから、祖父が費用を半分出して家を建て直すという条件で、母はしぶしぶ同居を承諾した。それから祖父が入院する先々月まで、母は何度離婚したいとか、頭がおかしくなりそうだとか言って、父とも祖父とも大喧嘩《おおげんか》したか知れない。

「晶世は、たまにはお祖父ちゃんの病室を覗《のぞ》いてくれてるのか」

父は、祖父が四十歳を過ぎてから出来た子どもだということで、祖父からは大そう可《か》愛《わい》がられ、また父の方でも、晶世の目からさえ、未《いま》だに父親に甘えて見える部分があった。

「毎日、一度は行ってるわ」

晶世は、母と同じように澄ました表情でぺろりと嘘《うそ》をついた。病院の関係者の手前もあるから、病棟までは行っているものの、大概はナース・センターで油を売って、適当に事務室に戻ってしまっている。

「――どんな、様子なんだ」

「意識がないんだもの。ただ横になって眠ってるみたいな感じ。まあ、点滴だけで栄養をとってるんだから、多少痩せたけど」

父は、「そうか」と呟《つぶや》くと、心なしか目を潤《うる》ませて、グラスに残ったビールをちびりと飲んだ。この父に向かって、「本当は、明後日にはヤバイんだってよ」などとは、とても言えそうもない。第一、今そんなことを言ってしまったら、晶世のこれからの人生のすべてが狂ってしまうのだ。

「担当の先生とか、看護師の人たちとかに、つけ届けなんか、しなくていいかな」

「大丈夫だったら。関係者には親切な病院だもの。皆、私の家族だって分かってるから、よくしてくれてるわ」

「本当に、晶ちゃんのお陰よね。病院にお勤めしてるんじゃなかったら、下手したら老人専門のいい加減な病院にでも、入れられちゃったかも知れないのに」

　母が再び澄ました顔で言う。弟が「おかわり」とも言わずに空になった茶碗をその顔の前に差し出した。

「そんなところに入れるわけがないじゃないか」

　父は瞳を潤ませたまま、苦々しい顔で母を一瞥《いちべつ》する。けれど、母は弟の茶碗を受け取りながらも、澄ました表情を崩さなかった。

「でも、そういうところしか入れなかったかも知れないでしょう？　晶ちゃんが頼み込んでくれたから、あんなに簡単に入院出来たんだもの。それに、そのお陰で、私たちも毎日行ったり来たりしなくても済んでるんじゃない。病人の見舞いに通ってるうちに、家族が病気になることって、多いんですってよ」

「それでも、心配なら行くんじゃないか？　いくら意識がなくても、普通の家族はちやんと毎日病院に行くものじゃないのか」

父が多少気色《けしき》ばんだ表情になってきた。二週間ぶりぐらいで会う父は、白髪頭がつむじの辺りから薄くなり始めていて、今夜は特に、情けないほど貧相に見えた。それなのに、どことなく脂《あぶら》ぎっていて、薄汚れた感じがする。けれど、晶世は父の薄い頭を見ていても、まるで表情を変えることもしなかった。大丈夫、怪我《けが》や病気のために、どんなに異様な風体《ふうてい》になってしまっている患者に対しても、晶世はいつも淡々と接することが出来るように訓練されている。

「心配しなくても大丈夫だったら。うちの病院は完全看護だし、意識が戻らないことには、付き添ってる意味もないもの。それに、何かあったら、すぐに私に連絡が来ることになってるんだから」

以前だったら、晶世は父の一言一言に反発したり膨れっ面になったりしていたものだが、最近では、もうそんなつもりにもなれなくなった。何を言っても無駄。通用しない。そう諦《あきら》めてしまえば相手にも寛容になれるものだ。

「ああ——福岡の会社の電話番号は、分かってるね」

「手帳に書いてあるわ」

「じゃあ、何かあったら、必ず、すぐに電話しなさい」

たった一晩だけ我が家で過ごして、またすぐに福岡に戻る父など、お客さまという程度に考えていれば、そう腹が立つということもない。仕事中と同じように、努めて平静を保ち、時には微笑《ほほえ》みさえ浮かべて、相手にそれ以上、喋《しゃべ》らせないようにするだけのことだ。そういう部分が、我ながら大人になったと晶世は思っている。何しろ、今年でもう二十五になるのだ。社会人としても、もう一人前なのだし、そのくらいのことは出来て当然だった。

食事中も「疲れた」を連発していた父は、風呂《ふろ》から上がるとすぐに寝室に行ってしまったらしかった。それまで各々《おのおの》の部屋にこもっていた晶世と弟は、父が眠ったらしい気配を感じ取ると、どちらからともなくリビングに集まった。母は、待ち構えていたように、さっそく茶の仕度をする。誰も口にしなかったが、表情は「やれやれ」と言っていた。

「ちょっと、祖父《じい》ちゃんさ、意識が戻ることなんか、あるのかよ」

「冗談じゃないわ。これで、少しばかり持ち直したくらいで退院でもしてきてごらんなさいよ。ママは今まで以上に苦労しなきゃならなくなっちゃう」

母は、晶世たちにアイスクリームを出した後、自分もアイスクリームを片手にソファーに腰を下ろし、心の底から不愉快そうな顔で呟いた。

「さっき、パパには言えなかったけど——もう、無理みたいよ」

内心、待ってましたと思った。晶世は、弟と母の顔を交互に見、出来るだけ重々しい口調で注意深く言った。一かばちか、賭《か》けてみるしかないというのが、食事の後もよくよく考えてみた結果、導き出した答えだった。

「えっ、マジ？」

「ええっ、そうなの？」

母と弟は同時に目を丸くして、晶世を見つめてくる。

「今日ね、仲のいい看護師さんに聞いてみたんだけど——」

晶世はちらりと両親の寝室の方を窺《うかが》い、父が立ち聞きなどしていそうな気配のないことを確かめながら、改めて二人を見た。

「まずいのはさあ、私、明々後日《しあさって》からいないわけじゃない？　いない間に何かあったらさ、どうしようかなぁって」

「明々後日？　それを心配するの？　ここまで粘ってたくせに、そんなに早く死ぬのかよ」

弟もすっとんきょうな声を出す。母も、「あら、そんな、すぐ？」と、妙に慌てた顔になった。

「私は構わないんだ。帰ってきた時には、もうお葬式が済んでたってことでも」

「待ってよ、そんなわけにいかないわよ」

母はアイスクリーム・スプーンをひらひらさせながら、身を乗り出してきた。

「だって、ヤバイみたいなんだもの、かなり」

晶世は、舌の上でアイスクリームがとろけるのを味わいながら、看護師の西山さんの話をした。予言者のように、見事なくらいに患者の死期を言い当てるのだと言うと、母は感心したように「すごい人ね」と頷き、それから「でも」と表情を曇らせた。

「あと二日っていうのは、困るわねえ。第一、晶ちゃんがいない間、ママもいないんだもの」

「俺だって、いないもん」

「ええっ、なあに、それ」

晶世は驚いて二人を見た。母と弟は、逆に驚いたような顔になって、二人で顔を見合わせている。

「お友達と、京都に行く約束してるのよ」

「俺、ゼミ合宿」

「そうよねえ？　だから、一人でここにいても仕方がないと思って」

「ちょっと。じゃあ、家中、誰もいなくなっちゃうっていうこと？」

一日くらいなら、何とか延命策をこうじることが出来るのではないかと思っていたのだ。そうすれば、通夜《つや》だの葬式だのという、面倒なことにも立ち会わずに済む可能性がある。明日、病院に行ったら、さっそく担当の医師に、そのことを頼んでみようと晶世は考えていた。

「高校の時のお友達と行くんだもの、久しぶりの旅行なのよ。それで、晶ちゃんと旅行したことにしておけば、パパも納得するだろうと思って」

「俺だってさ、おふくろが旅行したいみたいなこと言ってたから、それだったら姉貴の旅行と俺の合宿が重なれば、一番いいかなと思って、教授に頼んだんだからな」

実際、晶世の母は心配性なところがあって、もう、とうに成人しているというのに、二人の子どもを置いて自分だけが旅行するということが出来ない性格だった。父に対してだけは思いきりぞんざいな部分があったが、母親としては、やはり最高だと晶世は思っている。

「じゃあ、なぁに、お祖父ちゃんは、最低でもあと十日は生きててくれなきゃ、皆が困るっていうこと？」

「――そういうこと」

「――そうよねえ」

「――大丈夫なんじゃないか？　何とか言いながら、ここまでぐずぐず生き延びてきたんだしさ」

大丈夫ではない。それは、西山さんから、はっきりと聞いたことだ。たとえ西山さんの勘が外れたとしても、担当の医師の診立てだって、あと五日程度と言われている。家族全員が留守の間に死なれてしまっては、格好がつかないではないか。それこそ福岡でひたすら父親の回復を祈りながら仕事している父に、どう言い訳をしたら良いか分からなくなるというものだ。

「何とか、ならないの、姉貴」

「何とかって言ったって――」

「病院のことは、私たちにはよく分からないんだから、晶ちゃん、何とか出来ること、ないの？　それとも、旅行をキャンセルする？　晶ちゃんがキャンセルするんだったら、ママも――諦めるしかないわ」

母は、明らかに落胆の表情を浮かべながら、淋《さび》しそうに晶世を見る。その瞬間、晶世はふと、母が一緒に旅行する相手というのは、ひょっとしたら男性なのではないかと感じた。

「そんなあ。出来ることっていったって――」

「俺だって、無理言って合宿の日を決めてもらってさ、今さら、欠席しますなんて、言えないよ」

「私だって、もうお金も振り込んじゃってるんだし、今さらキャンセルなんて、絶対に嫌だもの」

「――どうする」

「――どうしよう」

目の前でアイスクリームが溶けていく。

晶世は、深々とため息をつきながら、心の底から祖父を呪《のろ》いたい気分だった。最期の最期まで、本当に面倒な人。

まったく、あの祖父が家に来てからというもの、この数年間の我が家の混乱といったらなかったのだ。年齢の割に惚《ぼ》けてもおらず、むしろ、かくしゃくとしていた祖父は、家族が何をするのにも口を出し、意地が汚くて遠慮がなく、それまで晶世たち家族が保ってきた生活のペースや、ささやかな決まりごと、家の雰囲気というものを、ことごとくぶち壊してしまった。貧農の息子として生まれ育ったという祖父が、それなりのサクセス・ストーリーの持ち主だということは、それまでに父から幾度となく聞かされてはいたが、そんな祖父がそれまでの人生で身につけた習慣というものは、どれ一つとして、晶世たちのものとは合わなかった。

祖父は、ひたすら食い意地が張っていて、金銭に貪欲《どんよく》であり、奇妙に秘密主義だったり、猜疑《さいぎ》心《しん》が強かったりした。彼は、老人らしい円熟味などを感じさせることもなく、穏やかさ、寛容さなどとも無縁で、それまで長年共に暮らしてきた長男の子どもたちのことばかりを褒め、母方の祖父母になついて育った晶世たちのことは、はっきりと疎《うと》んじた。

それでもまだ、父がいた頃は仕方がないとも思ったのだが、二年前に父が福岡に単身赴任してからというものは、祖父の行動は、ますます目に余るようになっていった。

九十にもなって、祖父にはまるで「枯れる」という風情《ふぜい》がなかった。父が留守になってからは、自分がこの家の長であるかのような振舞いをするようになり、母を「美《み》代子《よこ》」と呼び捨てにし、料理の味付け、買い物の無駄、それから晶世たちの言葉遣いから生活態度にまで、いちいち口出しをした。それだけでは済まされず、祖父は、お気に入りの山椒《さんしょう》の木で出来ているとかいうステッキをついて、自治会の集会にでも何でも顔を出しては、近所中にあることないことを言って歩いていたのだ。

そのお陰で、母が何度悔し泣きをしなければならなかったか、晶世は、それをいつも見ていた。あんな祖父など、早く死んでしまえば良いのだと、何度考えたか分からない。あんな祖父の息子なのだから、父が母と合うはずがないのだと、奇妙に納得したりもした。

「なあ、姉貴、何とか出来ないの」

「ねえ、晶ちゃん」

母と弟は、せっせとアイスクリームを口元に運びながら、目だけは真剣に晶世を見つめている。

「何とかって言ったって——」

晶世は膨れっ面のまま、自分のスプーンを見つめていた。

「要するに、死ぬのは、いつだっていいんだよな。問題は、それがいつ親父《おやじ》に知れるかっていうことと、皆が家に戻ってきてから、葬式が出来ればいいっていうことだ」

弟は、アイスクリームを平らげると、父はまだ知らないことだが、胸のポケットから煙草《たばこ》を取り出して、旨《うま》そうに吸い始めた。

「だって、そんなこと——先に荼毘《だび》に付すっていうの？　さっさとお骨になんかしちゃったら、それこそパパが何て言うか」

母は気味の悪そうな顔で弟を見る。

「別に、悪いことじゃないぜ。死んだからっていって、すぐに通夜と葬式をしなきゃならないってことはないだろう？　結局、最後には、ちゃんとしてやるんだから」

　その時、晶世の中できらりと閃《ひらめ》くものがあった。

――そうよ、死んだからって、すぐにお葬式をしなきゃならないわけじゃない。

「何とか、出来るかも知れない」

　晶世が呟くと、母と弟は瞳を輝かせて晶世の顔を見つめた。

「――出来ないことじゃ、ないかも知れないわ」

　晶世は、目まぐるしく頭を働かせ始めた。

　だが、もしも晶世の思い通りにことを運ぼうと思うなら、今度はさっきまでとは違って、祖父は確実に、明後日《あさって》には死んでくれる必要がある、ということだ。

「大丈夫？　人工呼吸器を付けたり？」

「そんなこと、しない。死んだって、いいんだものね――ねえ、でもね」

　晶世はそこで、興味津々《しんしん》の表情でこちらを見ている二人をじろりと見比べた。

「私だって、出来るだけのことをするんだから、ママたちも、ちゃんと協力してくれなきゃ困るのよ」

4

翌日、晶世は昼休みを利用して病院に併設されている法医学研究室に行った。午前のうちに内線電話を入れておいたから、研究室には約束通り、栗田《くりた》信彦《のぶひこ》が、たった一人でぼんやりと机に頬杖《ほおづえ》をついて晶世のことを待っていた。

「ごめんなさいね、急に」

晶世は、久しぶりに訪ねる研究室に、うつむきがちに入ると、上目遣いに信彦を見上げた。信彦は、一瞬眩《まぶ》しそうな表情になり、それから柔らかい笑顔を浮かべた。

「晶世ちゃんから連絡をくれるとは思ってなかったよ」

「——他に、相談出来る人がいなくて」

晶世は努めて悲しそうな顔を作って、小さく肩を上下させた。このお人好《ひとよ》しの助手は、つい先月まで、晶世の恋人だった。

「実は、祖父が危篤《きとく》なの」

晶世は、本当は悲しくもないのに、悲しそうな顔を作り、その上、悲しみを堪《こら》えながら無理に笑みを浮かべているのだ、という芝居をした。

「今、うちに入院してるんだけど――明日まで保《も》つかどうか――仕方がないんだけどね、寿命なんだもの」

そこで、晶世はハンカチを取り出して、鼻の下にあてた。半年ほどしか付き合っていなかったが、その間に一度として泣き顔など見せたことがなかったことが功を奏したらしい。信彦は慌てた顔になって、急いで立ち上がると晶世に近付いてきた。晶世は、素早く信彦にしがみつき、胸に顔を埋《うず》めた。途端に、彼の全身が緊張していくのが感じられる。

「そうだったのか――晶世ちゃんから、お祖父さんの話なんか、聞いたことがなかったね。うちの病院に、入ってるの」

「だって、他にしてあげられることもないんだもの。せめて身内が傍にいた方がいいと思って。最高のお祖父ちゃんだったのよ、私、大好きだったの。先々月、急に倒れて、それ以来、意識がなくて――」

晶世は、信彦の白衣にファンデーションが付かないように注意しながら、彼の腕の中でくぐもった声を出した。信彦の手が、晶世の髪を柔らかく撫《な》で始める。

「そんなことが、あったの。だから、急に僕と別れたいなんて、言ったの？　気持ちが混乱していたのかい？」

　信彦の声が頭の上から聞こえる。晶世は、そんな誤解だけはされたらまずいと思ったから、そこでは激しくかぶりを振った。けれど信彦は、晶世が駄々をこねているとでも勘違いしたらしい。晶世の背中に回された手に力が入った。

「あれは――あれは、私の我儘《わがまま》よ。お祖父ちゃんとは、関係ないわ。私、私、我儘だから、いつも信彦さんに迷惑かけちゃって――」

「晶世ちゃん」

　あまりその気になられてもまずいと思ったから、晶世はそこで顔を上げた。

「お願いがあるの。一生のお願いよ。他に相談出来る人はいないの、信彦さんしか――助けて欲しいの」

　信彦は、嬉《うれ》しそうな顔で晶世を見ている。

「僕に出来ることだったら、何でもするよ。晶世ちゃんの力になれることだったら」

「本当？」

　晶世は、子どもの頃から嘘泣きが得意だった。少しでも自分の内側で気分を盛り上げれば、涙など簡単に出てくる。今も、晶世はそう大きいともいえない瞳を涙で一杯にして、信彦を見つめていた。

「家族のためなのよ。ううん、家族っていうよりも、父のためなの」

「お父さんの？」

「父は今、ニューヨークに出張中なの。あと一週間はしないと、戻ってこられない——可哀想《かわいそう》よ、自分の父親の死に目に会えないなんて」

信彦は、痛ましそうな顔で晶世の顔を見つめている。

「それは大変だね」

晶世は、そこで一つ生唾《なまつば》を呑《の》み込んで、さらに眉根《まゆね》に力を込めて信彦の瞳の奥を見つめた。

——私は、この人と付き合ってたんだ。この、お人好しなばかりで、将来の見込みもたいしてない、冴えない人と。

「あのね、それで——お願いがあるの」

「なに」

「——とても、言いにくいことなんだけど——でも私、昨日徹夜で考えたのよ。それで、それしか方法がないって」

「いいから、言ってごらんよ」

「祖父を、ここで預かっていて欲しいの」

「預かる？」

信彦は怪訝《けげん》そうな表情で、微《かす》かに眉を動かす。晶世は、彼の表情が変わってしまわないうちに、一気に話してしまおうと決心した。

「法医学研究室の、冷蔵庫に、入れておいて欲しいの」

「うちの、冷蔵庫に？」

信彦は、信じられないという表情になって、晶世をまじまじと見つめた。

毎日のように解剖に明け暮れている信彦は、以前、晶世に言っていたことがあるのだ。運ばれてきた遺体を入れておく、大きな冷蔵庫のことを。

その冷蔵庫に入れておけば、死体は一週間や十日くらい、軽く保ってしまう。冷蔵庫は、死体が凍らない程度の温度、ちょうど4度に保たれているのだそうだ。

「――お祖父さんなんだろう？　いいの？」

「他に方法がないのよ。可哀想だとは思うけど、でも、そうすれば、父に死顔を見せてやれるでしょう？」

信彦は、半ば呆気《あっけ》に取られた表情で、晶世を見つめていた。

普通、一週間ものあいだ死体が冷蔵庫で保存されるというのは、死体の引取り手が見つからないか、身内で争いが起きている場合くらいしか考えられることではない。

事故死などで、身元が分からない場合は仕方がないが、身内から望んで冷蔵庫に入れておいてくれというのは、確かに異例のことには違いなかった。

「一週間したら、必ず父は帰ってくる。そうしたら、すぐにお祖父ちゃんを出してあげて、ちゃんとお通夜もお葬式もしてあげられるでしょう？　それとも、一週間も、保たないの？」

「いや、4度で保ってれば、一週間は確実に大丈夫だよ。ウジもわかないし、腐らないし」

思わず顔をしかめそうになったが、晶世はぐっと我慢をして、心の底から安心したという表情を作った。死体を扱うのに慣れてしまっている信彦は、ある意味では人の死というものに、鈍感になってしまっているのかも知れない。それこそが、晶世にとっては幸いだった。

「明日くらいだろうって、脳外科の看護師さんに言われたの。とても、勘のいい人なのよ。だから、多分——ああ、こんなこと、考えるのも辛《つら》いんだけど——明日には、お祖父ちゃんを、何とかしなきゃならないっていうことなの」

そこで晶世は思い出したように鼻をすすって見せた。信彦は、少しだけ考える顔をした後で「まあ、今のところは、がらがらだからな、スペースがないわけじゃないんだ」と呟いた。

「母はね、とても辛くて見ていられないって言うの。もう、祖父の生命《いのち》が長くないって知った段階で、倒れちゃったくらいに、ショックを受けてる。だから、私一人で何とかするわ。明日、祖父が息を引き取って、霊安室に移された後は」

「——それは、まあ、大丈夫だけどね、僕も手伝えばいいことだから」

「ああ、信彦さん、ありがとう。じゃあ、いいのね？　お願いできるのね？」

晶世は、もう一度信彦の胸に顔を埋めて、ほんの少しの間、じっとしていた。

「晶世ちゃん——僕とのこと、考え直してみてくれないかな」

「信彦さんっ！」

最初はきちんと出た嘘の涙だったが、計画が成功しそうだと思った瞬間にぴたりと止まってしまって、いくら絞り出そうとしても滲《にじ》んでもこない。その乾いた瞳で、晶世は信彦を睨みつけた。

「ただでさえ混乱してる時に、そんなことを言うなんて、残酷だわ」

「あ、あ、ごめんよ」

晶世の剣幕に驚いた信彦は、慌てて女の子のように色のいい、小さな口をぱくぱくとさせた。

5

飛行機は白い雲を突き抜けて、まばゆいばかりの青空の下に出た。

ベルト着用のサインが消えると、晶世は隣を見て改めて微笑んだ。隣では、皮膚科の松井が、小さくあくびを洩《も》らした後で、やはり笑みを返してくる。

「本当に、行けるのね」

シートを心持ち倒して、一度背を反らし、大きく深呼吸をした後で、晶世は改めて呟いた。これから数時間後には、晶世は松井と共にハワイに着く。今日まで、職場の誰にも気付かれず、さほど乗り気でもなさそうだった松井を何とか説き伏せて、二人だけの旅行に踏み切らせるまでには、晶世なりにずい分苦労したのだ。

「お祖父さんの方は心配いらなかったの」

何も知らない若い医師は、濁りのない瞳で晶世を見る。晶世は、ゆったりと頷《うなず》いて見せた。

「万が一に備えて、ちゃんと手配してきたから、心配いらないわ」

「死に目に会えないかも知れないんじゃないか？」

「だって、それほど大切な人でもなかったの。あのお祖父ちゃんのために、うちは家族揃って、ずい分苦労させられたんだもの。それに、九十二よ。大往生っていうところじゃない？」

「へえ、君の家は、長生きの家系なのかな」

松井の言葉に、晶世はくすくすと笑ってしまった。お腹《なか》に力が入ると、何となく張っている感じがして、重苦しい。

――消える生命があれば、生まれる生命もある。

今、晶世の胎内には、確実に育《はぐく》まれている小さな生命がある。それは、晶世の計算に間違いがなければ、そろそろ七週目に入ろうとしているはずだった。

「ねえ、日焼け止めのクリーム、持ってきてくれた？」

「ああ。薬局から取ってきた」

「よかった」

松井は、晶世が満足そうに笑みを浮かべるのを確認すると、持ってきた本を広げる。

晶世は、好ましい思いで、その横顔を眺めていた。

――ええっ、君、明日からいなくなるの？

信彦の驚いた顔が思い出される。今、隣で端整な横顔を見せながら、専門書に目を落としている医師に比べると、真面目《まじめ》ではあっても何とも愚鈍に見える信彦は今ごろ、冷蔵庫の前で祖父のお守りをしてくれていることだろう。

　昨晩、晶世の祖父は西山さんの診立て通り、眠ったまま静かに息を引き取った。晶世は、一応家に電話を入れ、病院の好意で、祖父の遺体を預かってもらうことになっているからと説明した。

「ついでに、死亡診断書の日付のことも、頼んでくれた？」

　母は電話口で明るい声を出した。

「大丈夫。でも、これはあくまで内緒でやってあげることだから、絶対に他言無用だって」

「分かってるわ。御近所の手前もあるんだもの、誰に言うっていうのよ」

　祖父の死亡した日と、父が連絡を受け取る日にずれが生じては困るから、晶世は主治医に死亡診断書を書くことについて、少し待って欲しいと頼み込んだ。その辺りは、信彦についた嘘と同じ内容のことを繰り返しただけだった。

「君は毎日お祖父《じい》さんに会いに来るのかと思ってたのに」

　病院の地下にある霊安室から、二人で祖父の遺体を運んでいる間に、信彦は初めて不審そうな表情になった。

「仕方がないのよ。私にも外せない用事が出来ちゃったの。信彦さんが付いていてくれると思うから、これでも少しは安心して行かれるんだもの」

晶世はせかせかとしながら、ろくすっぽ信彦の顔を見ずに答えた。時刻は午後九時を過ぎて、病院の中は不気味なくらいに静まり返っていた。

――まったく。最期《さいご》の最期まで手をかけてくれて、ありがとうね、お祖父ちゃん。

全身を白いシーツにくるまれた祖父を見送りながら、晶世は西山さんにも感謝していた。やはり、彼女の勘の鋭さは大したものだ。

「一週間も、どこへ行くのさ」

「ちょっとね」

最後まで、晶世は本当のことを言わなかった。信彦の子どもを身ごもっていることも、そのことに気付いた時には、既に皮膚科の松井医師と交際を始めていたことも、今度の旅行で、何としてでも松井にプロポーズさせるところまで、こぎつけるつもりであることも。

母が、ここまで今回の晶世のハワイ行きに協力的になってくれたのも、共に行く相手が若い医者であり、もう一頑張りで、婚約までこぎつけることが出来そうだと、晶世が打ち明けたからだった。

「やっぱり、晶ちゃんはママの娘だわ。パパみたいな、育ちのしっかりしていない相手を選ぶのかと思って、ママはちょっとがっかりしてたんだけど」
母は、そう言うと瞳《ひとみ》を輝かせた。おそらく、三泊四日の京都旅行から戻ったあと、母は祖父の隠し持っていた財産に関して、迅速かつ正確に動くことだろう。何しろ、まだ本人は死亡していないことになっているのだから、その間に上手に名義を変えてしまうことくらい、いくらでも可能なはずだった。

「いくらくらい、持ってるのかしら」

「さあねぇ。あそこまでケチな人だったし、何しろ何でも秘密にしてたんだから、はっきりとは分からないけど、相当な額だとは思うわ」

祖父の財産を上手に移し替えることが出来れば、松井に個人医院を開業させる役に立つに違いない、というのが、昨晩母と晶世が相談したことだった。その話も、晶世はハワイに着いたら松井にするつもりでいる。そうなれば、松井の気持ちは今よりも、よりはっきりと結婚に近付くはずだ。

「いつもなら、今ごろの時間は病人の行列を相手にしてるんだわね」

「まあね。しばらくは消毒の匂《にお》いともおさらばだな」

晶世の言葉に、松井は顔も上げずに落ち着いて答える。自信に満ちて尊大な態度を崩さない彼は、男性として見た場合には、鼻持ちならない奴《やつ》ということになる。けれど、夫として持つには、最も晶世のプライドを守り、将来を保証してくれる相手であることには違いなかった。そして、信彦と同じ血液型の彼は、晶世と子どもを守って生きていくのだ。

「ねえ、4度くらいだと、物は腐らないかしらね」

松井は少しだけ面倒臭そうな顔で本から顔を上げると、機内の天井を見上げながら答える。

「冷蔵庫の適温が5度くらいだろう？　まあ、しばらくは保つ温度だろうな——何で？」

「あ——ううん、何でもない」

「また、食い物のことでも考えてたんだろう」

「分かる？　冷蔵庫に入れっ放しで来ちゃったな、と思って」

「大丈夫だろう、4度にしてあるんなら」

「ちゃんと、なってる。うちは、何でもよく冷やすのが好きなの。家族揃ってね——でも、恋愛は別よ」

　客室乗務員が前の方の座席から何かを配り始めている。晶世は悪戯《いたずら》っぽい笑みを浮かべて、松井の白い顔を見つめていた。

夕がすみ

1

かすみちゃんを預かることにしたと母から聞いたとき、私は思わず「やった！」と歓声を上げそうになったものだ。ある日の、夕食の席でのことだった。

「お祖母《ばあ》ちゃんも、許してくださったから」

母は控えめな視線をちらりと祖母に向けた後、口元に箸《はし》を運びながら、目だけで微笑《ほほえ》んだ。その瞳《ひとみ》が、喜びと安堵《あんど》を精一杯に表現していることが、私にはよく分かった。私は母から祖母に視線を移した。お椀《わん》に目を落として、黙って味噌汁《みそしる》をすすっていた祖母は、お椀を置くなり小さくため息をついた。

「仕方がないじゃないの。私にとっては関係ない家の子だって、文子さんにとっては、たった一人の大切な姪《めい》なんだし、後から恨まれるのも嫌だしね」

母はまた微笑む。いつの頃からか、母の笑顔というのは半分泣き顔にも見えると、私は感じるようになっていた。本当は泣きたいときに、無理に笑ってこなければ、この祖母とは暮らしてこられなかったのだろうか。

「隆行《たかゆき》が賛成したんだから、私には何も言うことはないわよ。まあ、隆行はね、文子さんの言うことなら、何でも賛成なんだろうけど」

父が嚙《か》む漬け物の音が、ぽり、ぽり、と響く。私は少しおかしくなって、横目で父を見た。幼い頃から、家に険悪な雰囲気が漂う度に、父が一人でいるところを見計らっては、父こそが母の味方になってくれなければいけない、母が可哀想《かわいそう》ではないか、そのうちこの家を捨てていってしまうかも知れないと、何度となく繰り返し囁《ささや》き続けてきた私にしてみれば、こういう父の無言を貫く姿勢こそ、自分の苦労の賜物《たまもの》だという気がしなくもない。だって、私の子どもの頃の父ときたら、いつでも「分かった分かった」と、祖母の意見に流されてばかりいたからだ。つまり、今の方がまだまし。

「だけどさ」

その時、兄が口を開いた。大学生になってから、帰宅時間もいつも遅くて、家族と食事をすることなど滅多になくなった兄は、不思議なことに、家族で何かを話し合わなければならない日や、特別にご馳走《ちそう》を用意してある日などに限って、ちゃっかり早く帰ってくる。そういうタイミングの良さというか、兄の勘の良さを、祖母はとても気に入っている。私が小学生の時に亡《な》くなった祖父が、やはりとても勘の良い人だったのだそうだ。

「苦労するのは母さんなんじゃないの？　犬や猫を預かるのと、わけが違うんだから。子どもが一人増えるっていうことだろう？」

ほうら、祖母がこの上もなく嬉《うれ》しそうな顔で頷《うなず》いている。何て余計なことを言うんだろうと、私は兄をきゅっと睨《にら》みつけた。けれど、勘の良いはずの兄は、そういう私の視線には気付かないことになっている。

「夏休みだけとか、三カ月だけっていうのじゃないんだから。大丈夫なの？　あ、それとも、養子縁組まで考えてるんじゃないだろうね。俺、それだったら反対だよ」

私が考えもしなかったことまで口にして、兄は急に口を尖《とが》らせた。

「そんなことになってみなよ、ゆくゆくは遺産相続とか、面倒なことになるに決まってるんだから」

「養子縁組なんて、考えてやしない」

その時になって初めて、父が口を開いた。面倒臭そうに眉《まゆ》をひそめて、父はちらりと祖母を見た後、兄の方を向いた。

「今から遺産だ何だっていうことまで、心配することもないだろう。とにかく今のままじゃあ施設に入れられることになるんだ。まだ九歳で、まったく身寄りがないっていうわけでもないのに、そんな目にあわせるわけに、いかんだろう」

私は、「ふうん」とつまらなそうな顔をしている兄を睨み続けていた。まったく、余計な時だけ帰ってきて、好き勝手なことを言う兄が、私は今ひとつ気に入らない。第一、男のくせにピアスをしたり、指輪やネックレスをしているのも嫌いだ。芸能人じゃあるまいし。似合うような顔でもないのに。

どうせ兄弟を持つのなら、こんな兄よりも、代わりに妹か弟が欲しかった私にとって、七歳違いの従妹《いとこ》は、生まれたときから可愛《かわい》くてならない存在だった。せいぜい年に一度か二度という程度でしか会えなかったけれど、かすみちゃんは、その度に少しずつ大きくなっていて、幼稚園に入る頃には、茶色がかった髪を背中まで伸ばした、まるでお人形さんのような少女になった。そう、従姉妹《いとこ》同士なのに、どうしてこんなにも違うのだろうと思うくらいに、かすみちゃんは色の白い、掛け値なしの美少女だった。少し病弱で、時々寝込むことがあるという話だったが、それが余計に、かすみちゃんをはかなげな、可憐《かれん》な少女に見せていたと思う。

「だけど、お前たちの頃とは、また時代も違うだろうし、これから小学生を育てるとなると、また大変なことは、確かだな」

父が苦々しい表情で呟《つぶや》き、それから、はっと気を取り直したように「だけど、まあ」と続ける。母が黙って父を見つめていた。

「うちも、また賑《にぎ》やかになるさ。なあ」

そう。かすみちゃんは可愛い上に、本当に素直な子だった。そんな彼女が、まだ十歳にもなっていないというのに、私には想像もつかないくらいの悲しい経験をしてしまったと思うだけで、このところ、私の胸はいつも痛んでいた。

かすみちゃんの両親、つまり、母の妹夫婦が亡くなって、そろそろ一カ月になろうとしていた。ちょうど、その半年くらい前には、三歳になったばかりのかすみちゃんの妹が死んだばかりだった。沙《さ》織《おり》ちゃんという従妹を、私はかすみちゃんほどには可愛いとは思わなかったけれど、それでも突然、死んだと聞かされたときには大きなショックを受けた。それが、今度は叔母夫婦に死なれて、母のショックも相当なものだった。母と叔母とは二人だけの仲の良い姉妹だったし、そんな母たちを見ていて、私も女の姉妹が欲しいと思うようになったくらいなのだから。

「子どもだからって何も分からない年でもないし、きっと傷ついてると思うのよ。妹が遺《のこ》した子が、将来どうなるかと思ったら、やっぱり放ってはおけないじゃない？親代わりにはなれないにしても、他人に引き取られるよりは、絶対にいいと思うの」

叔母たちの葬儀が済んだ後、真っ先にそう言い出したのは母だった。事故を起こしたとき、かすみちゃんも同じ車に乗っていたのだが、小さかったことも幸いして、シートの隙間《すきま》に身体《からだ》がはまり、腕と鎖骨の骨折だけで生命に別状はなかった。葬儀の日、あの子は自分の両親の死も知らないまま、病院のベッドで過ごしていた。

それからの一カ月間、我が家では毎晩のように、かすみちゃんの件について話し合いが行われていた。私は、言うまでもなく母に賛成し、兄はまったくの無関心だったが、問題は強硬に反対する祖母と、最終的な決定権があるくせに、どっちつかずの父だった。私の家は、祖父がアパートも遺していったし、少しの土地もあって、経済的には困っていない。子どもが一人くらい増えたって、そういう点では心配はないはずだった。だが、祖母はそれでも、自分とは血のつながりもない子どもなど、引き取る義理はないと言い張った。

「御主人の実家は何をしてるのよ。本当のお祖父《じい》さんお祖母さんに育ててもらうのが、道理っていうものじゃないの」

祖母の言い分も、それはそれで筋が通ってはいた。だが、かすみちゃんの父、つまり叔父の実家は、今は長男夫婦が同居していて、育ち盛りの子どもが四人もおり、その上、お祖母さんの認知症が進んできているとかで、とてもではないが、もう一人子どもが増えることなど考えられない状態だという話だった。それでも祖母は納得しなかった。「四人も五人も同じ」という言葉を、私は何度聞いたか分からない。

「文子さんのご実家が、今もちゃんとしていてくだされば」

祖母は、そんなことも言った。その都度、母は悲しげな表情になって、「すみません」と頭を下げた。母が謝らなければならない理由なんか、ない。母の責任でも何でもないではないかと思うと、私は祖母が憎らしくさえ思えた。

母は高校生の頃に祖母を病気で亡くして、それからは、自分が一家の主婦代わりになって、祖父と叔母の世話をしてきたという人だ。その祖父は、母たちが嫁いだ後は一人で暮らしていたが、何年か前に脳梗塞《のうこうそく》で倒れて以来、身体の自由がきかなくなって、今は老人ホームで暮らしている。母は、その祖父のことも気にしていた。そんな母だからこそ、かすみちゃんだけは守りたかったのだと思う。

「来週、退院したら、そのまま連れて帰ってくるわ。だから、それまでに準備をしないとね。忙しくなるわ、手伝ってくれるわね？」

家族全員に茶を淹《い》れながら、母は弾む心を抑えきれない表情で私に言った。私は大きく頷《うなず》いた。かすみちゃんが妹同然になる。一緒に暮らせる。悲劇の末の選択とはいえ、やはり嬉《うれ》しかった。

「部屋はどこを使うの？　それから、かすみちゃんの荷物とか、学校のこととか」

その時、兄がまたもや「だけどさ」と妙に浮かない声を出した。もう。どうして、こういうときばかり余計な口を挟むのだろう。

「俺、何となく、なあ」

「何となく、なあに」

たまりかねて顎《あご》を突き出すと、兄は人を小馬鹿《こばか》にしたような目で、ちらりとこちらを見た後、何気なく天井を見上げた。

「かすみちゃんてさあ、何か、変な子じゃん」

祖母が何か言いたげな表情になっているのを見て、私は慌《あわ》てて「何が変なのよっ」と言い返した。

「何か、人間じゃないみたいでさ」

「馬鹿みたい。人間じゃなかったら何なの」

「そんなの、知るかよ」

「自分の従妹でしょう？　大体ねえ、お兄ちゃんなんか、ほとんど家にもいないんだし、自分が世話するわけでもないでしょうっ。もう何年も会ってないくせに、変なこと、言わないでよねっ」

食ってかかるように言うと、兄は鼻白んだ表情になって、「分かったよ」と呟いた。

2

翌週の土曜日、かすみちゃんは私と母の手をしっかりと握りしめて、この家にやってきた。前から白かった肌は以前にも増して透き通るようになり、細い手足は絶えず細かく震えているようにさえ感じられた。

「今日から、ここで、皆と一緒に暮らすのよ」

玄関の前で私が声をかけると、かすみちゃんは、わずかに怯《おび》えたような表情で私を見上げ、小さな細い声で「お姉ちゃんたちと？」と言った。

「ずっと？」

「そう、ずっと」

「じゃあ、かすみ、もうひとりぼっちにならない？」

私は思わず母と顔を見合わせ、胸が詰まる思いに駆られた。ああ、この子は、心に大きな傷を負っている。妹と両親を喪《うしな》ったことを、この子なりに精一杯に受け止めている。そう思うと、涙さえ浮かんで来そうだった。

「伯母ちゃんも、お姉ちゃんも、かすみちゃんの味方だからね。皆で仲良く暮らせるように、頑張りましょうね」

母もわずかに腰を屈《かが》めてかすみちゃんに言い聞かせた。かすみちゃんは、長いまつげに縁取られた大きな目で、じっと母を見つめ、やがてこっくりと頷いた。

「覚えてるでしょう？　ここにはお祖母ちゃんもいるし、大きいお兄ちゃんもいるのよ。それから、伯父ちゃんも」

また、こっくり。

「皆、かすみちゃんに会えるのを、すごく楽しみにしてたのよ」

少し嘘《うそ》が混ざっていた。今朝になって、祖母は「やっぱり、来るの」「もう一度、考え直したら」などと苛立《いらだ》った表情で繰り返し始めたし、父はこういう日に限ってゴルフに行ってしまった。それなら父の代わりに車を出してくれないかと頼んだ兄も、仲間と約束しているからと、早々とバイクにまたがって騒音をまき散らしてどこかに行ってしまっていた。それでも、夕食までには全員が揃《そろ》うだろう。

「お祖母ちゃんが、迎えに出てくれるから、『こんにちは』って言おうね。お祖母ちゃん、覚えてるでしょう？」

小さな肩を微《かす》かに上下させて、かすみちゃんは、一瞬、戸惑った表情になり、それからはにかんだように小首を傾《かし》げた。

「——お顔は、分からないかも知れない」

無理もなかった。最後にかすみちゃんが泊まりに来たのは、かすみちゃんがまだ幼稚園の頃だった。私は、とにかくかすみちゃんが祖母になついてくれることこそ、幼い従妹がこの家で無事に暮らす為《ため》の、一番の条件だと母と話し合っていた。

「——でも、ご挨拶《あいさつ》する。皆に、好きになってもらいたいから」

そんな私たちの心を見透かしたように、かすみちゃんは呟いた。私は、また胸が熱くなった。

「ああ、来たのね」

家に入ると、迎えに出た祖母は、まずそう言って、私たちに挟まれて立っているかすみちゃんを見下ろした。かすみちゃんが小さな声で「こんにちは」と言ったのが、私たちの耳にも届いた。祖母は、わずかに眉をひそめて、黙ってかすみちゃんを見つめている。気まずい沈黙が流れそうになった。

「——よろしく、お願いします。いい子に、します」

その時、私たちの手を解《ほど》いて、かすみちゃんが自分の前で手を合わせ、ひょっこりと頭を下げた。祖母は驚いた表情になり、それから一瞬、疑わしげな表情で母を見たが、それ以上には何か言うこともなく、奥に引っ込んでしまった。私は母と頷きあい、幼い従妹の礼儀正しさに感心しながら、かすみちゃんに笑いかけた。

「お祖母ちゃん、照れてるのよ。小さな女の子とお話しするの、久しぶりだから」

私は浮き浮きした気分で、まずかすみちゃんに手を洗わせ、うがいを済ますのを見届け、さらにかすみちゃんの為に用意した部屋に連れていった。かすみちゃんは、少し珍しそうな表情で室内を見回していた。

「かすみのお部屋のまんま、みたい」

「そうでしょう？　机もベッドも、そっくり運び込んだから」

「——何だか、不思議」

「そう？」

「パパもママも、本当にいなくなったのかなあ」

一瞬、何と答えたらいいか分からなかった。かすみちゃんは、言葉を失っている私の目をじっと見つめていたが、やがて、深々とため息をついて、「本当なんだよね」と呟いた。

「でも——パパもママも、きっと天国からかすみちゃんのこと、見てるよ」

それだけ言うのが精一杯だった。

「かすみちゃんのこと、忘れてなんか、いないと思うよ。身体はなくなっちゃったけど、きっと見てる」

かすみちゃんは「本当？」と言った後で、不思議そうな表情になって室内を見回している。

「見てるかなあ。沙織ちゃんも？」

「見てるよ。いつも、『かすみ、頑張って』『お姉ちゃん、頑張って』って、言ってくれてると思うな」

自分で自分の言葉に酔いそうだった。悲しい物語の登場人物になったような、奇妙な気分だ。けれど、私は本気でそう思っていた。こんな可愛い娘を遺して、叔母夫婦が心残りでなかったはずがない。

「だから、元気出して、頑張ろうね」

念を押すように言うと、かすみちゃんは初めてにっこりと微笑んだ。それは、以前と変わらない、甘くて可愛らしい、砂糖菓子のような笑顔だった。

「そうそう。そうやって、にっこり笑うの。そうすればね、皆がかすみちゃんのこと、すぐに好きになってくれるよ。うちの人も、新しい学校でも」

かすみちゃんは「そうかな」と言いながら、また恥ずかしそうに笑った。

3

　そして、かすみちゃんは我が家の一員になった。子どもなりに自分の立場が分かっているらしいかすみちゃんは、私などよりも母の手伝いをよくしたし、祖母が犬の散歩に行くときにも、父がゴルフの練習場に行くときにも一緒に行きたがって、瞬《また》く間に大人たちの心を摑《つか》むことに成功した。最初は固い表情を崩さなかった祖母でさえ、かすみちゃんに「お祖母ちゃん」と呼ばれると、つい笑顔で応《こた》えるようになるまで、十日とかからなかっただろう。

「かすみちゃん、今日は学校で、どうだった？」

　夕食の時の話題は、まずそこから始まるようになった。かすみちゃんは、新しい学校にもすぐに馴染《なじ》んだらしく、仲良くなった友だちのことや先生のこと、授業のことなどを、いつも楽しげに話した。

「原田さんていう子にね、羨《うらや》ましがられちゃった。『うちはお母さんと二人暮らしなのに、かすみちゃんは、家族がたくさんいて、いいね』って」

ある晩、和やかに食事をしている最中、かすみちゃんがふいに言った。食卓に向かっていた全員が一瞬、箸を止めて互いに顔を見合わせた。

「だから、かすみね、『そうでしょう』って言ったの。だって、本当ならかすみは、今頃ひとりぼっちになるはずだったんだもんね。それが、今は前よりもいっぱい家族がいて、いっつも楽しいから」

普段はしかめ面《つら》ばかりしているような父さえ、目元を潤《うる》ませているようだった。かすみちゃんのいじらしさが、私たち全員を感動させていた。それでなくとも、もともとが可愛いらしい顔立ちなのだ。その子が素直に明るくしていてくれれば、嫌う人など世の中にいるはずがない。

だが、そんなかすみちゃんにも苦手な相手が一人だけいた。それが、兄だ。滅多に家にいないから、顔を合わせる機会そのものも多くはなかったが、兄は、なかなかかすみちゃんを受け入れようとしなかった。かすみちゃんも、最初の頃は「お兄ちゃん」と呼んで、出来るだけ近付こうとしていたようだが、兄が常に素っ気ない受け答えしかしないものだから、やがて諦《あきら》めて敬遠するようになった。

「お兄ちゃんは、かすみが嫌いなのかなあ」

ある時、二人でお風呂《ふろ》に入っているとき、かすみちゃんがぽつんと呟いた。かすみちゃんとお風呂に入る度に、私はいつも感心していた。小さな女の子の肌というのは、何て柔らかくて滑らかなんだろう。その上、かすみちゃんの肌は陶器のように白い。細く長い髪の毛はいつも輝いていて、風に吹かれても絡《から》んでしまうくらいだし、お化粧しているのかと思うほど目元も口元も輪郭がはっきりしていて、その小さな唇は、大げさな表現ではなく、本当にバラの蕾《つぼみ》のようだ。

「どうして？」

自分の髪をシャンプーしていた私は、湯船に浸《つ》かってアヒルの玩具《おもちゃ》で遊んでいたかすみちゃんを見た。

「だって、かすみが話しかけても、あんまり答えてくれないし、夕ご飯も一緒に食べないでしょう？」

「夕ご飯を一緒に食べないのは、前からなの。大学生になってからは、いつもそうなんだよ」

「そうかなあ」

「嫌いなわけがないじゃない。きっとさ、どうやって話せばいいか分からないから、結構、照れてんじゃないの？」

「前、お祖母ちゃんのこともそう言ったけど、今はお祖母ちゃんは、普通にしてくれてるよ」

「そりゃあ、お祖母ちゃんとお兄ちゃんとは違うよ。お兄ちゃんはさ、男だし」

「でも、伯父ちゃんは――」

「お父さんは、かすみちゃんのこと、可愛がってるよねえ」

その晩も、父はお土産にケーキを買って帰ってきた。私が中学の頃、ダイエットをするからという理由でケーキなど喜ばなくなって以来、父が嬉しそうな顔でケーキの箱など提げて帰るのは、久しぶりのことだった。そんな様子を見ていると、私は無意識のうちに父をがっかりさせていたのだろうかと、初めて気付いた。

「伯父ちゃん、優しいもんね。かすみ、伯父ちゃんのこと、大好き。でも、お兄ちゃんは――」

シャワーのお湯で泡を洗い流しながら、私は「気にすること、ないって」と答えた。これは一つ、兄に意見しなければいけない。もう二十歳になろうというのに、こんな小さな子どもに気を遣わせるなんて、とんでもない兄だと思った。

「俺は普通にしてるだけだよ」

その夜、かすみちゃんが寝た後で帰ってきた兄にその話をすると、少しばかり酒を飲んでいるらしい兄は、面倒臭そうな表情でそう答えた。テレビを見ていた両親の脇《わき》にどっかりと腰を下ろし、兄は白けた表情で、「ったく」と唸《うな》るように言った。

「それより、皆の方が、おかしいんじゃないのか？　チビ一人増えただけで、妙にそわそわしちゃってさ、父さんだって最近、馬鹿に早く帰ってくるじゃないか」

急に話の矛先を向けられて、父は憮然《ぶぜん》とした表情になる。母は、にわかに雲行きが怪しくなってきた家族を、気遣わしげに眺め始めた。私は、兄の向かいに座って、身を乗り出した。

「そういう言い方、ないんじゃないの？　現に本人は気にしてるんだよ。『お兄ちゃんに嫌われてるのかな』って」

だが、兄は眠そうな目でゆっくりと瞬《まばた》きを繰り返し、大あくびまでしている。

「可哀想だと思わないの？　あの子なりに、一生懸命気を遣ってるんだよ」

「しょうがないだろう？　嫌いなんだから」

「やっぱり嫌いなんじゃない。どうして？　従妹だよ！」

私の声は、ほとんど悲鳴に近くなっていたと思う。母が慌てた表情で「しいっ」と言った。

「どうするのよ、あの子が起きたら」

私は慌てて口を噤《つぐ》んだ。自分が寝ている間に、皆がこそこそと自分の話をしているなんて思ったら、かすみちゃんだっていい気はしないだろう。

「なんかさあ、気に入らないんだよな。子どもらしさがないっていうか、変に媚《こ》びてる感じで、こっちの顔色をうかがうみたいで」

「それは、お兄ちゃんが怖いからじゃないっ」

だが兄は、皮肉っぽい笑みを口の端に浮かべて「そういうんじゃねえよ」と私を一《いち》瞥《べつ》した後、すっと真顔に戻った。

「父さんたち、感じない？」

「何を」

父は、気難しげな表情でテレビの方を向いたまま、口だけを動かした。

「何か、普通の子どもと違う感じ。身体だけ小さい大人みたいなさ、一皮むくと、全然違う化け物が出てきそうな、そういう薄気味の悪いとこ」

母が呆《あき》れたような口調で、「何、言ってるのよ」と答えた。「馬鹿馬鹿しい」と父も言った。私もまったくの同感だった。だが兄は、いつになく真剣な表情で、私たちを見回している。

「感じないかなあ。あいつの、あの目つき、気にならないの？」

私には、兄の言うことなどまるで分からなかった。かすみちゃんの目は、赤ちゃんの時のままのように、白目が青みがかって見えるほどに澄んでいる。羨ましくなるくらい長いまつげに縁取られて、ちょっとうつむいただけで頬に濃い影が落ちるのだ。あの目のどこが、兄にはそんな風に見えるのだろうか。

「そりゃあ、従妹だし、経験したことは、可哀想だったとは思うよ。だけどさあ、考えようによっては、妙に立ち直りが早いと思わない？　冷静過ぎないか？　まだ二カ月しか、たってないんだよ」

「一生懸命、元気にしてるんじゃない。あんなに小さいのに、我慢して。それが、分からないの？」

その時、背後から「そういえばね」とふいに声がした。振り返ると、寝間着の上からカーディガンを羽織った祖母がいた。まったく、何ていうタイミングの悪さだろう。

「あんまり、悲しそうにしないなあとは、私も思ったけどね」

「まあ、子どもですし――実感みたいなものが、まだないんでしょうか。それとも、ショック状態が続いてるのかしら」

母が落ち着きをなくした表情になった。

「まだ、よく分かってないんじゃないの？　人の死っていうことが」

だとしたら、かすみちゃんが本当に両親の死を実感したときこそ、注意しなければならないということだ。私も心配になってきた。

「今のうちに、一度医者に診せた方がいいのかな」

父も腕組みをしている。だが兄だけは、半ばうんざりした表情で、そんな必要はないと言った。

「悲しくないだけなんだよ、きっと」

何ということを言うのだと、私は呆れてものも言えなかった。幼い子が心に受けた傷が、将来、どんな形で子どもに影響を与えるか、そんなことは高校生の私にだって、何となく分かるというのに。

「大体、情緒は安定してるじゃないか。病弱だって聞いてたけど、食欲もあるし、夜もよく寝て、変な癖もない。学校にも毎日ちゃんと行ってるんだろう？　ガキだからこそ、自分の心にストレスがたまってれば、そういう形で出るもんだって」

兄は大学で心理学か何か習っている。そういう知識の一端を披露して、得意そうにしているのが憎らしくてたまらなかった。だが、この頃は私がやきもちを焼きたくなるほどかすみちゃんを可愛がるようになってきていた祖母は、なるほどというように感心した表情で頷いている。父も、難しい顔で口元を歪《ゆが》めていた。

「まあ、もう少し様子を見てみないと、ね。まだ一カ月かそこらだから」

母が懸命に取りなす口調で言ったから、結局その日は、それで終わりになった。部屋に戻る途中、私は、自分の部屋の隣で眠るかすみちゃんの様子を見に行った。かすみちゃんはすやすやと眠っていた。まるい額にかかる髪を払ってやり、その柔らかい髪を撫《な》でて、私は「おやすみ」と囁いた。

「大丈夫よ。皆、かすみちゃんが大好きだから」

もしも兄のせいで、こんな小さな子が一人で放り出されるようなことにでもなったらどうしようかと思うと、胸が苦しくなった。どんなことをしても、この子を守らなければならない、私はこの子の味方だと、自分に言い聞かせながら、私はかすみちゃんの部屋を出た。

4

ところが、それから数日後、今度は祖母が「あの子は変だ」と言い出した。夕方、かすみちゃんと一緒に犬の散歩に行ったときに、そう感じたのだという。その日、祖母とかすみちゃんは、小さな事故を目撃したらしい。ほとんど徐行していた車に、路地から飛び出してきた自転車がぶつかっただけらしいが、それでもガチャンと大きな音がして、祖母は心臓が止まるかと思うほど恐ろしかったと言った。

「それで、はっとしたのよ。だってほら、あの子は大きな事故を経験してるわけだし、事故なんか見たら、両親のことも思い出すでしょう」

　祖母の顔は、その時の恐怖が蘇《よみがえ》ったかのように強《こわ》ばっていた。かすみちゃんは、じっと事故の様子を見つめていたのだそうだ。そして、ぽつりと、「死んだかな」と言ったのだという。幸いなことに、自転車に乗っていた中学生くらいの少年は自力で立ち上がった。祖母は、ほっと胸を撫で下ろしながら、「大丈夫よ」と答えた。すると、かすみちゃんは「なあんだ」と言ったというのだ。

「最初は、あなた、怖がってると思うじゃない？　それが『なあんだ』だもの。私は、今度はそっちで心臓が縮み上がりそうになったわ」

　さすがにその話を聞いたときは、私も何となく背筋が寒くなった。死の意味が分かっている？　死ぬことを望んでいた？　そんな疑問が頭の中を駆け巡った。

「そんなこと、言うもんじゃないのよ、人の生命《いのち》は一度なくしたら、もう戻らないんだからって、そう言いながら帰ってきたけどね」

「そうしたら？」

思わず聞いてみた。すると祖母は悪寒《おかん》が走ったかのようにぶるっと小さく身震いした。かすみちゃんは、「分かってる」と答えたのだそうだ。自分の両親も、妹も、戻らないんだものね、と。

父も兄も、まだ帰宅していなかった。私と母とは互いに顔を見合わせ、多分同じことを考えていたと思う。この祖母を、どうやって説得しようか。かすみちゃんを嫌わないように、どうしたら良いだろうか。だが、言葉を探している間に、祖母は「文子さん」と母を呼んだ。

「大丈夫かしらねえ」

「――何が、ですか」

「あんな子を預かっちゃって。この先、無事にいくかしら」

母はいつもの泣いているみたいな笑顔になって、「大丈夫ですとも」と言った。だが、その表情が憂鬱《ゆううつ》そうに曇っていることは、誰の目にも明らかだった。

「もしも、何か問題があるようでも、私たちで直してやって、教えていかなきゃならないんじゃないでしょうか」

母は半分は自分に言い聞かせるように、ゆっくりと呟いた。祖母だって以前に比べ

ればずっと、かすみちゃんを可愛いと思っている。不安そうではあったが、やがて、

「そういうことね」と言う表情は、柔らかい諦めに包まれて見えた。

「ちょっと、注意して見ていてくれない？　かすみちゃんが何を考えてるか、変なところがないか、あなたが一番傍にいることが多いんだから」

祖母が部屋に戻った後、母は私に言った。私は、秘密指令を受けたように、そっと頷いた。だが、いくら観察していても、私にはかすみちゃんにおかしなところがあるとは思えなかった。家に来てからは病気もしなくなったし、新しい友だちも増えて、動きも活発になった。時には家に友だちを連れてくることもあって、かすみちゃんは、もうすっかり我が家の一員だった。兄は相変わらず無愛想なままだったが、祖母は、やはり可愛く思うらしく、何かというとかすみちゃんを呼ぶようにさえなっていた。父は、休みの日にはドライブをしようなどと言い出して、かすみちゃんを喜ばせたし、母も、小学校に行く用事が増えたり、近所の若いお母さん方とのつきあいが増えたりで、前よりも生き生きとしていた。

「何か、最初から姉妹だったみたいだよね」

ある日、やはり一緒にお風呂に入りながら、私はかすみちゃんに言った。かすみちゃんは石鹸《せっけん》の泡で遊んでいた。亡くなった叔母夫婦には申し訳ないと思いながら、そ

れでもこうして妹が出来たことが、私には嬉しかった。

「お兄ちゃんなんか、いらなかったから、最初からこうだったら、よかったんだよねえ」

湯船の中で足を伸ばしながら、私はのんびりと呟いた。かすみちゃんは鼻の頭に石鹸の泡をつけたまま「そう？」と言った。

「お姉ちゃん、そう思う？」

「だってさあ、何か、嫌だと思わない？　男のくせにちゃらちゃらしてるし、その割に、いつもぶすっとしてて。外じゃあ、結構、愛想良くしてるんだと思うよ」

かすみちゃんは、黙ったままで、両手一杯にすくい取った石鹸の泡をふうっと吹く。

「かすみちゃんにだってさ、ちっとも優しくないじゃん？　まあ、私が小さい頃だって、よそのお兄ちゃんと比べたら、優しくも何ともなかったから、しょうがないんだけどね」

かすみちゃんは、少し不思議そうな顔で「ふうん」と言った。

「あんなヤツさ、早く就職して、どっか地方に行っちゃうとか、とっとと結婚して、お嫁さんとよそに住むとか、してくれないかなあ」

お風呂場に自分の声がわんわんと響いた。その日、私は、いつまでも石鹸の泡で遊んでいるかすみちゃんにお湯をかけて悪戯《いたずら》をしたり、今度はシャンプーの泡でシャボン玉を作ったりして、母に「まだ出ないの」と叱《しか》られるまで遊んでいた。

兄が事故に遭ったのは、それから何日もしない頃だった。雨の日にバイクを走らせていてスリップして転倒し、対向車線に飛び出したという兄は、私たちが病院に駆けつけたとき、既に虫の息だった。

「——ごめん。だけど、やっぱり——」

それが、兄の最後の言葉だった。機械だらけの病室に、ピーッと、心臓の停止を告げる音が響いた。母は、その場で失神した。祖母は、かつて聞いたこともない嗚咽《おえつ》を洩《も》らしながら、その場にうずくまった。父と私とは、ただ呆然《ぼうぜん》と立ち尽くすばかりだった。一体、何が起こったの？　どうして今朝、普通に出かけていった兄が、こんなことにならなければならないの？

「嘘でしょう？　嘘——嘘でしょうっ！」

自分でも何を言っているか分からなかった。ただ、「嘘」という言葉ばかりが繰り返されて、止まらなかった。

「お兄ちゃん！　冗談でしょうっ、お兄ちゃん！」

降り止《や》まない雨が、私の心の中にまで入ってきたようだった。口元に皮肉な笑みを浮かべて、私の頭を小突いたり、髪の毛を引っ張ったりする時の兄の顔や、幼い頃、私を置いてけぼりにして、友だちとどこかへ遊びに行ってしまったときの兄の後ろ姿などが次々に浮かんでは消えた。

「――お姉ちゃん」

細い声が私を呼んだ。その時初めて、かすみちゃんが傍にいることを思い出した。けれど、私にはかすみちゃんを振り返る余裕さえなかった。

「お兄ちゃんが、死んじゃった――お兄ちゃんが、死んじゃったんだよ――」

私は声を上げて泣いた。喉《のど》の奥が痛くなって、頭が痺《しび》れた。こんなに悲しいことが、世の中にあるなんて思ってもみなかった。

5

長い長い夢を見ているような日々だった。たくさんの人が家を出たり入ったりして、お線香の匂《にお》いと花の香りが家中を包んだ。それまで、仏壇といえば祖父の居場所だと思っていたのに、その仏壇に、兄の写真が飾られた。黒い額縁の中で、兄は穏やかに微笑んでいた。

初七日が過ぎ、表向きは普段通りの日々が戻ってきた頃、私は秘《ひそ》かに自分を責めるようになっていた。兄なんかいなくなればいい、どこかに行ってしまえばいいと思ったから、兄は死んでしまったのではないかという気がしてならなかったのだ。冗談にしても、考えるべきではなかった。まさか、こんなことになるのなら、もう少し仲良くしておけば良かったと、全《すべ》てが悔やまれてならなかった。

「いってきまあす！」

本当なら、火が消えたように静まり返るはずの家を救ってくれたのは、かすみちゃんだった。兄の葬儀の後で、一度熱を出して寝込んだものの、元気になってからは毎朝毎晩、家にはかすみちゃんの声が響き、その声が、私たち家族全員に、動くエネルギーを与えてくれるようだった。父も母も、すっかり老《ふ》け込んでしまった祖母さえも、かすみちゃんの笑顔に慰められ、時には声を出して笑うこともあった。自然に、私たちの家はかすみちゃんを中心に動くようになっていった。

「あの子は、こんな思いを乗り越えてきたんだものねえ」

庭に出て、洗濯物を取り込む母を手伝っているかすみちゃんを眺めながら、祖母が呟いたことがある。確かにあの幼さで、両親や妹の死を体験し、そしてなお素直に、けなげに生きているかすみちゃんを、私は改めて偉いと思わないわけにいかなかった。もう、この家にはなくてはならない存在になった。救われているのは私たちの方なのだ。やがて季節が巡り、私は高校二年に、かすみちゃんは小学四年生になった。

「一年、過ぎちゃったんだね」

叔母夫婦の一周忌を迎える頃だった。その日、祖母はお友達と歌舞伎《かぶき》を観《み》に行っていたから、私は学校から戻ってから、かすみちゃんと二人で犬の散歩に出た。柔らかい風が吹く夕暮れの道を並んで歩いていると、かすみちゃんが呟いた。

「そうだねえ、一年、過ぎちゃったね」

兄を喪《うしな》った今、私はかすみちゃんの気持ちが前よりもずっと理解できた。数カ月後には兄の一周忌が巡ってくる。もともと、滅多に家にいなかった兄だから、私は今でも、兄はちょっとどこかへ出かけているだけではないかという錯覚に陥ることがあった。「腹、減った」とでも言いながら、ひょっこり帰ってくるのではないかと、そんなことを思いながら、これまでの日々を過ごしてきた。けれど、一周忌が来てしまえば、改めて兄は戻ってこないことを思い知らされる。兄は本当に死んだのだ、とっくに焼かれて灰になってしまったのだということを、今度こそ受け止めなければならない。それを考えると憂鬱だった。怖かった。

私よりずっと幼いかすみちゃんは、どんな風に両親の一周忌を迎えるだろう。それを考えると心配になった。

「でも、もう大丈夫だよね」

顔色をうかがうように言ってみた。かすみちゃんは「え？」と言いながら不思議そうにこちらを見た。

「私たちがいるんだもん、かすみちゃんは、大丈夫だよね」

するとかすみちゃんは、少しの間、何か考える表情になって、それからわずかに悪戯っぽい笑みを浮かべながら「あのね」と言った。

「いいこと、教えてあげようか」

「――なに？」

「私って、不思議なんだよね」

かすみちゃんは、夕暮れの中でくすりと笑った。

「うんと強く思うとね、思った通りになるんだ」

「――どういう、こと？」

「後からうんと疲れて病気になったり、引き替えに怪我《けが》したりするからね、あんまり使いたくないんだけど。そんな力、あるみたい」

背筋をぞくぞくとする感覚が走った。この子は何を言おうとしているのだろう。私は、犬に引っ張られながら、かすみちゃんの人形のような顔を見つめていた。

「最初は、お祖母ちゃんがね、嫌かなあって。一緒にいたくないかなあって思ったんだけど、お祖母ちゃん、優しくなったからね、思わないことにしたんだ」

「かすみちゃん――それ――」

思わず立ち止まりそうになった。数歩、先を歩いていたかすみちゃんは、白い顔をくるりと振り向かせて、この上もなく可愛らしい顔で微笑んだ。

「パパもママも、沙織ちゃんに夢中だったの。私のことは忘れるくらい。沙織ちゃんがいなくなってもね。だから、今は三人で幸せなんじゃない？」

「かすみ、ちゃん――」

「お姉ちゃんだって、お兄ちゃんがいなくなればいいって、言ってたでしょう？　ねえ？　でも、大丈夫。私、お姉ちゃんのことは大好きだからね」

それだけ言うと、かすみちゃんは夕闇《ゆうやみ》の中をスキップしながら行ってしまった。柔らかい夜風にのって、かすみちゃんの楽しげな笑い声が響いてきた。闇に溶けていくかすみちゃんを、私は追いかける気になれなかった。ただ、その軽やかな笑い声だけを聞いていた。

青い夜の底で

1

彼は、午前一時過ぎに帰ってきた。

「お帰りなさい。お疲れさま」

４ＷＤの大きな車から降り立った彼に駆け寄り、私は笑顔で話しかけた。彼は、一瞬ぎょっとした顔になり、それからすぐに、うんざりしたように「ああ」と唸《うな》る。

「悪いけど、疲れてるんだ」

その言葉には、冷たさと共に微《かす》かなアルコールの匂《にお》いが混ざっていた。

「分かってるわ。長旅だったし、あんなに色々なことがあったんだもの、疲れて当然よね。今夜は、ゆっくり休んだ方がいいわ」

私の言葉に、彼は、余計なお世話だと言わんばかりに舌打ちをし、苛立《いらだ》ちを隠さずに、荒々しく息を吐き出した。そして、私から目を背《そむ》けると、いつも腰から提げているキーホルダーをがちゃがちゃと鳴らしながら、大股《おおまた》で歩き出す。私は「あのね」と言いながら彼の後を追った。だが彼は、返事もせずに自分の鍵《かぎ》で扉を開けて、自分だけが中に足を踏み入れると、その扉を私の目の前でぴしゃりと閉めてしまった。さらに、内側から鍵をかける音が聞こえてくる。

「ねえ、聞いてったら。私、考えたんだけど――」

扉をノックしながら声をかけたが、中からは物音一つ聞こえてはこなかった。

「――もう、いつだって、こうなんだから」

せっかく、話したいことが山ほどあったのに。わざわざ自分の鍵で扉を開けるような真似《まね》をして、その上、私を締め出そうとするんだから。私は、しばらくの間その場に佇《たたず》み、目の前の扉を見つめていたが、やがて、一人でそっと自分の部屋に戻るより他になかった。自分の鍵を使って開けてしまえば、それで話は簡単なのだけれど、そんなことをしようものなら、きっと彼は「入ってくるな！」などと怒鳴り、怒り狂うに違いないからだ。

――可哀想《かわいそう》に。あなた、自分から孤独になってるのよ。

私だって、可哀想なものだと思う。こんな目に遭わされるために、ずっと待っていたなんて。彼は、部屋の空気がこもっていないことに気付くだろうか。私が、疲れて帰ってくる彼のために、いつもきちんと掃除していることを、少しは有り難いと思ってくれているのだろうか——。憂鬱《ゆううつ》な気持ちで一人の部屋に戻りながら、私は何度もため息をついた。

それでなくとも、長旅から戻った時の彼は、いつも不機嫌だ。特に今回は、穏やかな気持ちでいられないことぐらい、私は十分すぎるくらいに承知していた。何しろ、今回のツアーは、前回よりもさらに失敗だった。先月、やっとメンバーをかき集めて結成したバックバンドは、三日目にはもう降りたいと言い出したし、地方都市の小さなライブハウスですら空席が目立ち、かつての彼のコンサートからは想像もつかないほどに、白けたムードが漂っていた。

——でも、大丈夫。私が、ついてる。

私は一人の部屋に戻ると、さっそく便せんを取り出した。可哀想な彼に、心を込めて手紙を書くためだ。言いたいこと、考えていること、彼に対する思いを、私はすべて手紙に書く。以前は、そんなことは滅多になかったのだが、特に彼が落ち目になってきて、一人でふさぎ込んだり、不機嫌が続いたりするようになってからというもの、それは私の日課になった。あなたは一人なんかじゃない、世間の皆があなたのことを忘れ果てたとしても、私だけは、こうして、あなただけを見つめている。寝ても覚めても、あなたのことだけを考えてる――。

「――だから、心配いりません。私ほど、あなたのすべてを知っている者は、この世にはいないのですよ。その私が、あなたに、どんなにつらく当たられても、こうして耐え、あなたの笑顔を待ち続けているということを、どうか忘れないで」

手紙を書く作業は、相当な時間と労力を必要とする。私は、彼の部屋の明かりが消えてからも、せっせとペンを走らせ続けた。本当はツアー中だって、私は毎晩こうして手紙を書き続けていたのだ。人目もあるし、何よりも彼が嫌がるから、わざわざ一人だけ別のホテルに泊まって、一日中、影のようにひっそりと彼を見守り続け、そして、ホテルに戻ってから、やはり夜ふけまでかかって手紙を書いた。毎晩毎晩。我ながら、いじらしいほどの愛と忍耐の日々。けれど、仕方がないのだ。私と彼とは、運命で結ばれている。五年前、初めて彼と会った時から、私は、その運命に身を委《ゆだ》ねる決心をした。あの頃、私は十八歳、彼は――表向きは二十三歳ということになっていたけれど――二十六歳だった。

「――自分の運命から逃げてはいけないわ。目を背けずに、真《ま》っ直《す》ぐに歩くべきだわ。あなたが、愛の歌を歌えなくなったのは、あなた自身が、私の愛を受け入れる心、その喜びを素直に表現しようとする心を、自分の中から締め出そうとしているからです。

焦《あせ》らないで、よく考えて。あなたが今、何をすべきなのか――」

　書きながら、涙が出てくる。これも、いつものことだ。いつまでもアイドルスターだった頃と同じように、クールに格好をつけている場合じゃない。今、彼に必要なのは、子どものように無邪気に、愛される喜び、私と出逢《であ》えた喜びを、全身で表現することだ。私を、今のように日陰に追いやっているから、彼自身もくすんでしまうのだ。それを、何とかして理解させたかった。

「私は、こんなにもあなたを愛しています。けれど、私だって普通の女です。いつまでも、こんな思いばかりさせられているのは、やはりつらいの。どうして以前のように、優しい言葉をかけてくれないの？　つらいことがあったら何でも話してって、いつも言ってるのに――でも、いいの。私は、こんなことで、へこたれたりはしない。あなたが、目の前の小さな幸せに気付くまで、私は耐え続けます。どうしてか分かる？　答えは簡単、あなたを愛してるからよ」

　開け放った窓からは、夏の虫の音が聞こえてくる。エアコンどころか、扇風機さえない部屋は蒸し暑く、息苦しい。首筋だけでなく、脇《わき》の下や、肘《ひじ》や膝《ひざ》の内側にも、汗がたまっていた。

　――私は、平気。

でも、いつまでもこんなことをしてたら、きっと彼には罰が当たる時が来る。それが心配だった。

手紙を書き終えた頃には、もう午前四時になろうとしていた。眠りにつく前に、私はもう一度彼の部屋の様子を窺《うかが》い、何の変化もないらしいことを確かめると、畳の上に横たわった。気まぐれな彼がいつ動き出すか分からないから、わざと熟睡できないように、寝心地の悪い状態で眠るのだ。だから、この数年間というもの、私は万年寝不足の状態だった。

2

初めて彼と出逢った時、私は高校卒業を目前に控えていた。卒業後は上京して、専門学校に入ることも決まっており、未来は、私を幸福にするために、輝かしく開けていると思われた。そんなとき、クラスメートが、彼のコンサートに私を誘ったのだ。

「もう、絶対感激しちゃうから！」

そのひと言に動かされたというわけではないが、私はクラスメートの誘いを受け入れることにした。それまでの私は、一度としてアイドルなどに大した興味を持ったことはなかったのに。

あの日のことは、今でもはっきりと覚えている。あの日こそ、運命の鐘が鳴った日だった。彼のコンサートに行って、私のすべては変わってしまった。私の魂そのものに、彼が訴えかけてきたのだ。待ってたんだ、君を。こうして逢える日を、僕は生まれる前から待っていた——。何百、何千人というファンの中で、私一人が、そのメッセージを受け取った。彼は、大勢の人の中から私を見つけ出し、私を見つめ、私を指さし、そして、「愛してる」と言った。

それは、何とも不思議な感覚だった。もちろん私だって、恋に憧《あこが》れ、いつかは私を望んでくれる人に出逢える日を夢見てはいた。だが、それが突然こんな形で起こり、しかも相手がアイドルスターだなんて、誰が想像しただろう。

——そんなはずがない。彼は、私とは別世界の人じゃないの。

周囲の観客たちは、誰もが彼のメッセージを、それぞれ自分に向けてのものだと勘違いしたようだった。無論、最初は私自身も、そう思おうとした。これが彼の手なのだと自分に言い聞かせた。だまされちゃいけない。こういう思わせぶりな態度をとるからこそ、人気が出るのに違いない。女の子に騒がれるためには、誰に対しても同じように、甘い言葉と熱い視線を送るのだ――。自分らしくもなく、ときめこうとする気持ちを懸命に抑えて、私はキャーキャーと騒ぎ立てる娘たちに混ざり、一人静かに、客席に腰を下ろしていたものだ。

熱気と興奮に包まれたコンサートが終わると、プレゼントを渡したいというクラスメートに付き添い、私は同世代の女の子に混ざって、楽屋口で彼を待った。やがて三十分もすると、サングラスをした彼が現れた。その途端、女の子たちの悲鳴に近い声が溢《あふ》れ、私は後ろからも横からも押されて、わけが分からないうちに、彼の前に突き飛ばされてしまった。

「おいおい、僕が車か新幹線だったら、どうするんだい」

アスファルトに膝を突き、手のひらに痛みを感じた時だった。頭の上から声がした。見上げると、すぐ傍に、サングラスを外した彼の顔があった。

「ああ、擦りむいちゃってるじゃないか、可愛《かわい》いお姫さま」

あの瞬間、私の中で運命の鐘が鳴ったのだ。

――君を、愛してる。

彼の瞳《ひとみ》が、今度ははっきりと、そう言っていた。私は、もはや信じるとか信じないとかいう以前に、彼のすべてを受け入れなければならないのだと感じた。そう、あの瞬間に、私も彼を愛したのだ。

結局、プレゼントを渡し損ねたクラスメートには「転んで得をしたわね」と憎まれ口を叩《たた》かれ、さらに膝小僧と手のひらにかさぶたを作ることになったのが、記念すべきその日のしめくくりだ。あの時のクラスメートとは、高校を卒業して以来、一度も会っていない。彼女は彼女で、自分だけは他のファンとは違う、特別に扱われる価値があると信じていたらしい。

卒業後、上京した私は、さっそく彼と連絡を取った。だが、当時の彼は、まだ人気絶頂期で、私のような存在が発覚してしまうことが命取りになりかねないことくらい、彼の口から語られるまでもなく分かっていた。だから、私は、電話一本かけるのにも細心の注意を払い、人目につかないように神経を張って過ごさなければならなかった。普通の恋人たちのようにデートを重ねる代わりに、彼のコンサートに出かける日々が始まった。淋《さび》しさと心細さに何度も気持ちが揺れ、こんな関係は遅かれ早かれ終わる時が来ると思わないこともなかったけれど、それでも耐え続けていられたのは、彼がステージからも、他の人には分からないように、私だけに向けて、常に特別なメッセージを送り続けてくれたからだ。

やがて、私は専門学校を辞めて、アルバイトを始めることになった。彼と共に過ごせる日は不定期で、予定すら立てにくかったから、どうしても学校を休みがちになったし、既に私は彼と生きていくこと以外、考えていなかったから、もはや以前のように学校に行く必要など感じなくなっていたのだ。

「でも、あなたが私の人生を変えてしまったなんて、思わないでね。私は、あなたのために生きていたいんだから。こうすることが、私の幸せなんだから」

私は何度となく同じ説明をした。何しろ彼は、飛びきりの甘えん坊で、淋しがり屋だ。どんな夜中にでも、彼が必要だと思う時に傍にいなければ、簡単に怒り出す。だから私は、その頃から不眠症になった。彼を怒らせたくないというより、淋しがらせたくなかった。私の前だけでは、思いきり甘えさせてあげたかった。

私は決してお喋《しゃべ》りではない。むしろ、同世代の女の子に比べたら無口な方だろう。それでも時々、自分の恋人が、知らない人のいないアイドルスターなのだと言いたくてたまらなくなる時があった。こう見えても、自分は少し普通の人とは違っている。ある意味で選ばれた存在なのだと知らせたかった。私は、短期のアルバイト先で知り合った、当たり障《さわ》りのない人に、「実はね」と切り出すことがあった。

「嘘《うそ》！　まじ？」

真実を聞かされた知人は、必ずと言って良いほど目を丸くして、改めて私を上から下まで眺め回したものだ。私は「内緒よ」と前置きすることを忘れずに、彼と知り合った経緯から始まって、普段の彼の様子や、食べ物の好み、下着の柄のことなどを、ほんの少しずつ披露した。

「じゃあ、じゃあ、婚約してるわけ？」

「もちろん。でも、当分は結婚は出来そうにないの。事務所の意向もあるし、第一、彼には一日も休みがないんだもの」

私は微《かす》かにため息をつきながら、それでも、彼に愛されている幸せには変わりはないし、待つことくらい何でもないと言うことを忘れなかった。大抵の場合、話を聞かされた相手は「へえ」と嘆息を洩《も》らしたきり、口をつぐんだ。中には、是非とも彼のサインが欲しいと言い出す人もいた。そんなとき私は、自分で覚えた彼のサインを色紙に書いて渡した。それが、忙しい彼の手を煩《わずら》わせないために、当時の私に出来る、せめてもの手伝いだった。

彼が、ダンスの勉強のために渡米する時には、私もアルバイトを辞めて、共にアメリカに渡った。知り合った当時に住んでいた町から越すと決まった時には、私も同時に引っ越して、出来るだけ彼の傍にいられるように工夫をした。その都度、私はありとあらゆる嘘をついて、親元から金を引き出そうとした。

「あんた、何を考えてるのよ。いつまで、夢みたいなことを言ってるの？」

ある時、あまりにも送金ばかり頼むものだから、ついに母が上京してきて、呆《あき》れ果てたように言ったことがある。母だけには、嘘をつきたくなかったから、私はゆくゆくは彼と結婚するつもりであること、けれど、今はまだ、周囲の誰にも内緒にしていることなどを正直に説明した。最初、母は鼻で笑って「そんなことが、あるわけがないじゃないの」と吐き捨てるように言ったものだが、やがて私が二十歳を過ぎ、二十一になっても状況が変わらないと知ると、真剣に心配し始めた様子だった。

「夢なんかじゃないったら。彼、テレビで見るよりも、ずっと気さくで優しいのよ。なかなか逢えないけど、いつも手紙や電話で連絡を取り合ってるの」

「だったら、お母さんが直接、確かめるわよ。それでも、いい？」

「構わないわ。でも、事務所の方では、誰から連絡が入っても、『ノー』って言うことになってるの。今の彼にとってスキャンダルは命取りだし、ファンの中には、勝手な思い込みで、そんなことを言い出す女の子も珍しくないらしいから」

私は胸を張って答えた。母は、眉《まゆ》をひそめ、ため息をついて、言葉を失ったようだった。そして最後に、たまには家に帰ってくるようにと言った。

「そうしたいんだけど、彼の傍にいなきゃならないの。私が少しでも離れると、彼、ものすごく淋しがって、不機嫌になるんだもの」

私の説明を聞きながら、母は当時、私が暮らしていたアパートの壁に貼《は》られていた彼のポスターを見つめていたが、結局「芸能人なんてねえ」と言い残して、田舎に帰っていった。

あの頃の私は、本当に目が回るほど忙しかった。何しろ、身近で見るアイドルの生活は、想像以上に過酷で、ついて歩くだけでも大変なのだ。しかも、彼一人で行動できる時などほとんどなくて、周囲には常に関係者が彼を取り囲むようにしているから、私は彼らにも気づかれないようにしなければならなかった。彼のコンサート・ツアーのすべてに付き添って、日本中を旅して歩きながらも、私たちにプライベートな時間は訪れなかった。お金は、幾らあっても足りなかった。どんなアルバイトをしても、そうそう続けてもいられなかった。

――でも、彼のためだもの。

どんな時にも、私は自分にそう言い聞かせた。そして、彼がスキャンダルを恐れず、事務所の理解も取り付けて、晴れて私を最愛の恋人として披露してくれる日が来るのを、ひたすら待ち続けていた。

その日は、さして遠くはないはずだった。残酷なようだが、私が冷静に判断していた通り、彼の人気は、そう長くは続かなかったからだ。上京して四年ほどが過ぎ、私が二十二歳になる頃には、彼のテレビやラジオの出演回数や、雑誌の取材などの都内での仕事は激減し、代わりに地方回りが増えた。どの街に降り立っても、必ず彼を出迎えた黄色い声は、徐々に数を減らしていき、常にファンを掻《か》き分けるためだけに彼の傍にいたスタッフたちは、手持ち無沙汰《ぶさた》の表情で、すいすいと歩いていくようになった。

――よかった。これで、嵐《あらし》が過ぎる。

彼には申し訳ないが、私はそう思わずにいられなかった。忙しすぎる日々を送ってきた彼に、もう少しのんびりと生活して欲しかったし、プライベートな時間も大切にして欲しかった。そして、何よりも私と過ごせる時を持って欲しかったのだ。

だが、私の期待は、見事に裏切られた。彼と彼の事務所は、新進女優との熱愛をでっち上げて、それを大々的に報道させたのだ。ほとんど会ったこともないような女のことを、彼は記者会見の席上で「可愛い人だと思う」などと言い、相手の女優の方も、知名度を上げたい一心だったのだろう、別の席上で「素敵な方です」とコメントした。

私の中で、何かが弾《はじ》け飛んだ。

「私は、いつまで待てばいいの」

頭では、分かっているのだ。彼のためには、ひたすら耐えることだと。それが運命だと。それでも、満足にアルバイトも続けられず、親からも見放されつつあった私の心は、もう疲れ果てていた。

「そんな嘘をつくくらいなら、いっそ私とのことを、はっきりさせてくれればいいじゃないっ！」

私は悲鳴に近い声を上げた。それでも彼は「仕方がないんだ」と悲しげな顔をするばかりだった。私は、どうしてこんな人を愛してしまったのだろうと、自分の運命を呪《のろ》いたい気持ちになり、声を上げて泣いた。

3

もう、我慢はしない。我慢なんかしたって、報われることなんか何もないような気がする。私は泣きながら決心した。それ以来、私の行動は変わった。

彼がどこに行く時も、隠れたりせずに彼の傍を歩く。毎朝毎晩、プライベートな時間のすべては私のために使ってもらう。たとえ傍にいられない時でも、私のことを考えずにいられないようにする。そのために、私はせっせと手紙を書き送り、電話をかけ、そして、彼の行動の一部始終について、私なりの意見を言うことにした。

「あんな無能なマネージャーはクビにした方がいいわ」

「田舎のお母さんが送って下さった荷物を、いつまでも放りっぱなしにしておくのは、よくないわよ」

「子ども相手の、ちゃらちゃらした歌なんか、もう歌っちゃ駄目。あなたは年齢《とし》相応の、大人の歌を歌うべきだわ」

直接話せない時には手紙で、または電話で、私は毎日のように気がついたことを言うことにした。

「君の気持ちは有り難いけど、もう少し黙って僕を見守っていてくれないか」

彼は、困り果てたというように私に言ったものだ。私は、彼が何を困っているのかが分からなかった。

「そんなに、ついて歩くことなんて、ないんだから。自分を犠牲にしてまで」

「あら、私の、どこが悪いの？　私が傍にいなかったら、あなたの事務所は、すぐに嘘っぱちの恋愛沙汰を噂《うわさ》にして流すじゃないの。そんな手間をかけないで、あなたには私がいるって、ちゃんと言えばいいのに」

私は涼しい声で答えたものだ。彼は決まって「まいったな」などと言い、時には舌打ちなどしながら、照れ臭そうに頭を掻くのが常だった。そう、要するに彼は恥ずかしかったのだ。私という存在を公表することが、こんなにも愛し、愛されている女がいるということを、人に知られることが。

だが、彼を利用して、もう一山当てようともくろんでいる事務所の連中は、私を見かけると、必ず素早く駆け寄ってきて、私を彼から引き離そうとし始めた。

「彼のことを大切に思うんなら、これ以上、足を引っ張るような真似は、するんじゃないよ」

ある種、凄《すご》みのきいた声で言われると、私も怯《ひる》まずにはいられなかった。大切に決まってるじゃないの。でも、私がいたら、彼はそんなに困るの。私は、彼の足を引っ張る存在なの。私は苛立ち、彼に決断を迫った。だが彼は、いつも煮えきらないままで、さらに私を苛立たせた。

「どうして、はっきり言えないの？　もう、子どもじゃないのよ、恋人がいたって、ちっともおかしくないじゃないのっ」

私には、彼の気持ちが分からなくなりつつあった。自分が、どうすればいいのかも、分からなくなりそうだった。淋しくて、つらくて、毎晩のように泣いた。

「こんなにあなたのことを思ってるのに、あなたやあなたの事務所の人たちは、私を邪魔にするのね。どうしてなの。あなたは、私に『愛してる』って言ったじゃないの。あの言葉は、嘘だったの？」

泣きながら、同じような内容の手紙ばかり書いた。たった一度だけ、彼に抱いてもらった時のことが蘇《よみがえ》り、あの晩が懐《なつ》かしくて、その時のことも繰り返し書いた。

やがて、新進女優との熱愛がなりをひそめた頃、彼は、今度は別のタレントとの「交際発覚」という見出しつきで、ワイドショーに登場するようになった。さらに、それから半年もたたないうちに、モデルの某女、翌年には女子大生という具合に、際限もなく浮き名を流し始めた。

——そんなにまでして、芸能界で生き残りたいの。

私はショックを通り越して、呆れ始めていた。私以外には興味はないと言いながら、事務所に操られて、どんな女の子とでも平気で寝るような印象を与え始めた彼は、足《あ》掻《が》けば足掻くほど、人気を失うことを知らなかったのだ。色男、プレーボーイと呼ばれながら、その言葉に嘲笑《ちょうしょう》が含まれていることに、彼は気づかなかった。

「でも、仕方がないのかしら。だって、あなたは十代の頃から、その世界だけで生きてきたんですものね。普通の人の生活なんか、知らないんだものね」

その頃になってようやく、私は彼が、自分よりも遥《はる》かに幼い、無防備な子どものように思えてきた。彼は、芸能界という幼稚園で、泣きながら走り回っている子どもと同じだ。彼を愛し、守り、待ち続けると決めた私は、彼にとって、半ば母のような存在にならなければいけないのだと悟った。

「だったら、気が済むまで遊んだらいいわ。そのうち、あなたは私のところに戻ってくる。私は、それまで待っていてあげるから」

そして、私は今も彼を待ち続けている。ツアーにもどこへでもついていくが、決して目立たないように、彼を束縛しないように気を配り、事務所の連中が文句を言い出さない程度に距離を置いて、いつも彼を見守っている。

大失敗に終わったツアーから戻った翌日のことだった。夜明け近くまで手紙を書いていた私が目覚めた時には、彼の部屋の前には、既に運送屋のトラックが横付けにされていた。

「何してるのっ」

私は部屋から飛び出して、揃《そろ》いのつなぎを着ている運送屋の社員に飛びついた。すると、その男は無表情のままで「引っ越しですよ」と答えた。私は後頭部を殴りつけられたような感覚を覚え、半ば呆然《ぼうぜん》と、彼らのすることを眺めるより他になかった。

――また逃げようっていうの。

何も、今回が初めてではない。特に落ち目になってからというもの、彼は数カ月に一回は、私に何の断りもなく、勝手に引っ越してしまうのだ。

「どこへ？」

「それは、言わないことになってます」

いつもの返答。私は、運送屋を一瞥《いちべつ》すると、すぐに自分の部屋にとって返し、タクシーを呼んだ。身支度を整えて、運送屋が荷物を積み込むのを待つ。そして、トラックが走り出すと、私はタクシーでその後をつけた。どうせ、遠くへ引っ越すわけではない、東京二十三区内を、うろうろするだけのことだ。

――鬼ごっこをしてるわけじゃないのよ。

我慢にも限界がある。いい加減に、彼に目を覚ましてもらわなければ、私は破滅してしまう。私はタクシーに揺られながら、前を走っているトラックを睨《にら》み続けていた。ところが、三、四十分も走った挙げ句、トラックは運送会社の倉庫に入ってしまった。私はタクシーを待たせたまま、倉庫の様子を窺った。そこで、彼の荷物は他のトラックへと移されていた。息をひそめてその様子を見つめながら、私は悲しさと悔しさとで、涙がこみ上げてきそうだった。

――そんなにまでして、私から逃げたいわけ？

私の目をごまかすために、こんな手間のかかることまでしようとするなんて、彼は一体どうなってしまったのだろう。私の中で「どうして」という言葉ばかりが渦を巻き、やがて、悲しみや絶望感よりも、怒りの方が頭をもたげてきた。いくら何でも、ひどすぎる。確かに、いつまでも待つとは言った、母のような愛を注ぐとも言った。けれど、私は本物の母親なんかじゃない。こんな仕打ちを受けても、まだ黙って笑っていることなんか、出来るはずがない。

「お客さん、メーター、上がっちゃってますよ。いいのかね」

待たせてあったタクシーに戻ると、人の好《よ》さそうな初老の運転手は、心配そうな表情で振り返った。私は苛立ちながら、財布から一万円札を三枚取り出し、運転手の鼻先に突き出した。

「お金なら、ありますから。それより、運転手さんにお願いがあるんです」

運送屋が積み換えた彼の荷物を、どこへ運ぼうとしているのか、それを聞き出して欲しいのだと言うと、タクシーの運転手は顔をしかめて「そんなこと、出来ないよ」と言った。

「面倒に巻き込まれるのは、困るんだよ」

「誰も、巻き込んだりしやしないわ。とにかく、聞いてきて下さい。もしも、ちゃんと聞き出せなかったら、一日中でも、ここで待っていてもらいますからね」

私の父親ほどの年齢だと思われる運転手は「しょうがないなあ」とため息をつき、タクシーから降りていくと、数分後には、彼の荷物の行き先を聞き出してきた。何のことはない、今住んでいる町から歩いて行かれるほどの、すぐ隣の町だった。それなのに、こんな手間をかけている。私から逃げたい一心で――。

「お客さん、もう、いいでしょう」

「――行って下さい。この住所のところ」

運転手は黙ってタクシーをスタートさせた。私は、手のひらにぐっしょりと汗をかきながら、真っ直ぐに前を見つめていた。

4

蒸し暑い夜だった。払っても払っても、耳元を蚊の羽音がかすめていく。首筋の辺りは、まとわりつく夜気か、それとも滲《にじ》み出る汗か、いつ手をやっても、じっとりと湿っていた。微かに靄《もや》っているらしく、人通りの途絶えた道の途中に一つだけぽつりと灯《とも》っている街灯は、わずかに滲んで見え、そこに、数匹の蛾《が》や小さな虫が群がっていた。

「いつまで、こんなことを繰り返すつもりなのっ。ろくでなしっ！」

私の声は、湿った夜気の中で細かく震え、拡散していった。彼が、私に内緒で引っ越してから、既に二週間が過ぎていた。住宅地の中にある、小ぢんまりとしたマンションは、通りに面して出窓があり、そこには真新しいレースのカーテンが吊《つ》られている。何と、彼はそのマンションに、女と二人で越してきたのだ。あんなにもスキャンダルを恐れ、こんなに長い年月を、私を日陰に追いやっていた彼が、こともあろうに年上の女なんかと。

「大体、その女は何なのっ。どうして、私たちの家に、そんな女を連れ込むの。どこまで私を馬鹿《ばか》にしたら、気が済むのよ！」

怒鳴りながらも、涙がこみ上げてくる。この二週間というもの、私は毎日このマンションの前までやってきて、何とかして彼の気持ちをほぐそうとしてきた。だが、彼は姿を見せようともしなかった。私は幾度となく巡回の警察官に呼び止められ、氏名や住所を聞かれた。その都度、私は彼の妻であること、夫が勝手に家を出て、愛人と暮らし始めているのだということを説明した。

「事情は分かりましたが、隣近所に迷惑でしょう。こんな夜更《よふ》けに、大声出さないで下さいよ」

私だって、何も隣近所にまで恥をさらしたいとは思っていない。けれど、彼はどうしても私と話そうとしないのだから、仕方がなかった。私は、何度となく彼の部屋のチャイムを鳴らし、話し合いに応じてくれるように頼み続けた。その挙げ句の果ての行為だったのだ。

「こんなことを繰り返したって、何にもならないんだから！」

流れる雲間から、青い月が顔をのぞかせた。私の影が、目の前の窓を通して、レースのカーテンに落ちた。裾《すそ》にたっぷりとフリルのついた、見慣れないカーテンだ。私は、すぐにでも手を伸ばして、そのカーテンを引きちぎりたい衝動に駆られた。

「ドアを開けられないなら、せめて、顔くらい見せたらどうなのっ！」

その時、月明かりの下で、そのカーテンが微かに揺れたのが見えた。

「——いるのね」

私は、さらに窓辺に近付き、今度はその窓を叩き始めた。

「隠れたって無駄よ。出ていらっしゃい、卑怯者《ひきょうもの》！」

私は窓を激しく叩き、大声を張り上げ続けた。分かっている、カーテンの向こうには、確かに彼がいるのだ。息を殺して、こちらの様子をじっと窺っている。駄々っ子そのものの顔をして、隠れん坊を楽しんでいるかのように、私が根負けするのを待っているのだ。または、新しい愛人の肩を抱いて、恐《こわ》がってるふりでもしているのだろう。でも、私はいつまでもオニなんかしていたくない。

「出てこいって、言ってるじゃないのっ！」

窓を叩き続けているうちに、どこからか「うるさいぞっ」という声が聞こえてきた。私は、きっと振り返ると、夜空に向かって「そっちこそ、うるさいっ！」と怒鳴り返した。見回すと、方々の家の窓や玄関に、人の影が見える。近所中の誰もが、夜更けの痴話喧嘩《げんか》を見たくて、こちらの様子を窺っているのだ。だが、私はもはや羞恥心《しゅうちしん》さえもかなぐり捨てていた。

「畜生、馬鹿野郎！　あんたのために、私がどんな思いをしてきたか、分かってるのかっ。あんたが、絶対に一緒になるって約束したから、私は、ずっと待ち続けたんじゃないかっ」

さらに窓を叩いても、何の反応もない。私は玄関に回り、チャイムを鳴らし続け、さらにドアを蹴《け》った。それに疲れると、再び出窓の前に戻り、ガラス窓を叩き続ける。

全身汗みずくになり、顔からは、幾筋もの汗と涙が伝って落ちた。

「出てこい、ペテン師野郎！　何がアイドルだ、何がスターだ、クソ芸能人！」

私は、肩で息をしながら振り返った。そして、今度は口元に手を添えて「皆さぁん！」と叫んだ。

「注意して下さい、皆さぁん！　ここに越してきたのは、売れない歌手です！　ちっとも曲が売れない代わりに、女ばかりだましてる、とんでもない男です！　六年前に私をレイプして、知らん顔をしてる男なんです！」

声を限りに叫んでいると、カーテンの向こうから「やめろっ！」というくぐもった声が聞こえてきた。その途端、私は怒鳴るのをやめて振り返った。やはり、彼はそこにいたのだ。私は、その辺に転がっていた石ころを拾い上げ、窓に向かって思いきり投げつけた。

「嘘つき！　出てこい！」

ひとつ、ふたつと投げても、ガラスはびくともしない。私は息を切らしながら、月明かりの中で小石を探して歩き、片っ端から投げ続けた。

「言いたいことがあるんなら、ちゃんと出てこいっ！」

それでも、彼は姿すら見せなかった。ついに、私はマンションの前に置かれていたブロックを両手で持ち上げ、それを思いきり投げた。胸のすくような音がして、ガラスは粉々に砕け散り、カーテンが、大きく揺れた。一瞬、悲鳴のような声が聞こえて、飛び散ったガラスの破片の一つ一つに、月の光が落ちた。

「ざまあ見ろ！」

私は息を切らしながら、その破片を踏みしめ、窓ににじり寄って、今度はカーテンに手を伸ばそうとした。

「やめてえっ！」

中から女の悲鳴が聞こえる。その声が余計に私から理性を奪おうとした。

「人の夫を奪っておいて、何が『やめて』なんだっ！　やめてもらいたいのは、こっちの方だっ！」

背伸びをしてカーテンをつかみ、思いきり引っ張ろうとした時だった。強い力が私の肩を掴《つか》んだ。

「ちょっと、あんた、何してるの」

気がつくと、背後に二人の警察官が立っていた。まったくの無表情で、彼らは左右から私の腕を押さえつけようとする。

「駄目じゃないか、こんなことして」

「離して！　夫婦喧嘩に、口出ししないでよっ！」

私が金切り声を上げた途端、背後から「そんな女は知らない！」という声がした。

振り返ると、いつものジーパンにＴシャツ姿の彼が窓辺から顔をのぞかせていた。

「もう、うんざりだ。あることないこと、好き勝手に言いやがって。お巡《まわ》りさん、今度こそ、その女捕まえて下さいよ！」

月明かりのせいか、彼の顔は、真っ青に見えた。私は、両脇を挟まれながら「何、言ってるのよ！」と叫んだ。すると、彼の姿はカーテンの奥に消え、今度は玄関の扉が開いた。彼が出てくる時、その後ろに、女の姿が見えた。

「――あんな女を連れ込んで。一体、どういうつもりなのよっ」

私は、絶望的な気分になって、歩み寄ってくる彼に言った。

「私たち、夫婦じゃない。あなたが結婚しようって、言ったんじゃないのっ。それなのに、私を締め出して、その上警察に引き渡そうっていうの？　どうして？」

「誰と誰が、夫婦だっていうんだよ。何度も言うがな、俺はおまえなんか知らないんだよ」

彼の声は、青い月夜の底で澱《よど》んでいるように聞こえた。私は、思わず背筋に寒いものを感じながら、それでも引き下がるまいと思っていた。

「どうしてよ――そんなに私が邪魔なの？　あんなに尽くしたのに、あなたのために、すべてを犠牲にしてきたのに」

私が警官に押さえつけられているからか、彼は私のすぐ目の前までやってくると、いかにも憎々しげに私を睨みつけた。そして、食いしばった歯の間から、やはり押し殺した声を出した。

「俺が、いつおまえに尽くさせたんだよ、ええ？　何を犠牲にさせたって言うんだよっ。第一、おまえは、何者なんだよ。ええ？　俺が、何をしたって言うんだ？」

「――あなた、何、言ってるの？　そんなに人目が気になるの？　もう、心配することなんか、ないじゃないの。もう、アイドルなんかじゃないのよ。普通の恋人同士として暮らしていかれるのよ」

私はすがりつくような思いで彼を見上げた。だが、彼は大きく舌打ちをすると、私の腕を摑んでいる警官の方を見て「これですからね」と言った。

「僕が覚えている限りで、もう三、四年も、つきまとってるんです」

警察官は、半ば感心したような表情で大きく頷《うなず》いている。

「こっちだって、人気商売ですからね、熱心なファンだと思えば、ある程度は我慢しますよ。だけど、この女のやり方は、半端《はんぱ》じゃないんだ。正直なところ、僕はこの女に、どれほど迷惑をかけられてるか、分からないんです」

「三、四年なんかじゃない、六年よ！　六年前に、あなたは私に『愛してる』って、言ったじゃないの」

「それは、歌だろうがっ！　俺の、歌だよ！」

私は全身汗みずくになりながら「ちがう、ちがうっ」と首を振り続けた。額からも、頰、首筋からも、汗が滴《したた》り落ちる。警官に摑まれている腕も滑りそうだった。

「毎日のように、脅迫状を送りつけてきて、無言電話は数え切れないくらいだし、それが嫌だから引っ越せば、どこまでもついてくる。もしかしたら、合い鍵《かぎ》を使って、部屋の中に入ってたかも知れないんですよ。一体、俺に何の恨みがあるんだよっ！」

私は、信じられない思いで彼を見上げていた。恨みですって？　こんなにも、あなたを愛してるのが、どうして分からないの？　私は、あなたと運命で結ばれてるんじゃないの。

「私は、あなたのためだけに、生きてきたのに――」

全身から、力が抜けそうだった。警察官が、そんな私を支えて、パトカーに向かって歩き出そうとする。

「とにかく、話は署で聞くからね。行こう」

身体《からだ》を引きずられるようにして、パトカーに運ばれていく途中、背後から「二度と、出てこられないようにして下さいよ」という彼の声が聞こえた。その途端、私は理解した。私たちは、確かに運命によって結ばれている。けれど、その意味が違っていたのだ。私たちは、愛し合うのではなく、互いにどちらかが滅びるまで、憎み合う運命だったのだと。

——もう、我慢なんか、しない。

青い月明かりが、引きずられていく私の影を映し出していた。私はその影を眺めながら、今度彼に会うときは、本気で彼を滅ぼそうと決心していた。それが、二人の運命《さだめ》なのだと確信した。

他人の背広

控え室代わりに使っている広い部屋に戻ると、他に人気はなく、整然と並べられている机の上に置かれていたはずの荷物もかなり減っていた。大きめの窓からは沈む直前の真っ赤な夕陽が射《さ》し込んでいて、ふと、学生時代の教室の風景を思い出させる。時計を見れば、もう六時になろうとしていた。

「あちゃあ。まいったな」

元基《もとき》は、思わずため息を洩《も》らしながら、窓際《まどぎわ》の机に近付いた。朝、自分が置いたままに、黒いブリーフ・ケースが夕陽を受けて立っている。他に荷物が置かれているのは、あと三つ、四つの机だけで、今朝方にはおよそ三十人は揃《そろ》っていたと思う人々のほとんどが、もう帰ってしまったことを告げていた。

これでは、完全に悦子との約束には間に合わないだろう。

「よりによって、今日、だもんなあ」

元基は、机の上に頼りなげに立っていたブリーフ・ケースをばたん、と横に倒すと、意味もなくその机に両手をついて、もう一度ため息をついた。久しぶりに締めたおかげで、どうも息苦しくてならないネクタイの結び目に人差指を入れ、乱暴に緩める。頭の中では、悦子への言い訳をあれこれと考え始めている。前回のデートの時も、ソフトのバグが発見されたお陰で、待ちぼうけを食わされた悦子は、今日こそはかんかんに怒るはずだ。

とにかく、一分でも早く、待ち合わせの場所にたどり着かなければならない。こんなことならば、やはり喫茶店で待ち合わせをするべきだったのだと思いながら、たいして重たくもないケースを引きずり下ろすように持ち、部屋の出口に向かう。

「あ、そうだ。今日はスーツだったんだな」

出口に向かったところで、妙にすがすがしい気分なのに気が付いて、元基は慌《あわ》てて振り返った。

着慣れないスーツなど着て、しゃちほこばって来たものの、結局はワイシャツの上からぺらぺらしたジャンパーを羽織って仕事をすることになった。だったら、わざわざ背広など着て来るのではなかったなどと思いながら、部屋の奥の壁の方を見れば、可動式ラックに並んだハンガーには、まだ残っている人の人数分だけ、上着がかかっていた。

――こういうところがケチなんだよな。ロッカーくらい用意すればいいのに。

元基は、残っている数着のうちのグレーの上着に小走りに向かうと、乱暴にハンガーからむしり取り、さっさと袖《そで》を通して、今度こそ控え室を後にした。

長い廊下から見える外の景色は、まだ夕焼け色に染まっていて、一日が完全には終わっていないと告げている。元基は再び腕時計に目を落としながら、入ってきた通りに建物の出口に向かった。うまくいけば、三十分の遅刻、電車の接続が悪ければ、四十五分は待たせることになりそうだ。

「入館証を」

「あ、そうか」

大きな企業になると、建物に出入りする人間には特に注意を払っている。建物の出入り口には、小さな部屋が作られていて、そこには制服姿の警備員がいる。元基は、せかせかとした手つきで上着のポケットに手を入れた。

「あれ、こっちじゃないか」

右のポケットに入っていないから、ブリーフ・ケースを持ちかえて、左のポケットを探る。その間も、眼鏡をかけた胡麻《ごま》塩《しお》頭の警備員は、静かな表情で元基の全身を観察している。

「ああ、ありました。はい」

「御苦労さまでした」

これからの一週間のためだけに発行された、白地に青いラインを引かれている入館証を確認すると、警備員は水色の、胸に誇らし気に会社のトレードマークの入っているシャツ姿で、大げさに敬礼をして見せた。

外へ出ると、広い敷地内のそこここに、濃いピンク色のツツジの花が咲き乱れていて、それが宵闇《よいやみ》の中で造花のように見えた。建物と建物、そして所々に設けられている小さな花壇や植え込みの間を縫う通路は、一般公道と同じように舗装され、ところどころには交通標識も立っている。

――いいよな、でかい企業は。余裕が違うよな。

元基は、研修用の建物から正門に向かって走り出した。正門前の管理小屋でも、もう一度入館証を見せ、背後に噴水の涼しげな音を聞きながら、この大手電機メーカーの敷地から出ると、目の前には客待ちのタクシーが数台並んでいる。

――タクシーを使う人も、多いのか。

少し考えたところで、元基はタクシーに向かって歩き出した。とにかく、少し一服したい気分と、早く待ち合わせの場所に行きたい気持ちが、せめぎあっていたのだ。

「新宿ね」

タクシーに乗り込む時に、上着のポケットの中にバラで入っている小銭がちゃり、と鳴った。

「急いでくれるかな。待ち合わせに遅れそうなんだ」

スムーズに発進したタクシーのシートに身を沈め、元基はそこでようやくワイシャツの胸のポケットから煙草《たばこ》を取り出した。昼休み以来の煙草を深々と吸い込みながら、ここから毎日タクシーに乗る人がいるのだろうか、などと考えた。

1

やはり、タクシーになど乗るべきではなかった、と後悔したときには、既に渋滞の首都高速に乗ってしまっていた。苛々《いらいら》としながら、待ち合わせの場所の大分手前でタクシーを捨て、あとは走って、やっとの思いでたどり着いてみれば、約束の時間から既に一時間二十分も遅れていた。

陽はとっぷりと暮れ、既に酔っぱらいの姿まで見える時刻になってしまっている。

「まいった……」

元基は大きく舌打ちをすると、しばらくの間、息を切らしながらその場に立ち尽くしていた。額からは汗が滴《したた》り落ち、急にがっくりと疲れが出て来る。ただでさえ蒸し暑い日だったのに、そのうえ背広まで着て、しかも走ったおかげで、かなり汗をかいていた。

「——あ？」

上着のポケットからハンカチを取り出し、思いきり額を拭《ぬぐ》った後で、元基は、そのハンカチをしげしげと眺めた。

それは、見覚えのないハンカチだった。黒と焦《こ》げ茶と白の細かいチェックの、元基の趣味とは異なるハンカチが、手の中にある。

「——」

ハンカチをポケットにしまい込み、指先だけでポケットの中身を確認してみる。小銭が指先に当たる。それから、レシートらしい紙が入っている。

「——」

元基は今朝、出がけにポケットを確認し、しわくちゃになったレシートをテーブルの上に放り出してきたことを思い出した。その後、レシートをもらうような買物はしていない。ましてや、元基は小銭はズボンのポケットに入れるのが癖だ。

「――」

頭がかっと熱くなった。急いで上着の上から胸のポケットの辺りを触ってみる。左の内ポケットに何かが入っている。取り出してみると、それは全く見覚えのない定期入れと名刺入れだった。

――間違えた！

今度は、すっと血の気が失《う》せていく。

確かめもしないで着てきてしまったが、元基の上着ではなかったのだ。誰か、他の奴《やつ》のを着て帰ってきてしまった。色も形もそっくりの、赤の他人の上着を着てきてしまった。

恐る恐る、上着に入っているネームを見てみる。

荻原《おぎわら》――。

元基は、絶望的な気分になって天を仰いだ。オレンジの刺繍糸《ししゅういと》で縫い取られている名字は、荻原。元基の物ではなかった。

上着の本当の持ち主、荻原という人が、今ごろは元基の上着を着ている。そして遅かれ早かれ、自分が違う人間の上着を着ていることに気付くだろう。彼は、今の元基と同じように上着のネームを確かめ、そこに「荻原」でなく「滝口」と入っていることを知る。自分の定期入れの代わりに、元基の定期入れを見つけ、元基のハンカチ、元基の手帳を見つける。

そこまで考えた時、猛然と腹が立ってきた。元基が帰ろうとしたとき、グレーの上着は確かに一着しか残っていなかったのだ。だからこそ元基は、たいして確かめもせずに、その上着をハンガーから引っぱがして袖を通した。つまり、荻原という男が先に間違えたのだ。

決して、元基が故意で間違えたことではない。

「どういう日なんだよ、もう」

急いで、自分の上着に入っていたものを思い出す。定期、ハンカチ、ティッシュ、ボールペン、それから手帳、確か、それしか入っていないはずだ。財布やカードの類《たぐい》は、今もちゃんとズボンの尻《しり》のポケットに入っている。

とりあえず、カードを勝手に使われる心配はなくなった、と思うが、自分の上着とそっくりでありながら、赤の他人のものだと分かった途端、上着は急に着心地が悪くなった。

　やり場のない苛立ちが、むらむらと湧《わ》き起こって来る。荻原だか何だか知らないが、注意力がないにも程があるではないか。だが、ロッカーの一つも用意していない、あの会社も悪いのだ。五時には終わると言いながら、六時まで残されたおかげで、悦子を怒らせてしまった。後から後から不満が出てきて、結局の所、大手企業の下請け会社にしか入れなかった自分にも、勝手に研修とも開発とも分からないものに派遣することを決めた課長にも、すべてに腹が立ってきた。

　元基は苛々としながら、とにかく電話ボックスを探した。笑いながら電話に話しかけている若い娘をにらみつけ、彼女がやっと電話を切ったところで、乱暴に自宅の電話番号をプッシュし、続けて暗証番号をプッシュする。

「もしもし、悦子です。三十分も待ってるのよ、どうしたのかな」

「もしもし、悦子です。四十五分過ぎました。あと十五分だけ、待ちます」

「悦子です。帰ります。ばか」

　続けざまに三本のメッセージが流れ、テープは切れた。

　元基はがっくりと肩を落とし、のろのろと電話ボックスから出た。後ろに並んでいた中年の女が、すれ違いざまに、わざとらしく鼻を鳴らしたのが聞こえた。振り仰げば、時間的にはもうすっかり暗くなっているというのに、人工の明りに照らし出されたビルの上を、カラスらしい影が二羽飛んで行くのが見えた。ようやく気温が下がってきて、まだしっとりと汗ばんでいる元基の額を、五月の乾いた風が吹き抜けて行く。元基は、そこいらの物を蹴《け》り飛ばしたい衝動にかられながら、駅に向かいかけ、そこで思い直して、他の方向へ歩き始めた。とてもまっすぐアパートに帰る気分ではなかった。

2

一人で居酒屋に入ると、生ビールと簡単なつまみを注文し、元基はさっそく「荻原」という男の持ち物を検査し始めた。向こうも今ごろは、元基の持ち物をひっくり返して見ていると思うと、ますます気分が悪くなる。

親会社のお偉いさんの気まぐれだろう。下請け、孫請け会社の技術者を呼んで、研修も兼ねてシステムの開発を実地にやらせるなどということを考え出してくれたおかげで、元基は一週間だけ、あの建物に通うことになった。集まってきた人間は、各々《おのおの》違う会社から派遣されているから、互いの素性も名前も分からない。荻原という男がどんな男なのか、元基は想像すらつかなかった。

何の変哲もない定期入れには、飯田橋と、元基と同じ小田急線の柿生《かきお》を結ぶ定期券が入っていた。ヤツは飯田橋の会社に勤務し、元基と同じ電車に揺られて、元基よりも少し遠い柿生駅で降りるらしい。他には、聞いたことのない社名の入った荻原雅也《まさや》という名刺が数枚、見知らぬ名前の名刺、テレホン・カード、それにクレジット・カードが二枚入っていた。

「――ふうん」

定期入れをぴしゃぴしゃと手のひらに叩《たた》き付けながら、思ったほど面白味のない内容に、元基は半ばがっかりしていた。

今夜ならば、このクレジット・カードを使ってしまうことくらいは可能だ。だが、元基の上着が向こうの手元にある以上、そんなことをすればすぐに分かってしまうだろう。

――馬鹿《ばか》な野郎だよな。

喉《のど》を鳴らしてビールを飲みながら、それでも不快感は納まらない。もう一度、すべてのポケットを探り、メタル製のきざな名刺入れの方も覗《のぞ》いてみる。すると、そちらの方には、名刺は入っておらず、四つに畳まれた一万円札が三枚と、避妊具が入っていた。

「へえ」

今日、集まった技術者は、ほとんどが元基と同じ、二十代の後半から三十代、といったところだったと思う。荻原は、自分と元基の上着とを間違うくらいだから、年齢も近く、背格好も似たような男なのだろう。

「親父《おやじ》さん、刺身の盛り合わせね」

苛立ちながらも、何となく意地の悪い気持ちになって、元基はその三万円を右のポケットに移し換えた。タクシー代が案外かかってしまったし、悦子と会ってから、銀行のキャッシュ・コーナーで金を引き下ろそうと思っていたのに、それにも間に合わなかった。今、元基自身の財布は、もう情けない程しか入っていない。

――借りるだけだ。ちゃんと返すんだから。

「あとさ、日本酒にかえて」

「はいよっ」

掘炬《ほりご》燵《たつ》式になっている座敷では、コンパらしい団体があちこちから、威勢のいいかけ声や嬌声《きょうせい》を発している。

何度か悦子に電話しようかと思ったが、こんな雑音に紛れて電話をすれば、彼女の怒りは余計に増大される気がしたし、いま、悦子のきんきん声を聞く気分にはなれなかった。

荻原という男のことや、仕事のことなど、あれこれと考えながら、かなりのピッチでグラスを空け、酔いが回ってきたところで、元基は場所を変えることにした。とにかく、気分をすかっとさせたかった。

一人で盛り場をうろつき、風俗営業の店にでも入ろうかとも思ったが、景気付けに二軒ほど梯子《はしご》をして、最後に入った店で、水割り一杯に六千円も取られ、結局元基の手元には、荻原の一万円札が一枚しか残らなかった。

「ちきしょう、何でこんな一日になっちまったんだ」

夜はかなり更《ふ》けている。ふらふらと歩いていると、アベックの姿ばかりが目についてしまう。元基は、自分がよろけているのを自覚しながら、ぐらぐらする頭を抱えてタクシー乗り場に向かった。腹の中のもやもやする怒りは、増幅こそされたものの、一向に納まる気配がない。

「おい、並べよ」

停まっているタクシーに乗り込もうとすると、後ろから誰かが元基の肩を掴《つか》む。元基は、それを振り払った勢いで、地面にひっくり返った。その瞬間「馬鹿野郎っ」という声が自分のものとは思えないくらいに遠く聞こえた。

誰かが、背広の胸ぐらを摑んで元基を起こそうとする。

「文句あんのかよ、ちきしょう！」

元基は大声でわめき、顔もよく分からない相手に摑みかかった。左の頬に熱い衝撃が走る。遠くで「よせよ、酔っぱらい相手に」という声が聞こえる。元基がなおもブリーフ・ケースを振り回していると、次には腹を殴られた。元基は、前屈《まえかが》みになりながらも相手につかみかかったが、その途端にこみ上げて来るものがあった。

「ああっ、汚ねえっ、この野郎！」

――駄目だ、このままだと、駄目だ。

何とか足をふんばりながら、元基は歪《ゆが》んだ視界の隅に見えるタクシーに走り寄り、そのまま後ろのシートに倒れ込んだ。だが、何故《なぜ》かタクシーは走り出さない。必死で顔を上げてみれば、男が、ドアを押さえているのだ。

「おいっ、だったら、譲ってやるがな、クリーニング代は、請求するからな。酔っぱらい野郎っ！」

再びこみ上げて来る吐き気を堪《こら》えながら、元基は上着の胸のポケットから定期入れを出し、相手に向かって投げつけた。

「勝手にしやがれ！　伝票でも何でも回せよ！」

「お客さん、困るなあ」

「いいから、狛江《こまえ》、狛江ね」

運転手が顔をしかめながらこちらを見ている。元基は片手をシートにつき、もう片方の手で運転手を拝む真似《まね》をしながら、ろれつの回らない舌でアパートのある街の名を言った。

何とか目の焦点を合わせて、元基の定期入れを見ている男を見定めようとするのだが、視界は歪んだままで、相手の動作は分かるのに、どうしても顔が覚えられない。

「荻原、名刺、もらったからな！　しょうがねえなあ、ったくよおっ」

男はもうシートに崩れ込んでいる姿勢の元基の胸ぐらを掴み「覚えたからな」と言うと、内ポケットに定期入れをねじ込んで来た。

3

翌朝、元基は、胃に二日酔いのむかつきと、よく覚えていないのだが、とにかく殴られたらしい頬の痛みを感じながら、這《は》うようにして起き出した。頭は一向に働き出さず、何も考えられないままに、機械的に手を動かして、昨日と同じ服を着る。アパートを出て、歩き出しても気分は一向に冴《さ》えず、昨晩の自分の愚かさを呪《のろ》い、悦子に電話もしなかったことに焦《あせ》り、それにしても、たいして酒も強くなく、喧嘩《けんか》にも慣れていない自分が、昨日に限ってどうしてあんな騒ぎを起こしてしまったのだろうか、ということばかりを考えていた。

「いけねえ、会社に行くんじゃないんだ」

山手線に乗って、しばらくしてから、今週は研修に行くのだということを思い出し、慌てて次の駅で反対方向の山手線に乗り換えた時になって初めて、背広のことを思い出した。

――やばいぞ。どうする。

だが、電車を乗り違えたおかげで、とても銀行に行っている暇がない。何も考えずに定期券を使ったが、それは元基が住んでいる街よりも、荻原という男が同じ沿線でありながら少し遠くに住んでいたおかげだ。

再び、二日酔いの重い頭に昨日のことが蘇《よみがえ》って来る。昨日、元基は喧嘩をした。その時のことを思い出そうとするのだが、どうにもはっきりしない。とにかく最後に「荻原」と呼ばれ、クリーニング代がどうのと言われたことだけは思い出した。

——まいった。

結局、何も考えられないまま、遅刻ぎりぎりに昨日と同じ控え室に着くと、後ろのハンガーにはもうたくさんの上着がかけられていた。

「滝口さん、早く。来ないのかと思いましたよ」

本社の技術者に呼ばれて、元基は慌てて荷物を置き、上着をハンガーにかけると、そのまま開発室に走った。またもや胃がむかついて来そうだった。

——まあ、いいか。本人が現れたら、その時に説明しよう。

元基はその日もたっぷり一日コンピューターの前に縛り付けられ、思うように働かない頭に鞭《むち》を打ち、やっと解放された時には、やはり六時近くになっていた。控え室に戻ると、昨日と同様、残っている荷物は数えるほどしかない。ふと、後ろのハンガーを見れば、グレーの上着は今日も一着しか残っていなかった。

「……あれ」

元基は、ゆっくりとハンガーに近付き、上着のネームを見て、拍子抜けした気分になった。ネームは「滝口」になっている。元基の上着に違いなかった。荻原は、またもや元基の知らない間に、元基の上着を返して来たのだ。

「見れば見る程、似てるよな、やっぱり」

元基は、しげしげと自分の上着を見ると、ゆっくりと袖を通した。おそらく、向こうも上着を間違えたなどと言うのが照れくさかったのだろう。

だが、荻原は、今ごろ三万円が抜き取られていることに気付いているだろう。それから、昨日喧嘩した汚れにも。もしかしたら、早くも見知らぬ男から、クリーニング代の請求が回って来ているかも知れない。

――まあ、明日だ、明日。

まずは、自分の上着が無事に戻ってきたことで、元基はほっとしていた。中身を確かめてみたが、相手は元基の持ち物には、指一本触れていないようにさえ思われた。ほんの少し、良心がちくりと痛んだが、それも理由をきちんと説明すれば分かってもらえないことではない。何しろカードを使ってしまったなどという、悪質なものではないのだ。

ようやく胃のむかつきもおさまって、元基はゆっくりと帰途についた。今日は何も急ぐ必要はなかった。

翌朝、元基は出がけにクリーニング店に寄った。他人が袖を通したと思うと、なんだか気持ちが悪いし、心なしか、少し変な匂《にお》いがうつっている気がしたのだ。

今朝は自分の定期を使い、電車にも間違わずに乗り、親会社の手前にある銀行で金をおろし、荻原に声をかけられても大丈夫なように整えて、元基は研修所に行った。ところが、その日も荻原は元基に接近してこなかった。翌日も、翌々日も、相手は現れない。ついに、研修の最終日、元基はハンガーにかけられた上着を見渡してみた。だが、明らかに元基の物とは柄もデザインも違うグレーの上着が登場したものの、元基の上着とそっくりな物は見あたらない。

――奴は、気が付いていないんだろうか。

ふと、そんな気になる。あれは、どうみてもいざという時の金に違いない。こうして毎日ここに通っている間は「いざ」という場面に遭遇しないのかも知れない。

――ラッキー、だったかな。

研修期間が過ぎてしまえば、ここに集った連中は、再びそれぞれの会社に帰って行く。そうなってから、金がなくなっている事に気付いても、どうすることも出来ないだろう。いつ、金がなくなったのか、後になればなるほど分かりにくくなることは確かだ。

元基は、少しだけ得をした気分で、親会社での最後の一日も黙々と仕事を続けた。

悦子は怒ってはいたけれど、研修の話をしたら納得してくれた。来週、通常の勤務に戻ったら、また会える。

「滝口さん、滝口さん」

最後の一日がようやく終わろうとしていた時、いつも出入り口の小さな部屋にいる警備員が、開発室の扉から顔を出した。

「滝口さんを探してる人がいるんですが」

警備員は、小部屋にいる時には被《かぶ》っていない帽子を被り、奇妙な顔をしている。元基はとっさに荻原が現れたのだと思った。

頭の中で財布の中身を点検し、荻原に返そうと思っていた三万がまだあることを確認しながら、ゆっくりと開発室を出ると、そこには自分とは似ても似つかない背格好の男が二人立っていた。胸のポケットから、黒い手帳を見せる。

「滝口元基さん、ですね」

大きな、四角い顔をした男が重々しい声で言う。元基は顔がかっと熱くなるのを感じた。荻原の奴、自分の三万がなくなったからといって、すぐに警察に通報するとは何事だ、と思った。

「ま、待って下さい。あれは、仕方がなかったんです。ちゃんと、後で向こうが来たら、事情を説明しようと思ってたんだ」

「無理ですよ」

「——え？」

「相手は死にました」

ぽかんとしていると、刑事は無表情のまま、口だけを動かした。

「あなたがクリーニングに出した背広から、血液反応が出ました」

「目撃者もいるし、被害者はあなたの名前を覚えていた。背広のネームをね」

もう一人の刑事が、そう言いながらすっと元基の横に立つ。

「とにかく、署に来ていただきましょうか」

「僕じゃない！　それ、僕じゃありません！」

「じゃあ伺いますが、あなた、今週の月曜日の夜、どうしてました」

「あ——月、曜日は、僕は——」

その時、元基の頭に蘇る声があった。あの夜、酔ってタクシーに乗りこんだ時に聞いた声だ。「覚えたからな」あの男はそう言った。荻原だな、と言った後で——。

急にめまいがして、元基は真っすぐに立っているのも辛《つら》くなった。脂汗《あぶらあせ》がじっとりとにじんで来る。

「それは荻原です。荻原がやったんだ！　僕は、誰も殺してなんか――」

――だけど、俺があいつのアリバイを作っちまったんじゃないのか。喧嘩して、殴られて！

「とにかく、御同行願いますよ。事情は、署でゆっくりうかがいます」

刑事に腕を取られ、元基は今日で最後の、研修所の長い廊下を引きずられるように歩き出した。ちょうど途中の部屋から出て来た男が、大袈裟《おおげさ》なくらいに驚いた顔をした。ちょうど元基と同じような背格好の、紺色のスーツを着た男だった。

団《だん》欒《らん》

1

ヘッドライトが闇《やみ》をさぐり、見慣れた白い塀を浮き上がらせる。角を曲がると右手に浩之《ひろゆき》の家の金木犀《きんもくせい》の木が浮かび上がり、それからすぐにライトは向かいの家の門柱を探り当てる。浩之は左のドアミラーと向かいの家の表札が重なって見えるところまで進んでからギアをバックに入れてハンドルを右に切り、あとはたいして後ろを確認もせずに車をバックさせた。

かなり急な傾斜のついている半地下のガレージにバックで入るとライトが向かいの家の塀から屋根までを順になめていく。ハンドルをたてなおそうとしたとたんに、ぎぎっと嫌な音がした。

「あれっ。ちきしょう」

どうやら右をこすったらしい。前の車に比べて少し大きいから、どうも感覚がずれている。浩之はギアを入れ替え、車を一度前に出すと、再びそろそろとバックした。

どうやら無事に車庫入れを済ませてキーを抜くと、闇と静寂とが浩之をつつむ。湿度の高い晩だった。

取りあえず車をおりて、ガレージ用に引いてある電気のスイッチを入れると、浩之は車の傷の具合を確かめた。細い引っかき傷が二本、ワックスをかけたばかりの車体に走っている。だが、へこみや歪《ゆが》みは出ていないからたいしたことはないだろう。それだけを確かめると、浩之ははっと気付いてガレージを元の闇に戻した。

さて、これからどうしようかと考えていると、突き当たりの扉が開いて母の順子《じゅんこ》が顔を出した。

「あんた、今こすらなかった？」

「聞こえた？」

「ちょっと、嫌よ。どこよ」

「たいしたことないよ。ほんのちょっとだから」

「またお父さんに文句言われるわよ」

順子はサンダルをひっかけると足元にとぐろを巻いているホースをまたいで、車と壁との隙間《すきま》に入りこんできた。

「電気くらいつけなさいよ」

スイッチをさぐって浩之が消したばかりの電気を再びつけると、母は浩之の隣までやってきた。

「あら、嫌だなあ、目立つじゃないの」

順子は浩之の傍で上体を屈《かが》ませると指で傷をなぞっていたが、ふいに小さく「あらっ」と言った。半地下になっているガレージは天井が低く、圧迫される感じが強い。浩之は少しだけ息苦しくなって、思わずため息をついた。順子がゆっくりと浩之を見上げる。

「——お客さま？」

助手席には小首を傾《かし》げたような姿勢の頭がある。浩之の目の前で、順子はまるで動こうとしないその頭を覗《のぞ》き込んだ。

「送る途中か何かなの？」

「そうじゃないんだけどさ」

浩之はどう説明したら良いものかと考えて、もう一度深呼吸をした。

「——つまり、連れてきたんだ」

「連れてきたったって、あんた、こんな夜更《よふ》けに」

「だって――」

順子は車の窓に顔を近付けて中を覗き込んでいたが、いつまでも頭が動かないのを知ると、不審そうに浩之を見上げた。

「――死んじゃったんだ」

浩之は順子から目をそらすと、口を尖《とが》らせてつぶやいた。こうなってしまったからには仕方がない。

順子は何のことだか分からないという表情のまま、少しの間、浩之を見ていたが、やがて浩之を押し退《の》けると車の反対側に回って、もう一度窓に顔を近付けた。何度見ても同じことなのだ。浩之だって、さっきからもう何回彼女の顔を眺めたか分からない。だが、何度見ても彼女は息を吹き返さないし、動きもしない。

「キーを貸して！」

順子の言葉に浩之は握ったままだったキーを手渡した。順子は助手席のキーを開けると、そっとドアを引いた。そのとたんに、ドアにもたれていた彼女がずるっと倒れて来るのが浩之からも見えた。順子の口からひいっという声にならない声が洩《も》れ、彼女はいそいでドアを押し戻した。

「お、お父さんを起こしてくるわ」

順子は震える声で言うと、ホースにつまずきながらあたふたと奥の扉に向かう。浩之は慌《あわ》てている母親の姿がひどく滑稽《こっけい》に見えて、俺はこんなに落ち着いているのにと思いながら順子の後ろ姿を見送った。やはり電気は消した方がいいだろう。こんな夜更けだって人が通らないとは限らない。何気なくこっちを見て、急な傾斜のついているガレージの中に死体をみつけたら、それこそ大騒ぎになってしまうのは目に見えている。

浩之はガレージを再び闇に戻して、手持ち無沙汰《ぶさた》のまま、しばらくの間ぼんやりと父親を待っていた。もう夏の虫が鳴き始めていた。

2

順子に背を押されるようにしてガレージに現われた良彦《よしひこ》は、順子と色違いのスウェットの上下を着ていた。暗い中では分からないが、たしかオムレツみたいな真っ黄色だったはずのスウェットと黒いアクリルの眼鏡はひどく不釣り合いで、おまけに風呂《ふろ》から上がったままのぼさぼさの白髪頭も不釣り合いだった。

「――本当なのか」

良彦はガレージの電気をつけずに声を殺して浩之に言った。

「母さんの言ってること、本当か」

浩之は闇の中でうなずいて見せた。闇に慣れてきている目に、頭を掻《か》きむしりながら苦虫を噛《か》みつぶしたような父の顔がはっきり見える。

「気絶しているだけっていうことはないんだな」

良彦は再度確かめるように言った。

「最初はそうだと思って、俺も何度かゆすったり叩《たた》いたりしてみたんだけど――」

「――駄目か」

夏の虫が鳴いている。暑いというほどではなかったが、べったりと湿気を含んだ夜気がワイシャツの袖口《そでぐち》から入りこんでくる。早くシャワーを浴びてビールでも飲みたいところだった。

良彦は小さく舌打ちをしながら助手席のある側に回った。途中でやはりとぐろを巻いているホースにつまずいた。

「ホースは壁にかけておけって言ってるだろうっ。そのためにコンクリートの壁にフックを取り付けたんだぞ」

父は、声を殺したままで順子に言う。母は言われ慣れていることだから、たいした反応も見せずに、ただ黙っていた。

やがて良彦がゆっくりと助手席の扉を引くと、外の明かりで見えていた助手席の頭は再びしずかにずれて、良彦に倒れかかるのが見えた。良彦はぐうっという声を上げて、スウェットの胸に倒れこんできた頭をささえている。

「あったかいじゃないか」

「そんなに時間たってないから——」

「怪我《けが》は」

「してない」

「じゃあ血は出てないんだな」

「出てないよ」

短い言葉のやりとりをした後、良彦は口の中で「車は掃除しなくて済みそうか」とつぶやいた。

「お父さん、明日ゴルフなのよ」

浩之の隣まで来ていた順子が注釈を入れた。

「だからもう寝てたのよね」

　浩之はわざわざ起こしてしまったことを謝るべきだろうかと考えた。だが、起こしたのは母だし、浩之はただ連れて帰ってきてしまっただけで、その先のことは何も考えていなかったから、まさか父親まで出てくるとは思っていなかったのだ。何だか自分で考えていたよりもおおごとになりそうな気配だった。

「とにかく、運ぶんだ」

　良彦は浩之を手招きして言った。

「どこへ」

「ずっとここに置いておくことは出来ないだろうが。とにかく一度下ろして中に運ぶ」

「中って、家の中？」

　順子がひそめたままの声を荒らげた。

「いやよ、死体なんか家に運ぶの！」

「仕方がないだろう！」

　浩之は内緒話の声のまま短く言い争っている両親を見比べて、それからゆっくりと父親に近付いた。嫌とかいいとか言っていても仕方がない。第一、明日のゴルフに死体を持っていくわけにはいかないことくらいは容易に理解できる。

半地下のガレージには外の電柱の明かりが半分だけ差し込んでいる。良彦は外から見えないようにボンネットの脇《わき》に順子を立たせて外の光を遮り、浩之に死体の足の部分を持てと命じた。親父《おやじ》がこんなにてきぱきと動くのを見たのは初めてだった。

「ドアをぶつけるなよ」

車のドアは一杯まで開いてしまったらコンクリートの壁を擦《こす》ってしまう。それに浩之はいつもの癖で助手席の側にあまり余裕を持たせずに車を入れたから余計に隙間は少なかった。順子がドアがぶつからないように押えている間に、良彦と浩之は死体を車から引きずり出した。

薄暗がりの中で、彼女の死体はその顔に、自慢の髪を惜しげもなく散らして、すやすやと眠っているように見えた。だが、白いブラウスの胸のボタンは外れたままだし、その隙間からは浩之がずらしたままになっているブラジャーから片方の乳房だけがこぼれて見える。首にかかっている細い鎖の先の小さな石がきらりと光った。浩之は昔、大学の新歓コンパの時にすっかり酔っ払ってしまった後輩の女の子のことをふと思い出した。あの子もあられもない姿を男子学生にさらして、挙げ句の果てに浩之の友人の背中で吐いてしまったんだった。

だが、吐いてしまってくれた方がまだましだった。今、父親と二人で運ぼうとしている彼女は何も吐き出さないのだ。ほんの少しの空気でさえも。

良彦が彼女の脇をかかえ、浩之は彼女の膝《ひざ》の下に手を入れた。背後にいる順子に見られないように急いではだけたブラウスの胸元をあわせ、淡いピンクのスーツのジャケットのボタンを一つだけしめた。良彦の視線を自分の手元と頭のあたりに痛いほど感じる。男同士なのだから、黙っていてくれよと浩之は心の中で念じた。

3

奥の客間に彼女を横たえた時には、浩之も良彦も汗だくになっていた。

「やめてよ、畳の上に直接置いたりしないで」

二人で息を切らしていると、順子がどこからか古いピクニックシートを持ってきた。白地にピンクとブルーの太いストライプの入ったビニールのシートは、もうずっと昔家族で海に行った時に使ったものに違いない。

「そんなの、とってあったの」

「こんなことに使うと思ってとってあったわけじゃないわ」

古新聞を敷いた上にピクニックシートを広げ、その上に彼女を置きなおすと、なんだか楽しそうに見えるから不思議だった。

ぼさぼさのままの白髪頭を手でなでつけながら、オムレツ色のスウェットを着た良彦は彼女が本当に動かないのを改めて確認すると、腰に手を当ててゆっくりと体を伸ばし、一つ深呼吸をしてから浩之を見た。

「どういうことなんだ」

浩之は、自分も乱れた前髪をかきあげながら言葉を探そうとしたが、適当な表現が見つからない。

「お前がやったのか」

「——そういうんじゃないんだ」

「じゃあ、どういうんだ」

「死ん——じゃったんだよ」

良彦は小さく舌打ちをしてから息をつき、とりあえずこっちへ来いと言ってリビングへ向かった。浩之は素直に父親のあとに従った。ちらりと振り返るとピクニックシートの上の彼女は今にも動きそうな気配のままで横たわっていた。

ソファーに腰をおろして両親と向かい合うと、浩之は両手を組んでうなだれた。今までに色々な失敗をしてきたが、どうやら今度の失敗が一番大きそうだった。

「あの子、どういう子なの」

まず、順子が口を開いた。

「今年入ってきた、隣の課の子」

「その子がどうして家《うち》の車の中で死ななきゃならないんだ」

今度は良彦が抑えた声で言う。

「デートしてたんだよ。そしたら――」

「そしたら？」

「――死んじゃったんだ」

「だから、どうして死んだのか聞いてるんだろう」

浩之はちらりと良彦の顔を見、ついでその隣に腰掛けている順子を見て気まずい表情を作った。さすがに、こんなことは母親には聞かせたくないと思う。

「車の中で――」

浩之はごくりと唾《つば》を飲み込んでから、だが、ここまできてしまっては仕方がないので、ゆっくりと話しはじめた。

「――したいって言うから」

一瞬、両親は顔を見合わせ、それから再び同時にこちらを見た。

「夢中になってて――気が付いたら息をしてなかった」

ぼそぼそと言うとまず順子がため息をついた。

「それじゃあ、あんたが殺したってことじゃないの」

「だって、そんなつもりじゃなかったんだ」

「過失致死だな」

良彦は眼鏡をはずして目頭を押えた。

「彼女がしたいって言うから、その通りにしてやっただけなんだ。そしたら勝手に死んじゃったんだよ、俺は別に――別に車の中なんかじゃなくたっていいじゃないかって言ったもん。だけど、彼女の方が案外遊んでる子みたいで、そんなふうには見えなかったんだけど――」

浩之は必死になって自分の中で言葉を探した。勝手に死んでおいて、それが自分の責任になるなんて、そんな理不尽な話はないではないかと思う。第一もう少し純情な女の子だとばかり思っていたのだ。今日でまだやっと三回目のデートだったし、うまくいけばそろそろホテルに誘えるかな、という程度に考えていたのに、急に車の中で「抱いて」なんて言うのが悪いのだ。

「今更そんなこと言ったって、現に死体になっちゃってるのよ。あんたがどんな言い訳をしたって」

　順子が声を荒らげて言うと、良彦が「隣近所に聞こえたらどうするんだ」と順子を叱《しか》る。浩之は少しずつ眠気が襲ってくるのを感じながらも、とりあえずはじっと我慢してうなだれていた。ちらりと時計を見るともう零時を回っている。今日はシャワーもビールもやめにしよう。それよりも早くベッドに倒れこんで眠りたい。

　少しの間、気まずい沈黙が流れた。何か言わなければならないだろうかと、普段の半分くらいしか回転しなくなりつつある頭を働かせようとしていたその時、玄関の方で微《かす》かな音がした。

「あれえ、皆起きてたの」

　すっとんきょうな声を上げて、梨絵《りえ》が顔を出した。浩之は振り返ってちらりと妹を見た。足元がおぼつかないくらいに酔っている。

「こんな時間まで。何をやってるのよ」

　順子が尖った声を出す。

「何って、コンパよ」

「短大に入るなり、ほとんど毎晩みたいに遊んで歩いてるじゃないの」

「しょうがないでしょう、付き合いなのよ」

「お父さんみたいな言い方して」

順子はいらいらとした声をますます大きくして良彦になだめられている。台所から景気よく水を流す音が聞こえてきた。順子の言葉に耳を貸そうともしない梨絵が水を飲んでいるのが分かる。

「梨絵、俺にも水もってきて」

「自分でやれば」

「いいだろう、それくらいっ」

思わず大きな声を出したあと、両親の視線を痛いほど感じて、浩之ははっと表情を硬くし、またもや首をすくめなければならなかった。

それでも梨絵は仏頂面《ぶっちょうづら》で水の入ったコップを持ってきてくれた。浩之は黙ってコップを受け取ると、一息に水を飲み干した。思っていたよりも咽《のど》が渇いていたことに、その時になってようやく気付いた。

「ところで、どうしたの。こんな時間に皆で揃《そろ》っちゃって」

梨絵はあまったるい声とは裏腹に仁王立ちになって家族を見回す。身体《からだ》が前後にゆっくりと揺れている。妹がいったいどのくらい飲めるのか知らないが、こんなに飲んでよく真っ直ぐに帰って来られたものだ。浩之は空になったコップをテーブルに置くと、再びうなだれる姿勢に戻った。この姿勢が今の自分に一番ふさわしいということは分かる。

「とんでもないことをしてくれたのよ、お兄ちゃんが」

「なに、なに？」

「奥の部屋、見てごらんなさい」

順子に言われて梨絵は電気をつけたままになっている客間をのぞいた。

「なあに、あれ」

梨絵はひどくゆっくりとした足取りで客間に向かった。ミニスカートから出ているストッキングの足は何もない平らな床にさえつまずきそうだった。

「おい、俺は明日五時起きなんだぞ」

良彦が思い出したように言う。「分かってるわ、それは」と順子が答えた。

その時、梨絵が悲鳴ともうめき声とも違う声を出した。横たわる彼女から二、三歩後退《あとずさ》りすると、口元を押えながらくるりと振り返り、ふらふらとした足取りのまま客間から飛び出してそのまま浩之の後ろを走りぬけ、便所に走って行った。激しい嘔吐《おうと》の音が聞こえる。浩之たちは全員で顔をしかめた。

「吐くほど飲むからいけないのよ、女の子が」

順子が我慢も限界だという言い方になった。

「どうしてこうならなきゃいけないの、誰も彼も勝手なことばかりして」

「とにかく、今夜はもう遅い」

「じゃあ、アレをどうするのよ」

「とりあえず今日は仕方がないだろう」

「あのままにしておくの？」

「仕方がないだろう。五時に起きられなかったらどうするんだ」

「父さん、明日はどこなの」

「千葉だ」

「キャンセルできないの」

浩之はつい心細くなって聞いた。順子が「こんな時にも芝生の上でボールをひっぱたく方が大切なの」と言う。良彦は接待だから仕方がないだろうと答えた。

「別に悪いなんて言ってないけどさ」

浩之は口の中でぼそぼそと言い返した。良彦はいらだちながら禁煙用のパイプをくわえている。

ようやく梨絵が口元をタオルで押えながら戻ってきた。

「なによ、あれ。人形じゃないの？」

「本物よ。それより、女の子が吐くほど飲むってどういうことなの」

青ざめた顔の梨絵に順子が冷たい返事をする。このところの梨絵の遊びすぎは順子の許容範囲を超えているらしい。だが梨絵はそのことには返事もせず、再び客間の入り口に立って彼女を覗き込んでいる。彼女はこちらに背中を向けて上体をうつぶせるようにして少し腰を捻《ひね》っていた。髪が乱れて散っているから鬱血《うっけつ》した顔は見えていない。蛍光灯の明かりの下で淡いピンクのスーツが初々《ういうい》しく輝いて見えた。だが、眠っているにしてはどこか不自然な姿勢は、彼女が間違いなく死体になってしまっていると語っている。

「――お兄ちゃんがやったの？」

梨絵は汚らしいものでも見るような目で浩之を見た。そんな目で見られる筋合いはないと、浩之はムッとしたが両親の手前おとなしくしていた。

「ああ。今日は駄目だ。考えがまとまらん。先に寝るぞ」

良彦が乱暴に立ち上がった。死体は運んでくれたものの、大切なことになるといつでも逃げ腰になるのが良彦の癖だった。昔からそうなのだ。だから誰も良彦の言うことを聞かなくなってしまう。この哀れな父親はそのことに気付いていない。

「五時に起こしてくれよ」

そう言い残して二階へあがってしまった良彦の代わりに今度は梨絵が座った。

「あれが父親の態度かしら」

順子が深々とため息をついた。髪はソバージュにしているし普段は化粧をしているから、浩之と並んでいると「親子というより姉弟《きょうだい》に見える」などと言われるが、さすがにその疲れた顔は、四十を越えている女のそれだった。

結局その晩は「彼女」はそのままにして休むことになった。順子は五時に良彦を起こさなければならなかったし、梨絵は胃が痛いと言い出した。そうなると浩之一人起きていても、とてもではないが、どうすることも出来ない。うつむきながら何度もあくびを嚙み殺していた浩之は、ようやくその夜の拷問《ごうもん》から解放された。明日になればきっといい考えが浮かぶはずだった。それに、もしかしたらこれは悪い夢かも知れないではないか。目が覚めたらきれいさっぱり、何もなくなっているかも知れない。

部屋にあがる時にあらためて彼女を見ると彼女は相変わらず腰を捻ったままでピクニックシートに横たわっている。片方だけ履いている黒いパンプスが妙に艶《なま》めかしく、淫靡《いんび》な印象を与えていた。

4

翌日目覚めた時、浩之は昨夜の出来事など、すっかり忘れていた。ただ普段の土曜日よりも比較的早く目覚めたのが不思議だった。

寝る前にシャワーを浴びなかったせいか、なんだか身体が気持ち悪い。

——いけねえ。そういえば。

そういえば、昨日はそれどころではなかったのだ。だがそれは、まるで実感の伴わないことだった。もしかしたら、あれは悪い夢だったのかもしれない。

——そうだよ。まさか。

だが、階下から微かに聞こえてくる順子の生活の音はいつもよりも荒々しい。機嫌が悪いに違いなかった。すると、やはり夢ではないのだろうか。

浩之はゆっくりと起き上がりながら、お願いだからすべて夢であってほしいと祈った。

彼女は相変わらずそこにあった。近寄って見ると匂《にお》いそうな気がしたので、浩之は遠くからちらりと見るだけにしておいた。

ダイニングに行くと、寝不足の顔をした順子が不機嫌な顔のままパンにマーガリンを塗っているところだった。

「親父は」

「出かけたわよ。車の傷、怒ってたわよ」

「ホント、昨日は最悪だったよな」

「それより、アレを何とかしておけって」

「何とかって――」

順子は浩之をじっと見つめて、声をひそめた。

「あんた、私を人殺しの親にするつもり？」

いつになく迫力のある母の表情に戸惑い、浩之は寝起きでまだはっきりしない頭を、とにかく懸命に働かせようとした。

「分かってるの？　これはもう私たち全員の問題なのよ」

順子は少しの間、真剣な表情で浩之を見据えていたが、やがてコップにオレンジジュースを注ぎながら「梨絵を起こしてきて」と言った。

「もう、これは一家の問題なんだから」

「親父が留守なのに？」

「仕方がないでしょ、本人が接待だって言うんだから」

「――」

「それより早く。起こしてきて」

順子に言われた通り梨絵を起こして、五分もすると、母子三人はテーブルに揃った。順子はパジャマ代わりのスウェット、浩之はトランクスにTシャツ、梨絵はだぶだぶのロングTシャツという出《い》で立《た》ちで、それは、いかにも休日ののんびりとした朝食の風景だった。

「食べる気分じゃないな」

明らかに二日酔いらしい梨絵は、不機嫌な顔のままでオレンジジュースに手をのばした。

「食べたいものだけ食べればいいでしょ」

「お前、顔がむくんでるんじゃない？」

「分かってるわよ。いやんなっちゃう」

順子はトーストを口に運びながら「吐くほど飲むからよ」と口元を歪める。浩之は十時過ぎに大学の時の友人から電話がかかってくることになっているのを思い出して壁の時計を見た。それを母が気付かないはずがない。

「あんた、今日くらいは出かけないんでしょうね」

「わかんない。電話がかかってくるんだ」

「冗談じゃないわよ。お母さんだって、今日の約束キャンセルしたのよ、あんたのお陰で」

「――――」

「アレをなんとかしないことには、どうしようもないじゃないの」

「やだっ。まだあのまんまなの？　私、酔っ払って夢でも見たのかと思ってたのに――本当だったんだ」

順子は苛々《いらいら》とした視線を二日酔いの娘に向け、鼻から息を吐き出した。

「夢だったらお母さんだって覚めてほしいわよ」

「どうすんのようっ」

梨絵は椅子《いす》に座ったまま、駄々っ子のように足をばたばたとさせた。眉《まゆ》をひそめて口を尖らせ、足をばたばたさせるのは、梨絵の子どもの頃からの癖だった。

「私、お嫁にいけなくなる！」

そうだ、そんな問題もある。人殺しの妹ということになれば、まともな女の幸せからは遠ざかってしまうだろう。

「どうすんのよう、お兄ちゃんの馬鹿《ばか》！」

浩之は何も答えられず、黙ってパンをかじっていた。

「仕方がないのよ、相手が勝手に死んじゃったんだって」

順子は次のパンをオーブントースターから取り出しながら、ため息混じりに言い捨てた。

「そんな変態女と付き合うから」

「変態だったの？　それで、どうして死んじゃったのよ」

「よせよ、飯どきに」

浩之は梨絵の顔も見ずにぼそっと言っただけだった。

浩之がいつも買っている雑誌には、セックスの情報がいつも満載で、女の子からのアンケートの結果なども出ている。それを読めば、彼女がそれほど変態だったというわけでもないということは分るのだ。ただ彼女は浩之が期待した以上に積極的だった。おまけに浩之はまるで慣れていないことをさせられてすっかり慌ててしまったし、何よりも場所が車の中だったというのがいけないのだ。だけど、雑誌には車の中での体位なんかそれほど出てはいなかったし、第一どれくらいの力を入れたらいいのかなんていう説明もしていなかった。とにかく、浩之は一生懸命だった。そして、少なくとも彼女は喜んでるみたいに見えたのだ。

浩之はずっと昔の出来事のような感覚で昨夜のことを思い出していた。すると、急に順子が片手にパンを持ったまま泣き伏してしまった。

「何のためにいままで一生懸命あんたを育ててきたと思ってるの！」

「――――」

自分の母親がこんなに激しく泣くところなど見たこともなかったから、浩之はただ驚いてソバージュ頭を震わせている順子を見つめていた。

順子は、顔をくしゃくしゃにして、えっえっと泣きじゃくりながら言葉を続けた。

「あんたがお腹《なか》に出来たから、私は大学を中退してお父さんと結婚したんじゃないの。今でこそいい年寄りになってるけど、お祖母《ばあ》ちゃんにもさんざん嫌味を言われながら我慢したのは、全部あんたがお腹にいたからなのよ。自分の青春を犠牲にしてまで守ってきたのよ。二十三年間もかけて育てて、大学まで卒業させて、就職して、やっと手を離れたと思ったら――」

浩之は黙ってパンを噛みしめていた。

「これまでの人生が、こんなことで目茶苦茶になるなんて、そんなことがあっていいのっ！」

　順子は食べかけのパンを皿の上に投げ付けると、ついに両手で顔を覆《おお》ってしまった。

　浩之は次第に何だかひどく大げさな芝居でも見ている気分になってきた。

「泣かないでよ、お母さん」

　梨絵がいつもよりかすれた、苛立った声を出す。

「いつでもお兄ちゃん、お兄ちゃんなんだから。どうせ私のことなんか何も考えてないんだから」

　梨絵は恨めしそうに浩之を睨《にら》みながら膨れっ面になっている。

「考えてないわけないでしょうが！　あんたのことだって考えてるから、こんなに困ってるんじゃないのっ」

「じゃあ、私が人殺しの妹にならないように考えてくれてるの！」

「人殺し、人殺しって言うなよ！」

　浩之がたまらなくなって大きな声を出すと、順子と梨絵は二人揃って人さし指を口にあてて「しいっ」と言った。

「よそに聞こえたらどうするのよ。人聞きの悪いことを言わないで！」

「何だよ、——二人して俺のことを人殺しって言ってんじゃねえかよ」

浩之はそこいらへんにあるものを投げ付けたい気分になって声を荒らげた。よくも自分の息子や兄貴に向かってそんなひどいことが言えたものだ。誰も殺したくて殺したのではないと説明しているではないか。向こうが勝手に死んでしまったのだ。

「とにかく——」

順子は泣き腫《は》らした目のままで大きく息をついた。

「お父さんは今日中に何とかしろって言ってたのよ」

「何とかって——」

「アレをよ」

「どうするの」

梨絵がジュースを飲みながら聞く。

「だから、始末するの。隠すなり捨てるなり」

「あんなに大きいんだぜ、そう簡単に隠せるか？」

「あんたが持って帰ってくるからいけないんじゃないの！」

順子はまたもや苛立った声を出す。

自分で播《ま》いた種かも知れないが、そのヒステリックな言い方に、浩之はすっかり閉口してしまっていた。簡単に捨てられるものなら捨てるに決まっているではないか。

それが出来ないからこそ、不本意ながら持って帰ってきてしまったのだ。親ならばその辺の気持ちを汲《く》んでくれてもよさそうなものだった。

「親父がゴルフ場にでも埋めてくれればよかったのに」

「そんな馬鹿なことが出来るわけないでしょうっ。もう少し現実的に考えなさいよ」

「だって、ゴミに出すことも焼くことも出来ないだろうが」

「お兄ちゃん、馬鹿じゃないの。ただの粗大ゴミとはわけが違うのよ」

「本当に、夢みたいなことばっかり言うんだから」

「じゃあ、俺にどうしろって言うんだよ！　このまま警察に届けるのか？」

「冗談じゃないわよっ。それが出来ればこんなに苦労するはずがないでしょう？」

「お兄ちゃん、馬鹿じゃないの！」

　順子と梨絵が同時に声を出した。

「そんなに馬鹿馬鹿って言うなよ！」

　浩之は頭を抱えてしまった。自分の不運を今ほど強く感じたことはない。昔から、なぜだか要領が悪くて五歳も下の妹に出し抜かれるような目にあうことはしょっちゅうだった。小学生の時に仲間と万引きをした時にも浩之だけが学校に通報されてしまったし、中学の時に塾をさぼってパチンコ屋に入った時にも、やはり浩之だけが見つかった。そんなことは数え上げればキリがない。だが、それで特にグレることにはならなかったし、すべては誰もが経験する普通のことだった。

他の友達の親よりも若いせいもあって、順子は案外鷹揚《おうよう》に構えていたところがあるから、それほどひどく叱られた記憶はないが、それでも浩之の中には小さな劣等感ばかりが澱《おり》のように蓄《た》まっていった。

「あんたは要領が悪いんだから、目立つことはするんじゃないのよ」

浩之は子どもの頃からそう言われ続けてきた。そんな自分が大胆にもカーセックスなんかに挑戦したのがいけなかったということだろうか、すべては自分の要領の悪さ、運のなさから来ていることなのだろうか。

「アレ、どういう経歴なの」

順子が気を取りなおしたように鼻をすすりあげて浩之を見た。

「自宅の子なの」

「だとしたら、マズイわよ。親が心配してるわ」

梨絵が慌てた声を出して浩之を見る。浩之は二人のどちらとも目を合わさないまま、力なくかぶりを振った。その心配は無用だった。彼女は島根の出身で、短大から上京してきたと言っていた。短大の時には「女子学生会館」というところに入れられて、ひどく窮屈な生活をしていたから、就職するのをきっかけに初めてアパートを借りたのだそうだ。

「――一人で暮らしてる」

浩之が答えると順子と梨絵は顔を見合わせてほっと息を吐いた。

「昨日のことは誰か知ってるの」

「昨日のことって？」

「あんたたち二人が逢《あ》ってたっていうことよ」

「春に入ってきたばかりの子だから――。誰にも知られないようにしてた」

「じゃあ、つきあってたことも知られてないのね？」

「まだ誰にも話してないさ。失敗したら格好悪いから」

「彼女も誰にも話してないかしら」

「そう言ってた。就職したばっかりで男を作ったと思われると不利だってさ」

だから気軽につきあってみましょうよと彼女は言ったのだ。浩之は彼女のほうがずっと慣れていることに気付いて、妙に安心したものだ。浩之の女性経験など豊富どころか貧相としか言えない程度のものだった。三歳年下でも何だか彼女の方が大人に見えた。

「じゃあ、とにかくアレが家にあることを知ってる人はいないっていうことね」

順子がゆっくりと確認するように言ったので浩之もゆっくりとうなずいた。帰ってくる途中だって、彼女は恋人の運転する車に揺られて眠っている幸福な女の子にしか見えなかっただろう。浩之自身が彼女をそう見ていたくらいなのだから、行きすぎる車から見れば何の印象も残らないに違いなかった。

食パンを三枚食べて、デザートのグレープフルーツに手を伸ばそうとしていると電話が鳴った。

「きっと俺だよ」

電話をとろうとする梨絵を制して浩之が言うと、順子が「梨絵に出させなさい」と言った。

梨絵はちらりと浩之を見てから鳴り続けるコードレスホンを持ったままリビングの方へ行った。学生時代からの浩之の友人は、皆梨絵を知っている。この小生意気な妹は、昔から、妙にませていて外面も良く、女くさい部分があったから、つきあわせろと言う友人も少なくなかった。

「――あんた、出かけるって言ってたわね」

「断ればいいんだろう」

順子の言葉に、浩之はあきらめたように答えた。何を言っても分が悪いことは分かっているし、これ以上人殺し呼ばわりされるのも嫌だった。今日は、おとなしくしているより仕方がない。

「いいわよ。出かけて」

順子はもう一週間以上も同じ色で「保《も》たせている」マニキュアの爪《つめ》を嚙みながらつぶやいた。それからきっとなって浩之を見る。

「普段と同じ生活をすることが大切だわ。世間の人っていうのは案外嗅覚《きゅうかく》が鋭いものだから、絶対に気付かれないようにしなきゃ。まあ、私はもう約束をキャンセルしちゃったから仕方がないけど」

リビングからは梨絵が何だか派手な笑い声を響かせている。まるで浩之の友達というよりも、自分の友達と話しているような響きがある。だが、その声は十分に媚《こ》びを含んでいた。

「だから、あんたは出かけていいわ」

浩之は考えながら話す順子を見て、内心でほっとしながら、おとなしくうなずいた。そうとなったら早く梨絵のうるさいおしゃべりから電話を取り返さなければならない。

「分かってるだろうけど、余計なことを話すんじゃないわよ」

「分かってるよ」

順子は横目で浩之を睨んで、再びため息をついた。

「結局いつでも我慢しなきゃならないのは親なんだから」

浩之は立ち上がりながら、おそらく帰宅するまでにアレはなくなっていることだろうと考えた。順子が何かを考えてくれている。あとはおふくろに任せてしまうのが一番良い方法だ。息子の自分があれこれと口を挟んでもろくなことにはならない。親の考えに従うのが一番の得策というものだった。

5

夕食までに戻って来いと言われていたから、浩之は友人の誘いを途中で断ってまだ完全に暗くならないうちに帰りついた。

ガレージにはもう車が入っている。良彦が帰宅している証拠だった。

いつもは言わない「ただいま」という挨拶《あいさつ》を玄関ですると、聞こえていたテレビの音がふっつりと途絶えた。土曜日の夕方に家にいること自体が少なかったから、ほの暗くなり始めている家の風景はひどくよそよそしく馴染《なじ》みのないものに見える。浩之は友人と歩いているうちに衝動買いしたＣＤと夏物の洋服の袋を提げたままリビングをのぞいた。

「帰ってたの」

分かり切っていたのに、ソファーに座っている父を見ると浩之はそんな言い方をした。たった今までテレビを観《み》ていたはずなのに、目の前に新聞を広げている良彦は「ああ」とも「うう」ともつかない返事をする。

「出かけてたのか」

「——ああ」

「のんきなもんだ」

「母さんが普段と同じにしろって言うからさ」

浩之が答えると良彦はようやく新聞をそのままテーブルの上に置いて目を離した。

「今日中に始末しろって言っておいたのに」

良彦はまだゴルフから戻ったままの服を着ている。スーツとパジャマ以外の服装の父親を見るのは久しぶりだった。浩之は良彦の視線につられて奥の客間を見た。そして、思わず「あれっ」と言ってしまった。スーツ姿の彼女は、昨夜とまったく変わらない姿勢で、相変わらずピクニックシートの上にいた。

「なんだよー」

きっと順子がなんとかしておいてくれるものとばかり思っていたのに、その期待はすっかり裏切られたのだ。死体は腐ると聞いている。そのうちに彼女はピクニックシートに横たわったまま異臭を放ち始めるにちがいないのだ。そんなことになったらいよいよ始末に困ることになるのに、いったいこの両親は何を考えているのだろうか。

浩之は腹立たしくなって大きく息をついた。

「おふくろは」

「買物だ」

「子どもが困ってるのに、どうして何もやってくれないんだよ、うちの親は」

「――――」

今度は良彦が大きく息をついた。

「普通の家の子どもはこんなものを持って帰って来たりしないだろう」

「だって仕方がないじゃないか、他にどうすることも出来なかったんだから！」

「――まあ、お前のことだから。その辺に証拠でも残してあっさりと見つかるよりは賢明だったかも知れないがな」

「――」

「そうなれば、父さんの社会的地位も母さんの立場も梨絵の将来もすべて水のアワだ。下手をすれば今ごろこの家はマスコミだの野次馬だの、有象無象に囲まれて罵詈《ばり》雑言《ぞうごん》を浴びせかけられて、無理心中でも考えなけりゃならなかったかも知れないところだったんだぞ」

「――」

「お前だって父さんのコネを使ってやっと今の会社に潜りこんだんだろう？　このまま下手な野心を抱かずに実直に働けば、この先ずっと、人並みの生活は出来るはずだ。それだけのレールを敷いてやったのは、全部この俺と母さんの努力なんだぞ。それを、たった一人の女のお陰で――。女で人生を狂わす奴《やつ》は山ほどいるが、お前ほど間が抜けた奴もそうはいない」

　良彦はポケットに手を入れたままの浩之を改めて見上げたが、浩之が口をつぐんだままなので、再びため息をついて「ビールでも飲むか」と言った。浩之は返事をする代わりに踵《きびす》を返してキッチンに行くと、冷蔵庫からビールを取り出し、グラスを二つ持って、リビングに戻った。「栓抜きは」と言われて再びキッチンに戻る時に、良彦の「そういうところがいけないんだ」という言葉が背中に被《かぶ》さった。

そういうところがいけない――気がきかない、少し考えれば分かりそうなことが分からない。当たり前のことに思いが行かない。昔から何度となく言われてきたことだった。だが、今度の場合はどうだっただろう。考えて行動したら、こんなことにはならなかったのだろうか。どこで考えるべきだったのだろう。彼女を選んだ時か、彼女が望むままに車の中で抱こうとした時か、それとも彼女を乗せたまま帰ってきてしまった時だろうか。

向かい合って座ると良彦は黙ったままで浩之のグラスにビールを注いでくれた。そして、自分のグラスも満たすと、いつもの習慣らしく軽く手を上げてグラスを前に出す真似《まね》をする。こんな時に何を乾杯するのかと思ったが浩之は素直に父と同じことをしてグラスを口に運んだ。

「それにしても――」

一息でビールを飲み干してしまった良彦はグラスを置き、今度は煙草《たばこ》に手をのばした。禁煙していたはずなのに、もう挫折《ざせつ》してしまったらしい。いつでも三日ともたない禁煙だった。

「お前、初めてだったのか」

「え――」

暗くなってきた部屋で、良彦は顎《あご》で客間をさした。

「あの女が初めてじゃないだろう」

「まあ、そうだけど――」

「窒息死か」

「よく、分からないんだけど――。心臓麻痺《まひ》かも知れないし」

それから良彦は「ここだけの話だが」と前置きをして、細かいことを浩之に説明させた。部屋が暗かったせいもあって浩之は案外照れもなく、その時の話をすることが出来た。こんな話は二人きりの時にしか出来ない。良彦と二人きりで話したことなど、浩之の記憶にはないことだった。父親というよりも年上の同性という感覚で、浩之はビールを酌《く》み交わしながらありのままを話した。

「圧死というヤツかも知れないな」

「そうかな」

「それとも首の骨でも折れたのかも知れない」

「調べるの」

「いや、今更調べたところでどうすることも出来ないだろう」

「――」

「車の中でやるのは気をつけることだ。出来ればもうしない方がいい」

「――うん」

「車の中でやっていて追突されて、嚙《か》み切られた奴もいるそうだ」

「本当？」

「どっちがいいとは言えないがな。第一、あの車は共同で使っていいとは言ってるが、父さんの車なんだぞ」

「――うん」

その時、パチリと音がして部屋が明るくなった。驚いて振り返ると順子と梨絵が立っていた。

「何よ、誰もいないのかと思ったじゃないの。暗いままで何をこそこそしているの」

順子は両手にスーパーの袋を提げている。浩之は今の話を聞かれただろうかと、すっかりうろたえてしまった。だが、良彦は落ち着いた表情のままでビールを飲んでいる。その落ち着きはさすがだった。

「考えてくれたの？」

順子はちらりと客間を見てから探るような目で良彦に視線を移した。浩之は空になっている良彦のグラスにビールを注ぎながら、自分もちらりと父を見た。

「早くしないと腐るわよ」

「血抜きでもしようか」

「いやあよ、そんなの。流す場所がないじゃないの。触るのもいや。それよりも早くアレそのものをどうにかしてちょうだいよ」

「来週、お祖母ちゃんが来るってよ」

梨絵が口をはさんだ。祖母が来れば当然客間に寝泊りすることになる。浩之は不安になって父親を見つめた。

「飯は」

だが、良彦はあくまでも落ち着いている。

「これから用意するの。鉄板焼きだから早いわよ」

「腹が減ってるんだから、早くしてくれ」

「私は飯《めし》炊《た》き女じゃないわ」

順子は吐き捨てるように言うと、不機嫌な顔をひっこめた。梨絵は昨日のことがあるから今日は妙におとなしく母親の手伝いをしている。多分浩之が出かけたあとでねちねちと小言を言われたのだろう。

「父さん、さっきの話だけど――」

浩之は明るくなってしまった部屋で気まずい表情で良彦を見た。

「大丈夫だ。誰にも言わないから」

良彦は七三にきっちり分けた頭の下の黒縁眼鏡の奥から、何を考えているのか分からない目を向けてくる。笑ってもいないし怒ってもいない、それは、ほとんど表情の読み取れない目だった。

6

「お兄ちゃんて、もともと運の悪いところがあるのよね」

焼き上がった肉に箸《はし》をのばそうとすると、一瞬早くその肉を梨絵が取ってしまう。浩之は口を尖《とが》らせて妹をにらむが、二日酔いも抜けたらしい梨絵は知らん顔で大口を開けて肉を頬張っていた。

「あんたが要領が良すぎるのよ」

順子が爪楊枝《つまようじ》を突き通した玉葱《たまねぎ》の輪切りを引っ繰り返しながら言った。浩之は仕方なく、次の肉の色が変わるのを待つことにして、ビールのグラスに手をのばした。

「飲みすぎないでよ」

「いいじゃないか、土曜日なんだから」

「明日こそ、なんとかしてもらわなきゃ困るんだから」

「なんとかするって言っても——」

「どっかに捨ててきてちょうだいよ」

「俺が一人で行くの？」

浩之は心細くなって家族を見回した。全員が口を動かしながら浩之を見ている。

「あんたが持ってきたんだから、あんたが始末するのが当然でしょう」

「そんな、無理だよ。一人じゃ」

「じゃあ、お父さんと行きなさい」

ふいに呼ばれて、良彦は何も言わずに、すっと視線を外す。暗に拒否しているのだということくらい、浩之にもすぐに分かった。

「男二人だって、あの大きさは隠しきれるものじゃないだろう」

あっさりと「俺はいやだね」とでも言うのかと思ったが、意外なことに良彦はそんな言い方をした。浩之はしつこいくらいに何度もうなずいた。

「何かにくるんで持っていけば大丈夫じゃないかしら」

「じゃなかったら、別々にしちゃうとか」

ちょうど色の変わった肉に手をのばしていた浩之は、妹のその言葉に顔をしかめた。

「お前って本当にすごいこと、平気で言うんだな」

「だって、大きすぎたら捨てられないんでしょう？　あのまんま置いとくわけにいかないんだから、仕方がないじゃない」

「誰がやるんだよ」

「包丁さばきだったら、やっぱりお母さんかな」

梨絵が次の肉に手をのばしながら言うと今度は順子が「やめてよ」と顔をしかめた。

「魚だって切り身になってるのを買ってるのよ。どうしてあんな大きな固まりがさばけるのよ。気持ち悪い」

梨絵が矢継ぎ早に肉ばかり食べようとするのを「野菜も食べなさい」と注意しながら、順子は空になっているビールのグラスを浩之に差し出してくる。浩之は素直に順子のグラスにビールを注ごうとして、もう瓶が空になっていることに気付き、自分で冷蔵庫に立った。

「それにしても、人間の運命なんて、どこでどうなるか分からないわよねえ」

浩之がビールを持ってくるあいだ、順子はホットプレートに新しい肉と野菜を載せながら誰にともなく話している。

「昨日の今ごろはまだピチピチしてたんでしょうにね」

「お兄ちゃん、悲しい？」

「なんで」

「恋人じゃないの」

「それほどの付き合いじゃなかったからな」

「彼女も災難よね」

梨絵の言葉を聞き流しながら、浩之は席に座って栓をぬいたばかりのビールを母に差し出した。どちらが災難か分かったものではないという気がする。

「梨絵も気を付けて頂戴《ちょうだい》よ。災難なんかどこに転がってるか分からないんだから」

順子は注がれたビールに軽く口をつけて横目で娘を見ている。浩之は酔って赤くなった顔を、改めて家族に向けた。世間話をしている場合ではない。

「これはもう一家の問題だって言ったよね」

緊張したせいか、声が上ずり、堅い口調になってしまったので、両親と妹は皆一瞬箸をとめてこちらを見た。

「俺だけの問題じゃないって、言ったよね」

肉と野菜が焼ける音だけがじゅうじゅうと聞こえる。浩之は酔いはじめた頭で何とか言葉を探そうとした。一家揃《そろ》って食事をしているのに、自分一人が解決しなければならない大問題を抱えているなんて、いかにも不公平ではないか。浩之の行動次第では、一家は破滅だ。それなのに、そんな大問題を浩之一人に押し付けようとするなんて、少し残酷すぎはしないかと言いたかった。だが、頭の中で色々な言葉が断片的に浮かぶうちに、感情が昂《たか》ぶってきて涙の方が先に出てしまった。

「ひどいよ、ひどいよ。もう少し、協力してくれたっていいじゃないか——。これで俺が変な場所にでも捨てたら、皆はまた俺のせいにするんだ。だけど、だけど——」

食卓がぼやけて見えて、浩之は思わず半袖《はんそで》から出ている腕で涙をぬぐった。梨絵が「泣き上戸《じょうご》なんじゃないの」というのが聞こえた。だが、浩之は声を出すことも出来なくて、黙って涙をぬぐい続けていた。

ホットプレートばかりがじゅうじゅうといってかすかな煙を上げている。

「——考えたんだが」

ふいに良彦が口を開いた。浩之はもう少し泣き続けたいと思った。だが、これ以上の醜態もさらせないし、また妹に馬鹿にされるから、大きく深呼吸をし、涙をぬぐって顔を上げた。

「ああいうものは、人目につかないところに捨てるのと、手元に置いておくのと、どっちが安全なものかな」

「お父さんったら、手元に置くって――」

順子がすぐに攻撃の矛先を向けようとするのを制して良彦は言葉を続けた。

「どんな人里離れた場所に捨てたとしても、そこに人が入らないとは断言できない。どんなに深く埋めたとしても、何年かしたらそこが掘り返される可能性だってある。いつか見つかるんじゃないだろうか、もしかしたら誰かに見られたんじゃないだろうかと、一生びくびくしていなければならないことになる。第一、そこまで運ぶことを考えたら危険が多すぎる」

浩之は何だか営業会議に出席している気分になって良彦の言葉を聞いていた。順子も梨絵も黙っている。良彦はそこで改めて家族を見回し、小さく咳払《せきばら》いをした。

「浩之の言う通り、これはもう一家の問題だ。浩之一人が人生を棒に振るのならば、止《や》むを得ないかも知れない、自分で播いた種だからな。しかし、これはもう浩之一人の問題ではなくなってしまった。父さんも母さんも、そして梨絵も、浩之の行動如何《いかん》によっては二度と陽の当たる場所に出られなくなる。その点から考えれば、浩之がアレを下手な場所に捨てないで持って帰ってきたのは最良の処置だったかも知れない」

浩之は少しだけ嬉《うれ》しくなってちらりと妹を見た。父親に誉《ほ》められたことなど、何年ぶりのことだろう。叱《しか》られたこともないかわりに誉められたこともなかった。良彦はいつでも梨絵の肩をもって、浩之には何の関心も抱いてはくれなかったのだ。

梨絵と目が合うと、可愛《かわい》くない妹は、ちらりと意地の悪い視線を寄越しただけですぐに視線を外してしまった。

「だから、一家の主人《あるじ》として、父さんが決断をくだすことにする」

「――」

「――」

「――」

浩之は心の底からほっとしていた。これで責任のすべては父親に肩代わりされたことになる。なにしろ良彦は一家の主人だし、たった今自分が決断を下すと宣言した。

つまり、もうこの問題は浩之の手を離れて父親に一任されたということなのだ。

「アレは、よそには捨てない」

良彦は箸を置き、テーブルに肘《ひじ》をついて家族全員を見渡した。

「じゃあ、どうするの」

順子が不安そうな表情で良彦を見る。良彦はソバージュ頭の妻を見、それから浩之を見た。

「うちの庭に埋めよう。それが一番安全だ」

「やだわ、そんなの！」

　梨絵がまっさきに反対した。

「一生死体と一緒に暮らすの？　いやよ、そんなの」

「あんたは結婚すれば出てくんだから、一生ってことないじゃないの」

「それに、家を建て替える時にバレるかも知れないじゃない」

「家は当分建て替えないし、リフォームもしない。少なくともあれが完全に土に戻るまでは、ここを動かない」

　良彦は厳《おごそ》かとも聞こえる声で言った。

「でも、お父さん、庭に埋めるっていったって、それほどのスペースがあるわけじゃないし、植木のどれかを抜くかしないと無理だわ。おかしなところを掘り返してたら、また隣に何か言われるかも知れないし」

「隣か――」

　隣の家は浩之の家とちょうど左右対称の作りで、壁の色が違うだけだった。建て売りを買ったのだから仕方がないが、まるで性格の合わない二つの家族がそっくりの家に住んでいるのはあまり気分の良いものではない。向こうもそう考えているらしく、何かというと塀を隔ててこちらをうかがっているらしい。少しでも個性を変えて見せるために、どちらの家庭も庭いじりには精を出している。

「夜中に穴を掘るのもおかしいし、大きな穴を掘るんだから、隣は絶対に興味を持つわよ。どうする？」

「池でも作るって言おうか」

「ダメよ。座敷の前に池を作るとその家は破産するんですって」

「迷信じゃないのか」

「どっちにしても、あんなスペースの庭に池なんか掘られたら、歩く場所がなくなるわよ」

「そういえば――」

浩之は赤く火照《ほて》った顔を順子に向けた。

「明日、植木市だって。農協で」

「植木市か」

「帰ってくるとき、看板が出てたんだ」

順子と良彦が顔を見合わせている。梨絵が音をたてないように箸をのばして焦《こ》げかかった肉をとった。

「それだな」

「それね」

浩之は自分の意見が取り入れられたことにまたもや満足した。植木を植え替えるということを言い訳にすれば、自分の家の庭なのだ。いくら掘り返していても文句の言いようはないはずだった。

「運びだす時だけ注意しないと」

「腐らないようなものは、最初からはずしておかないといけないな」

「角のあじさいの下はだめよ。ケリーが埋めてあるんだから」

「ケリーももう土になっちゃってるさ」

そういえば、高校生の頃に飼っていた犬が死んだときも、家族で庭に埋めたのだ。あの時も隣の家の奴らは興味津々《しんしん》の顔でのぞいていた。順子と梨絵が泣いているので口では「お気の毒に」と言っていたが、ケリーが生きていた頃は哭《な》き声がうるさいと文句を言っていた。

「そうとなったら明日は早起きしないといけないわね」

「スコップももう一つ買わないといけないだろう」

良彦と順子は具体的な相談を始めた。家族は再び箸を動かし始めた。

7

月曜日、浩之が目覚めると良彦が庭に水を撒《ま》いていた。

「はやいね」

歯ブラシをくわえたままで声をかけるとオムレツ色のスウェットを着た良彦は「早く根がつくといいな」と答えた。

「ずいぶん雰囲気が変わるもんだね」

「前の庭がまとまりがなさすぎたんだ。今度はいい庭になるぞ」

昨日と同じように夏の空が広がっている。もう六月になろうとしていた。

以前は適当に好き勝手なものを植えていたから、どことなく雑然とした庭だったが、今度は父の言う通り、結構きれいな庭になりそうだった。おまけに順子がレンガで囲って花壇まで作ったから、庭全体がすっかり若返っている。

「来週あたり、絶対にお隣も真似するわよ。賭《か》けてもいいわ」

ダイニングに戻ると順子がうきうきとした口調で話しかけてきた。そういえば、隣の人間は何気なく草むしりでもするふりをしながら、ちらりちらりとこっちの様子をうかがっていた。

「アレは見つかってないよね」

「大丈夫よ。ちょうど隣の連中が出掛けたところだったもの。どうせマクドナルドかどっかでお昼を食べたんでしょ」

「マクドナルド？」

「お休みの日のお昼をあんなところですませようって言うんだから、気が知れないわ。小さな子どもがいるわけでもないのに」

順子は心の底から軽蔑《けいべつ》している顔をして鼻を鳴らす。特に昨日は早起きをして遠足か運動会みたいに握り飯をたくさん作ったのが自慢らしかった。午前中だけでもさんざん汗をかいて、客間の縁側に腰をおろして頬張った握り飯はたしかにうまかった。家族四人であんなに会話がはずんだのも久しぶりのことだった。

「来年の春が楽しみだわ。花盛りになるわよ、きっと」

順子はうっとりした表情になった。一家で農協の植木市に行き、選んだ庭木はほとんどが順子の好みのものばかりだった。もともと浩之は何を植えようとそれほどの興味はなかったし「言い出しっぺ」として同行したものの、順子と良彦があれこれと植木を選ぶ間、その辺をぶらぶらとしていただけなのだ。

「肥やしは効いているはずだから、育ちが早いかもしれないわね」

「育ちすぎてばれたりしないかな」

浩之はパンを頬張りながら一瞬不安になった。ＳＦ映画に出てくるみたいに巨大植物になってしまったらどうしようかと思った。

「分からないわね。アレが放射能だらけだったら、そうなるかもしれない」

順子は悪戯《いたずら》っぽい顔になってそんなことを言う。

余裕が戻ってきた証拠だった。

「やだやだ、今日一限から講義があるのよ、起こしてって言ったじゃないっ」

「ちゃんと起こしたわよ、二回も」

梨絵がばたばたと下りてきた。外観と設備が素敵だとかいう話で選んだ短大は家からだいぶ時間がかかる。ゆっくりとパンを頬張る浩之の隣で梨絵は立ったまま牛乳を飲んだ。

「お前、顔が赤くないか」

「いちいちうるさいなあ、むくんでるって言ったり赤いって言ったり」

寝起きの悪い梨絵は機嫌の悪い顔で浩之をにらみつける。

「一日じゅう外にいたから焼けたのよ」

「シミになるぞ」

浩之がにやりと笑って言うと、梨絵は鼻にシワを寄せて「ふんっ」と言い、残りの牛乳を飲み干した。

「若いから大丈夫だもん。それにさ、何てったって、生きてるうちが華よ、むくんでたってシミが出来たって」

その言葉に浩之は古い毛布でくるむ前の彼女の死体を思い出した。少なくとも金曜の夜までは十人並みより少しましな顔立ちの女の子だったのに、その面影はすっかりなくなっていた。

腐らないものがあってはいけないからと、順子と梨絵が彼女を裸にした。本当ならば浩之がしなければならないことだが「武士の情けだ」と順子が言った。こういう時にその表現を使うのは、どういう意味があるのか、浩之にはよく分からなかった。だが、彼女の裸を見ずにすんだことには、浩之は感謝した。もしもそんなものを見てしまったら、女の体が嫌いになってしまうかも知れないと内心ではびくびくしていたのだ。

「あのさ、洋服とか、時計とか——」

「もう燃えないゴミに出しちゃったわよ。ちょうど月曜日だから」

ふと思いついて浩之が見上げると、順子はこともなげにこたえた。

「洋服も？」

「だって、どうせ化繊よ。きっと燃やすときに有毒ガスがでるわ」

「化繊だった？」

「混紡ね。そんなに裕福なお家《うち》の子じゃなかったんじゃないの」

「——そこまでは知らないけど」

「まあ、若いからどんなものを着てもまだ誤魔化せる歳《とし》だとは思うけど」

彼女は今、化繊の服を脱ぎ、ウール百パーセントの毛布に包《くる》まれて眠っているというわけか。これから夏をむかえるというこの季節に。

「おい、ワイシャツと靴下」

水撒きを終えた良彦が戻ってきて顔を出した。梨絵が「行ってきます」と声をあげて玄関に走って行く。浩之もそうのんびりはしていられない。新しい一週間の始まりだった。

女の子たちがだんだん薄着になる季節だった。今年入ってきた女の子たちはいつもの年よりも粒が揃っているという評判で、入社二年目の浩之にはよく分からなかったが、早くも昼食時に噂《うわさ》にのぼる女の子がいた。

「それにしてもなあ、今の子は分からんな」

一頻《ひとしき》り女の子たちの品定めをしたあとで、浩之よりも二年先輩の竹田が定食をかきこみながら口を開いた。

「隣の課に入ってきた子、いただろう？」

「ああ、ええ」

浩之も味噌《みそ》汁《しる》を飲みながら返事をする。

「もう無断欠勤だってさ」

「毎年いるんだ、そういう子がさ」

今度は主任が沢庵《たくあん》に手を伸ばしながら口をはさんできた。

「最近ふえてるんだよ。そのまま来なくなる子だっているからな」

浩之は二人の顔を見比べながら一人黙々と箸を動かしていた。

「結構可愛い子だったけどな」

「そうですか？　遊んでる感じの子だったじゃないですか」

「ちょっと水っぽかったかな」

「あの手のブリッ子が恐《こわ》いんですよ。ああいう子に限って、平気で不倫とかしちゃうんだから」

「おいおい、やめてくれよ」

主任がわざとらしく慌《あわ》てて見せる。彼は妻帯者ではあるけれど、とても不倫の相手に選びたいと思うタイプではないだろうと浩之は思うから、おかしくなって竹田を見た。竹田もにやりと笑って浩之に目配せをよこした。

「不倫じゃないとしたら、案外おまえみたいなタイプが引っ掛かったりするんだよな。ああいう子に」

浩之は急に話の向きが自分に変わったので目を白黒させて竹田を見た。

「――どうしてですか」

「見抜けないだろう？　ああいうタイプの子が遊んでるなんて」

浩之は「はあ」と答えて、思わずうつむいてしまった。

「あの手の女の子は結婚相手を探すためだけに就職するみたいなものなんだから、とりあえずは安全パイを確保するために、一番安全そうで、丸め込みやすい奴を選ぶんだよ」

「それが、僕ですか」

主任と竹田が顔を見合わせて笑うから浩之も仕方なく、一緒に曖昧《あいまい》な笑い方をした。

「もう出てこないかも知れないけど、出てきたら注意した方がいいぜ」

竹田は先輩らしくそんな言い方をする。浩之はその心配は無用なのにと心の中でつぶやきながら素直にうなずいてみせた。それにしても、浩之以外の社員がそんな目で彼女を評価していたとは、まるで知らなかった。これは、やはり自分の経験が足りないせいなのだろうか。そんなことでは、またもや同じ失敗をしてしまうかも知れない。それだけは避けなければならないことだった。第一、家の庭だってそれほどのスペースがあるわけではないのだ。

——気を付けなきゃな。今度こそ、失敗しないように、しなきゃ。

「どうだ、ちょっとは気になってただろう、彼女のこと」

竹田は、にやにやと笑いながら浩之の顔をのぞきこんでくる。浩之は割り箸を口に運んだまま、上目遣いに竹田を見返した。

「そんなこと、ありませんけど——」

「おまえの手におえる子じゃないぜ、言っとくけど」

「——じゃあ、注意しようっと」

浩之は、出来るだけ明るい口調で、さらりと言った。竹田と主任は「素直な奴だ」と言って声を出して笑っている。そんなアドバイスならば、もっと早くしてほしかった。そうすれば素直な浩之は家族と一緒になって土いじりなどしなくても済んだのだ。先輩の親切面《づら》のアドバイスなど、もはや手遅れもいいところだ。だが、何も知らずに笑っている彼らを眺めるのは、何となく愉快なことでもあった。

昼下がりのオフィス街を人の群れが流れていく。男たちのワイシャツが眩《まぶ》しく見え、女の子たちの半袖はそれ以上に眩しい。ついこの間まで春の余韻が残っていたはずなのに、あっという間に梅雨になって夏が来る。こうして日々を過ごすうちに、浩之もいつかは結婚して歳をとるのだろうか。

いつか自分の女房と並んで、成長した庭の木を眺めることがあるかも知れない。そうしたら浩之は一家揃って植木市に出掛け、一日じゅう汗だくになって木を植えた話を女房に聞かせてやろうと思う。微笑《ほほえ》ましい家族の記録が残っているのだと話してやりたい。思い出などというものは、年月がたつにつれて美化されるものだと聞いたことがある。やがて、あの庭木の下に眠る女がいることも、伝説か何かみたいに美しく語れることがあるのかも知れない。そして、浩之がそれを語る時には、誰もがそんな話には取り合わないくらいに、浩之は歳をとっていることだろう。

汗ばんだ額に、ビルの間を吹き抜ける風は心地よかった。今度はもっといい子と付き合おう――浩之は空を仰ぎながら考えていた。

8

カーブにさしかかると、良彦は軽くブレーキを踏んだ。美幸《みゆき》の身体《からだ》が傾いて良彦にもたれかかりそうになった。いつもの化粧品の匂《にお》いが鼻をつく。その時、ごとりと微《かす》かな音がした。

「何の音」

「何かな」

浩之がカセットテープでも落としたままになっているのかも知れないと考えていると、彼女はシートベルトをしたままで体をねじり、シートの下に手をのばした。

「あら、なあに、これ」

美幸がすっとんきょうな声を上げたので、良彦は横目で彼女の方を見た。その瞬間、こめかみのあたりがかっと熱くなった。彼女は片手に女ものの黒いパンプスを持っていた。

「誰の靴ですか、これ」

「ああ、息子の恋人、かな」

良彦は客間にアレを運んだ時の光景を思い浮べた。

そういえば、たしかにあの時、アレは片方の足にしか靴を履いていなかった。どうしてそこまで思いが行かなかったのだろうか、こんな大事なものを置きっぱなしにしておくなんて――。ゴルフに行った時にも気付かなかった。だが、気付かないでよかった。取引先の相手を乗せながら女物の靴などが出てきたら、今よりももっと慌てなければならなかっただろう。良彦は一瞬ひやりとして、次に気の利《き》かない息子と順子に腹が立ちそうになった。だが、彼女の前でそんな感情を出すわけにも行かない。良彦は苦笑して美幸を見た。

「まったく、息子と共同で使ってるとろくなことがないよ」

「補佐の息子さんって、おいくつ？」

何とか気分を取りなおそうと思っている時に「補佐」と呼ばれて、良彦はまたもぐっとくる。その呼び名はどうしてもいただけない。良彦だって一日も早く「補佐」を取ってしまいたいと思っているのだ。四十五にして部長補佐というのは決して遅い出世ではないと分かっているが、それでも「補佐」というのは気に入らない。まるでおまけみたいだと思う。

「二十二か、いや三、かな」

「そんなに大きいんですか。私と三つしか違わないのね」

美幸は片手に持ったパンプスをぶらぶらさせながらつまらなそうに言った。視界にぶらぶらと揺れる黒い影が入ってきて、良彦は落ち着かない気分にさせられた。

「でも、靴を脱いだままで車から降りるなんて、おかしいわね」

「どこで何をやってるんだか」

良彦は相変わらず苦笑したままハンドルを操り、夜の道を走り続けた。

「ああ、それとも娘のかも知れないな。車の中で靴を履きかえた時のか何かだろう。探せばもう片方も出てくるよ」

「お嬢さんは、おいくつ？」

「十八――」

良彦はますます機嫌が悪くなりそうだった。自分から息子や娘の話題を出したのだから仕方がないのだが、なぜこうも自分の家庭のことを聞きたがるのかと思うと改めて苛立《いらだ》ちとも不安ともつかないものがこみ上げてくる。前はそんなことはどうでもいいと言っていたくせに、まったく、最近の美幸は少しずつ、だが確実に変わってきていた。

「ついでに、奥様は？」

「どうして」

「あら、いいじゃない」

「――四十三」

相変らず靴をぶらぶらとさせながら、「ふうん」と言ったまま、美幸はしばらくは口をつぐんで窓の外を眺めている様子だった。その沈黙さえも、無言のままに良彦を脅《おびやか》している。

「その辺に戻しておいてくれないか、娘のならまだしも、息子の彼女のだったら面倒だから」

「奥様のかも知れないわよ」

美幸は良彦の横顔をのぞきこんできて、そう言った。車に流れこんでは出て行く街灯の光の中で彼女の瞳《ひとみ》はいつになく濡《ぬ》れて見えた。

「そうかも知れないね。女房がどんな靴を履いているのか知らないからな」

良彦は皮肉な笑顔でハンドルを握り続けた。

「男の人って、みんなそんなものかしら」

美幸はつまらなそうな声で呟《つぶや》いた。小さなため息が聞こえた。良彦は左手をのばしてそんな彼女の肩を抱き寄せた。

「君のものなら下着までわかる」

耳元でささやくと美幸は体をくねらせて「うそ」と言いながら笑う。

「じゃあ、この間の下着の色を覚えてる？」

「ピンクじゃないか」

「あら、珍しい。覚えているのね」

本当は当てずっぽうだった。いつ切ろうか、いつ切れようかと思いながら何ケ月もずるずると関係が続いている女の下着の色になど、興味はない。部長になる前に身辺の整理をしておこうと思っているのに、課長時代から続いている美幸との関係は、良彦が考えていたよりも深みにはまってしまっていた。頭の悪い女ではないから、下手な行動に出れば良彦は身の破滅になる。寝物語に聞かせていた色々な話でさえ、彼女の口からよそに漏れたらたいへんなことになるのは明白だった。

「補佐にそんなに大きなお子さんがいらっしゃるなんて、私、知らなかったわ」

美幸はシートの後ろにパンプスをぽとりと落としながら呟いた。彼女が靴にそれほどのこだわりを抱いていないらしいので、良彦は取りあえず安心した。靴のことだけで根掘り葉掘り聞かれたら、良彦は余計に苛立たなければならなくなる。

「そんなに大きくなってたら、もう一家で団欒《だんらん》なんてないんじゃありません？」

「いや、それがさ——」

良彦は昨日のことを思い出して自然に笑顔になってしまった。

「我が家には、あるんだな。やっぱり家族はいいものだよ。君にこんな話を聞かせるのは酷かも知れないけどね、昨日なんかね、つくづく思ったね」

「——」

「いざという時に助け合えるのが本当の家族だからね。僕が考えていたよりも我が家の団結力は強いみたいだっていうことが分かったんだ」

「とても私の入り込む余地はないっていうわけ」

美幸の暗い声が車内に広がった。良彦は急いで美幸の肩を抱き寄せた。

「だけど、君も大切なんだ。分かるだろう？」

「ずるい人」

良彦は慣れた手つきで片手でハンドルを操作した。車は山道にさしかかっている。霧が出始めているのだろうか、ライトの先が見えにくくなっていた。

「こんな方にホテルがあるの」

「ホテルには行かない」

良彦が低い声で答えると、美幸は良彦の肩にもたせかけていた頭を上げて良彦を見上げてきた。

「――車の中っていうのはどうかな」

良彦はほんの少し動悸《どうき》が激しくなるのを感じながら、出来るだけ抑えた声で言った。

「なるべく景色のいい場所を選んで、人目につかないところで」

美幸の瞳はきらきらと輝いて見えた。良彦はふっと笑って見せた。ホテルなどに連れ込めば、かならず人目につく。もっとも安全に相手にも抵抗されずに――毎日のように考えあぐねていた問題に結論を出してくれたのが、まさか不肖の息子とは、実に皮肉な話ではないか。

だが、良彦には信頼できる家族がある。理由など何とでも言える。順子は多少取り乱すかも知れないが、今回の行動を見ていると良彦が考えていたよりもずっと冷静で落ち着いた女だということがよく分かった。

そうだ、靴が片方残されていたから、それを見付けられてしまったと言おう。ただの当てずっぽうかも知れないが、あまりにも的確な推理をたてられたので「家族の安全のために」仕方がなかったのだと言おう。そうすれば皆が納得するに違いない。今度は手早く出来るに決まっている。何しろ庭の土はほとんど全部掘り返して柔らかくなっているし、もう一人くらい埋められるスペースがあることも確認してある。何なら有給休暇を使っても良いだろう。順子の母が来ると言っていたから、それを口実にすれば隣近所の評判すらも、上がることはあっても下がることはない。

「補佐がそんな過激なことを思いつくなんて、知らなかったわ」

美幸は少し鼻にかかった声で甘えてくる。良彦は彼女のウェーブのかかった髪を撫《な》でてやり、額にキスをしてやった。美幸は「なんだかドキドキしちゃうわね」とはしゃいだ声を出した。

「私もだ。生まれて初めてなくらいにドキドキしてる」

良彦は顔の半分で笑いながら、ひたすらライトの探り出す山道を見つめていた。

底本一覧

いっちみち（「小説新潮」二〇二〇年七月号）
ルール（『団欒』一九九八年、新潮文庫）
青い手（『氷雨心中』二〇〇四年、新潮文庫）
４℃の恋（『夜離れ』二〇〇五年、新潮文庫）
夕がすみ（阿刀田高、小池真理子、鈴木光司、高橋克彦、乃南アサ、
　夢枕獏、宮部みゆき共著『七つの怖い扉』二〇〇二年、新潮文庫）
青い夜の底で（『夜離れ』）
他人の背広（『花盗人』一九九八年、新潮文庫）
団欒（『団欒』）

乃南アサ著

最後の花束
―乃南アサ短編傑作選―

愛は怖い。恋も怖い。狂気は女たちを少しずつ蝕み、壊していった――。サスペンスの名手の短編を単行本未収録作品を加えて精選！

乃南アサ著

岬にて
―乃南アサ短編傑作選―

狂気に走る母、嫉妬に狂う妻、初恋の人を想う女。女性の心理描写の名手による短編を精選して描く、女たちのそれぞれの「熟れざま」。

乃南アサ著

すずの爪あと
―乃南アサ短編傑作選―

愛しあえない男女、寄り添えない夫婦、そして生まれる殺意。不条理ゆえにリアルな心理を描いた、短編の名手による傑作短編11編。

乃南アサ著

いつか陽のあたる場所で

あのことは知られてはならない――。過去を隠して生きる女二人の健気な姿を通して友情を描く心理サスペンスの快作。聖大も登場。

乃南アサ著

すれ違う背中を

福引きで当たった大阪旅行。初めての土地で解放感に浸る二人の前に、なんと綾香の過去を知る男が現れた！　人気シリーズ第二弾。

乃南アサ著

いちばん長い夜に

前科《マエ》持ちの刑務所《ムショ》仲間――。二人の女性の人生を、あの大きな出来事が静かに変えていく。人気シリーズ感動の完結編。

乃南アサ著

女刑事音道貴子
凍える牙
直木賞受賞

凶悪な獣の牙――。警視庁機動捜査隊員・音道貴子が連続殺人事件に挑む。女性刑事の孤独な闘いが圧倒的共感を集めた超ベストセラー。

乃南アサ著

女刑事音道貴子
花散る頃の殺人

32歳、バツイチの独身、趣味はバイク。かっこいいけど悩みも多い女性刑事・貴子さんの短編集。滝沢刑事と著者の架空対談付き！

乃南アサ著

女刑事音道貴子
鎖（上・下）

占い師夫婦殺害の裏に潜む現金奪取の巧妙な罠。その捜査中に音道貴子刑事が突然、犯人らに拉致された！　傑作『凍える牙』の続編。

乃南アサ著

女刑事音道貴子
未練

監禁・猟奇殺人・幼児虐待――初動捜査を受け持つ音道を苛立たせる、人々の底知れぬ憎悪。彼女は立ち直れるか？　短編集第二弾！

乃南アサ著

女刑事音道貴子
嗤う闇

下町の温かい人情が、孤独な都市生活者の心の闇の犠牲になっていく。隅田川東署に異動した音道貴子の活躍を描く傑作警察小説四編。

乃南アサ著

女刑事音道貴子
風の墓碑銘《エピタフ》（上・下）

民家解体現場で白骨死体が発見されてほどなく、家主の老人が殺害された。難事件に『凍える牙』の名コンビが挑む傑作ミステリー。

乃南アサ著

それは秘密の

これは愛なのか、恋なのか、憎しみなのか。人生の酸いも甘いも嚙み分けた、大人のためのミステリアスなナイン・ストーリーズ。

乃南アサ著

水曜日の凱歌

芸術選奨文部科学大臣賞受賞

特殊慰安施設で通訳として働く母とともに各地を転々とする14歳の少女。誰も知らなかった戦後秘史。新たな代表作となる長編小説。

松本清張著

小説日本芸譚

千利休、運慶、光悦——。日本美術史に燦然と輝く芸術家十人が煩悩に翻弄される姿——人間の業の深さを描く異色の歴史短編集。

松本清張著

或る「小倉日記」伝

芥川賞受賞　傑作短編集㈠

体が不自由で孤独な青年が小倉在住時代の鷗外を追究する姿を描いて、芥川賞に輝いた表題作など、名もない庶民を主人公にした12編。

松本清張著

黒地の絵

傑作短編集㈡

朝鮮戦争のさなか、米軍黒人兵の集団脱走事件が起きた基地小倉を舞台に、妻を犯された男のすさまじい復讐を描く表題作など9編。

松本清張著

西郷札

傑作短編集㈢

西南戦争の際に、薩軍が発行した軍票をもとに一攫千金を夢みる男の破滅を描く処女作の「西郷札」など、異色時代小説12編を収める。

松本清張著

佐渡流人行

傑作短編集㈣

逃れるすべのない絶海の孤島佐渡を描く「佐渡流人行」、下級役人の哀しい運命を辿る「甲府在番」など、歴史に材を取った力作11編。

松本清張著

張込み

傑作短編集㈤

平凡な主婦の秘められた過去を、殺人犯を張込み中の刑事の眼でとらえて、推理小説界に新風を吹きこんだ表題作など8編を収める。

山崎豊子著

暖（のれん）簾

丁稚からたたき上げた老舗の主人吾平を中心に、親子二代〝のれん〟に全力を傾ける不屈の大阪商人の気骨と徹底した商業モラルを描く。

山崎豊子著

ぼんち

放蕩を重ねても帳尻の合った遊び方をするのが大阪の〝ぼんち〟。老舗の一人息子を主人公に船場商家の独特の風俗を織りまぜて描く。

山崎豊子著

花のれん

直木賞受賞

大阪の街中へわての花のれんを幾つも幾つも仕掛けたいのや——細腕一本でみごとな寄席を作りあげた浪花女のど根性の生涯を描く。

山崎豊子著

しぶちん

〝しぶちん〟とさげすまれながらも初志を貫き、財を成した山田万治郎——船場を舞台に大阪商人のど根性を描く表題作ほか4編を収録。

新潮文庫最新刊

天童荒太著
ペインレス
上 私の痛みを抱いて
下 あなたの愛を殺して

心に痛みを感じない医師、万浬。爆弾テロで痛覚を失った森悟。究極の恋愛小説にして――最もスリリングな医学サスペンス！

西村京太郎著
富山地方鉄道殺人事件

姿を消した若手官僚の行方を追う女性新聞記者が、黒部峡谷を走るトロッコ列車の終点で殺された。事件を追う十津川警部は黒部へ。

島田荘司著
鳥居の密室
—世界にただひとりのサンタクロース—

京都・錦小路通で、名探偵御手洗潔が見抜いた天使と悪魔の犯罪。完全に施錠された家で起きた殺人と怪現象の意味する真実とは。

桜木紫乃著
ふたりぐらし

四十歳の夫と、三十五歳の妻。将来の見えない生活を重ね、夫婦が夫婦になっていく――。夫と妻の視点を交互に綴る、連作短編集。

乃南アサ著
いっちみち
—乃南アサ短編傑作選—

温かくて、滑稽で、残酷で……。「家族」は人生最大のミステリー！ 単行本未収録作品も加えた文庫オリジナル短編アンソロジー。

長江俊和著
出版禁止 死刑囚の歌

決して「解けた！」と思わないで下さい。二つの凄惨な事件が、「31文字の謎」でリンクする！ 戦慄の《出版禁止シリーズ》。

いっちみち

乃南アサ短編傑作選

新潮文庫　の-9-45

令和三年三月一日発行

著者　乃《の》南《なみ》アサ

発行者　佐藤隆信

発行所　株式会社　新潮社

郵便番号　一六二―八七一一
東京都新宿区矢来町七一
電話　編集部(〇三)三二六六―五四四〇
　　　読者係(〇三)三二六六―五一一一
https://www.shinchosha.co.jp

価格はカバーに表示してあります。

乱丁・落丁本は、ご面倒ですが小社読者係宛ご送付ください。送料小社負担にてお取替えいたします。

印刷・錦明印刷株式会社　製本・錦明印刷株式会社

ISBN978-4-10-142559-7 C0193